口内に含まれた指に舌がいやらしく這う。
「こちらを見てください、シアラ」
「いやっ」
「私は、見てくださいとお願いしているのですが」

インテリ公爵さま、新婚いきなりオオカミ化ですかっ!

わたし、押しかけ花嫁でしたよね?

宇佐川ゆかり

Illustrator
アオイ冬子

ジュエル文庫

もくじ
contents

プロローグ
7

第一章　彼の心を掴むのです！
15

第二章　残りわずかな日々に思い出を作って
60

第三章　今日からお前は……
95

第四章　公爵様はケダモノかもしれません
139

第五章　花嫁衣装を決めるつもりがいちゃいちゃで！
189

第六章　占領されて捕らわれて
226

第七章　銀の指輪に託す想い
264

第八章　公爵様の愛しい新妻
304

エピローグ
335

あとがき
341

※本作品の内容はすべてフィクションです。
実在の人物・団体・事件などには一切関係ありません。

プロローグ

「……レミアス様、だめ、私、もうっ――！」

ベッドに押しつけられたシアラは、喘《あえ》ぎながら懇願《こんがん》した。

目覚めた時は、まだ夜明け前で外も暗かった。お茶が飲みたくなったけれど、使用人を呼ぶのは気の毒だから、自分で厨房《ちゅうぼう》まで行ってお茶をいれることにした。

隣で眠っているレミアスを起こさないよう、そっとベッドを抜け出そうとしていたのに、気がついたら、彼の腕の中に抱え込まれ、抱きしめられ、キスの雨を降らされていた。

おまけに、たくさん喘がされている間に手際よく寝間着を脱がされてしまって現在に至る。今みたいに、いつだってシアラは簡単に彼に翻弄《ほんろう》されてしまう。

「もう……？　あなたの中は、まだ物足りないと私に絡《から》みついてきますよ」

シアラをベッドに押しつけ、揺さぶっているレミアスの方は余裕の表情のまま。納得いかない。なんで、彼だけ余裕なんだろう。

いつもは眼鏡をかけているけれど、寝起きなので当然眼鏡はかけていない。彼の素顔を見上げるだけで、ドキドキする――なんて、悔《くや》しいから言ってやらないのだ。

「た、足りるとか、足りないとか……そういう、問題……では……ひぁんっ！」

口ごたえしようとしたら、ひときわ強く突き上げられた。

意地悪だ、レミアスは意地悪だ。ぐずぐずになった頭の片隅《かたすみ》から、そんな声が聞こえてくる。意地悪だけどしかたない。だって好きになってしまったシアラの負け。

「一緒……お願い、一緒……に――！」

奥を穿《うが》たれ揺さぶられ続けた快感で、すっかり重くなってしまった腕を持ち上げ、彼の首に絡めてそうねだる。

「もう、ですか？……しかたありませんね。今日、あなたが動けなくなってしまっては困りますし」

「――あぁんっ！」

レミアスは、シアラの身体を強く自分の方へと引き寄せた。彼の動きが力強さを増し、濡れた壁を擦《こす》り上げられる度に、シアラの瞼《まぶた》の裏で星が散る。

つま先を強く丸めてシアラが絶頂に達した直後――熱い飛沫《しぶき》が体内に注ぎ込まれる。精を放った後も彼は名残《なごり》惜しそうにシアラを抱きしめていたけれど、ゆっくりと身体を離して立ち上がった。

「……レミアス様は、たまにとっても意地が悪くなりますね……今日、大切な日……なのに……」

シアラが大切な日だと言ったのは、今日が『薔薇の大祭《ローゼ・フェスト》』が行われる日だからだ。十年以上前、レミアスとシアラが初めて会ったのも『薔薇の大祭』の最中だった。

それをきっかけに、シアラはレミアスに想いを寄せて——そして、今、彼の妻となってここにいる。だから、今日はちゃんと出席したかったのに、朝からこんなに体力を消耗《しょうもう》してしまっては、今日一日耐えられるかどうか。

「もう少し、眠る時間がありますよ。起きたら、一緒に朝食を取りましょう。薔薇の女王《ローゼ・ケーニギン》より、あなたの方が美しいことはわかっていますけれど」

レミアスに身体を清められ、新しく取り出した寝間着に着替えさせられたシアラは、彼の腕の中に抱え込まれた。寄り添った彼は温かくて、すぐに眠気がやってくる。

シアラの左手の中指には、銀の指輪がはめられている。本物の銀ではあるが、城主夫人が身に着けるものとしては少々質素なのはいなめない。

その隣の薬指には、黄金にエメラルドをはめ込んだ立派な指輪が結婚指輪としてはめ込まれているから余計にそう見えるのだろう。

(でも、レミアス様から最初にいただいたのは、この指輪だもの)

左手を口元に持っていって、そっと指輪にキスをする。レミアスの手が伸びてきて、その手を取ったかと思ったら、指を絡めて繋がれた。

◇◇◇

（ものすごいいっぱい人がいる！）

シアラは目を丸くして、あたりの光景を見ていた。今日は、国境を越えた隣にあるポラルーン領に、『薔薇の大祭』を見に来たのだ。

シアラの父は、ハズリット王国の小さな土地を治めている領主で、トルアックス王国からは国境を越えてすぐのところにある。

その国境地域を治めているのがポラルーン公爵《こうしゃく》だ。ポラルーン城は父の領地から馬車で二日ほどのところにあり、城下町はこのあたりで一番栄えている場所だ。

父の末の弟の結婚が決まり、結婚祝いをポラルーンまで探しに来たのだが、父の領地から出るのが初めてのシアラにとっては、何もかもが目新しいのだ。

「すごいわねえ、お母様。ほら、あんなにお花でいっぱい」

『薔薇の大祭』では『薔薇の女王』と呼ばれる祭りの主役が、盛りとなった薔薇《ばら》の花で飾られた馬車の上からたくさんの袋を沿道に集まった人に投げてくれる。中身がわからないよう、袋は全部同じ大きさなのだが、その中には女王の幸運——幸運を招く品が入っているのだ。

たとえば、人形だったら将来、子宝に恵まれる。剣や弓矢のおもちゃだったら、武芸が上達して強くなることができる。包丁とまな板のままごと道具だったら、料理上手になる。お菓子だったら、それを食べれば一年を健康に過ごすことができるし、銀の宝飾品は永遠の愛、さらにその宝飾品を想う相手に贈れば両想いになることができる——とされている。

それを拾った本人だけではなく、プレゼントした相手にも女王の幸運が与えられるのだとそんな言い伝えがあるのだ。

(私は、おままごとの道具が欲しいな)

シアラが狙っているのは、包丁とまな板のままごと道具だ。六歳のシアラには、銀の宝飾品が招いてくれる遠い未来の幸福はまだまだ想像もつかない。

(……たぶん、膨らんでる袋、よね。おもちゃの方が、銀の飾りより大きいもの)

目の前に落ちてきた袋にシアラは飛びついた。持ち上げるとずしりとしている。これは銀の宝飾品ではなくておもちゃの袋だ。

ままごとの道具を期待してうきうきしながら袋を開いたけれど、次の瞬間、浮き立った心はしゅんとしぼんでしまった。

袋の中から出てきたのは、弓矢のおもちゃだったのだ。シアラは武芸なんてやっていないので、弓矢をもらってもしかたない。

(……お土産《みやげ》にしようっと)

今回は同行していないが、母方の従兄弟が最近弓矢の練習を始めたところだ。女王の幸運をプレゼントしたら、きっと喜んでくれるだろう。

他にも袋が落ちていないかと周囲を見回すが、袋を拾い集めた人達はさっさと場所を移動してしまったみたいだ。

がっかりして大きなため息をついた。どうせなら、弓矢じゃなくてままごと道具がよかった。お料理上手になりたかったのに。

「なんだ、それ——弓矢じゃないか。女の子が持っててもしかたないだろ。僕がもらった」

「あっ、待って！　それ、返して！　シアラのよ！」

しょんぼりしながら歩いていたら、シアラより数歳年上と思われる黒髪の少年に、持っていたおもちゃを取り上げられてしまった。

たしかにがっかりはしたが、従兄弟へのお土産だ。取り上げられては困ってしまう。

「代わりにこれをやるよ！　同じ女王の幸運だからいいだろ」

少年がシアラに放り投げてよこしたのは、お菓子の入った袋。たしかに、女王の幸運の中にはお菓子もあるけれど、シアラが欲しかったのはこれではない。

慌てて後を追いかけたけれど、あっという間に引き離され、シアラ一人が取り残された。

（お土産、だったのに……）

ぽろっと涙が零れ落ちた。従兄弟がどれだけ稽古《けいこ》を頑張っているか、シアラはちゃんと知っている。だから、弓矢は従兄弟にプレゼントするつもりだったのにひどい。

「——返してよ！」

もう一度叫んだけれど、人混みの間に消えてしまった少年にシアラの声が届くはずもない。

「うーっ！」

一度涙が落ちたら、そこから後は止まらなかった。後から後から溢れ出る涙。その場でじたばたと足を踏み鳴らす。周囲の大人達が驚いたみたいにこちらを見ているのもわかったけれど、シアラは止まらなかった。

「ごめん。彼、僕の従兄弟なんだ」

そんなシアラに横から声をかけてくれたのは、先ほどのおもちゃを取り上げた少年と、どこか似た面差《おもざ》しの少年だった。

黒い髪に黒い瞳《ひとみ》。優しそうな微笑《ほほえ》みを浮かべた彼は、シアラの方へ上半身をかがめてくる。

「……だって、あれシアラのよ」

びぃびぃと泣きながらシアラは訴《うった》えた。おもちゃを取り上げられてしまったのだ。せっかくの女王の幸運だったのに。従兄弟にあげるつもりだったのに。

ぼろぼろと涙を流し、泣きながら訴えるシアラに少年は困ったような顔を見せた。

「本当、あいつはしかたないな……これで許してくれる？」

そう言った少年が、シアラの手を取る。そして、左手の中指にはめてくれたのは銀の指輪だった。どうやら、この少年が拾った袋には銀の指輪が入っていたらしい。

「ゆ、許すって……」

今の今までぼたぼたこぼれていた涙も、現金なもので引っ込んでしまった。

こんな綺麗《きれい》な少年に贈り物をもらって嬉しくないはずがない。大人の指輪は、シアラの指には大きすぎた。油断すれば落としてしまいそうなその大きさが、大人になったみたいでシアラを高揚《こうよう》させる。

「ああ、そうか。指輪をあげたら、こうするんだよね」

戸惑うシアラの頬《ほほ》はまだ濡れている。そっとそこに彼の唇が触れて、シアラは頬が熱くなるのを覚えた。

指輪と共に贈られるキスは、求婚の印。本当の意味は知らなくても、ドキドキしないはずがない。

この日、シアラは恋に落ちた。

未来の旦那様に出会ってしまったのだ。

彼の名は、レミアス・バジーリウス。未来のポラルーン公爵であることを知ったのは、はぐれたシアラを捜しに来た母が、彼の前で何度も謝罪《しゃざい》を繰り返した時のことだった。

第一章　彼の心を掴むのです！

「レミアス・バジーリウス。そこにお座りなさい」

病に臥《ふ》していながらも母の声は厳しさを失ってはいなかった。

父が亡くなって半年。以前から病弱ではあったけれど、葬儀《そうぎ》を終え、レミアスがポラルーン公爵の地位を正式に継いでからは一日ベッドから動けないことが増えた気がする。

「――はい。母上」

言われるままに、レミアスはベッドの傍らに置かれている椅子《いす》に腰を下ろした。

幼い頃から輝くような美しさの持ち主、と言われてきたレミアスであったが、今は両頬が腫《は》れ、右手首には包帯が巻かれているというさんざんな状況だ。

「今日、無茶をしたのですって？」

「――だって、それは」

「口ごたえは許しません。自分の置かれている立場というものをよく考えなさい。感情の暴走するままにあなたが動いていては、他の者に迷惑をかけることになるでしょう。今回、クルトも重傷を負ったと聞いていますよ」

親友であり護衛役《ごえいやく》であるクルトに怪我《けが》をさせてしまったのは本当のことだったから、レミアスは唇を引き結んだ。

なぜ、彼がこんな怪我を負っているのかというと、城下町の視察に出た際、子供を誘拐しようとしている一団に出くわしたのだ。

国境では戦が続く中、父が戦死したことで城下町には不安に怯える人達が多数いた。人々の心に安寧《あんねい》をもたらすためにも、新領主となったレミアスは、子供をさらい、売り飛ばそうとしている者達相手に容赦《ようしゃ》することなんてできなかった。

子供をさらおうとしている――それを見て取った瞬間、頭に血が上った。護身のために携えていた剣を抜き、後先考えず男達に切りかかったのである。クルトをはじめとした護衛の者達が止めるのも耳に入らなかった。

領主を相手にしているなんて知らない男達は、当然死に物狂いで抵抗してきた。最初に吹っ飛ばされ、地面に倒れたところを両頬を殴《なぐ》られた。倒れた時に剣を飛ばしてしまい、右手で必死に短剣を抜いて男の脇腹に突き立てたのである。手首の捻挫《ねんざ》はその時に負ったものだ。

レミアスは右手首の捻挫と両頬を腫らせたくらいですんだのだが、クルトは重傷だ。命に別状はないというが、少なくともひと月は勤務に戻れないだろう。

「――一歩間違えれば、あなたもクルトも命を落としたのかもしれないのですよ。そのことはよく覚えておきなさい」

「――はい、母上。肝に銘《めい》じて覚えておきます」

レミアスが素直に反省の弁を口にすると、母はぐったりとしたように枕に身を預けた。

それ以上、口をきくのも億劫《おっくう》なようで、片手をわずかに動かし、出ていくようにと合図する。

「失礼します、母上――ゆっくりお休みください」

そのままレミアスは静かに部屋を立ち去った。

――まだ十四歳。もう十四歳。

廊下《ろうか》を歩きながら考える。どちらが正解なのだろう。

父が亡くなって爵位を継いだ。領地を治めるにあたり、実務では父の弟夫婦が支えてくれている。今、国境での戦も、叔父が指揮を執《と》ってくれていて、もうすぐこちらの勝利で決着しそうだという報告は受けていた。

（……俺は、父上にははるかに及ばない）

壁にもたれるようにして、深々とため息をついた。秀才だ、と褒め称えられてはいても、父と比較すれば圧倒的に経験不足だ。

感情の制御だってままならない。

父ならば、あの時自分から飛び出していったりしないだろう。今後はもう少し落ち着いて物事を判断するようにしなければ。

母が厨房に立っているのを見かけたのは、それから十日ほどが過ぎた日のことだった。頬の腫れはひき、右手の捻挫もほとんど完治している。

あの日の無茶な行動をクルトにも詫《わ》びたら、「お前が頭に血が上りやすいのはちゃんとわかっているから大丈夫だ」と彼は笑って許してくれた。

叔父夫婦の息子であり、将来の家令を務めてくれる予定のエグモントはもう少し辛辣《しんらつ》だった。「僕が君をいつでも守れるとは思うなよ――」と言いつつも、彼の表情は心配していると告げていたから申し訳なくなる。

厨房からいい香りがするので、そこをのぞいてみたら母がオーブンの前に立っていた。

「母上、寝室から出てきてもよいのですか」

「今日は、とても気分がいいから、久しぶりにサクランボのチーズケーキを焼いてみたの。口に合うといいのだけど。あとクッキーも焼いたのよ。お茶にしましょう」

公爵の夫人でありながら、母は厨房に立つのが好きだった。刺繍《ししゅう》や裁縫《さいほう》はあまり得意ではないが、甘い菓子を焼くのは得意だ。特にサクランボをたっぷり使って焼いたチーズケーキはレミアスの好物なのである。

「母上のケーキならうまいに決まってる。クッキーも久しぶりですね。クルトとエグモントにも分けてやりましょう」

母の焼いた菓子でお茶の時間を楽しむ。それは父を亡くした後、十四歳でポラルーン領を継がざるを得なかった彼にとって、心ゆくまでのんびりできるわずかな時間でもあった。

まだ寝台を離れられないクルトの部屋でお茶をしてもいいか本人にたずねようとレミアスは、うきうきしながら厨房を出かけた。だが、その時、どさりという音がして慌てて振り返る。

「は、母上っ！」

振り返った時には、今の今まで元気に菓子を焼いていた母が厨房の床に倒れていた。

レミアスはすぐに母を抱き上げ、寝室へと走りながら城に詰めている医師を呼ぶよう命じる。だが、呼ばれてきた医師は首を横に振るだけだった。もう、手の施《ほどこ》しようがないらしい。

「レミアス——この地をお願い。あなたの代で、この地を失うようなことにはしないで。この地を守ってちょうだい——お願いよ」

先ほどまで気分がいいと言って厨房でケーキを焼くほどに元気だったのに——。

今、改めて母がずいぶん痩《や》せてしまったことに気づいたレミアスは頭を殴られたような気がした。病に冒《おか》されているのはわかっていた——だが、なんとなく母は不死身のような気がしていたのだ。

「約束して。お願い——この地を守ってちょうだい」

レミアスの手を握る母の手はずいぶんと冷たい。死が間近に迫っていることを意識しながら、レミアスは微笑んだ。

「約束する、母上——いや、約束します、母上。母上のお言葉、しっかりと胸に刻みます」

これ以上、母に心配をかけてはならない。レミアスがそう約束すると安心したように母は微笑んだ。

母が眠るように死んだのは、それから二日後のことだった。無表情のレミアスに、従兄弟のエグモントが声をかけてくる。

「——レミアス、気を落とすなよ。僕もクルトもついているから」

エグモントが、そっとレミアスの肩に手を置く。彼の手の温かさも、レミアスにはほとんど感じられなかった。心が凍りついたみたいだ。数度瞬《まばた》きをし、一つ深呼吸をしたあと静かに告げる。

「『私』は大丈夫です——今後のことは、叔父上達に相談しましょう。まずは、公爵夫人にふさわしい葬儀を執り行わなければ」

「……レミアス？」

突然声音も口調も変わったレミアスに、エグモントは驚いたように目を見張る。そんな彼を促《うなが》し、レミアスは執務室へと足を向けた。

「眼鏡が欲しいですね。眼鏡を商う商人を城に呼んでもらえますか」

この地を守って——その、母の言葉がレミアスを縛る。

表情を読まれたくなければ、口ほどにものを言ってしまう瞳を眼鏡の奥に隠さなければ。意図して、穏やかな口調を作る。母亡き今、激高したレミアスをいさめてくれる人はいないのだ。

この日以来、レミアス・バジーリウスは人が変わったように落ち着いた。

ポラルーン領が史上最大の繁栄を誇るようになったのは、それから三年後のこと。国境を越えて侵犯《しんぱん》してきたアルバース王国の軍を撃退した後だった。

◇◇◇

昨日まで降り続いていた雨も、夜のうちに過ぎ去ったみたいだった。今日は雲の間から青空が顔を出し、夏が近いのだと実感させられる。

(……レミアス様、きっと素敵になってるんでしょうね)

馬車の中で、シアラは膝の上に抱えた熊のぬいぐるみをぎゅっと引き寄せた。このぬいぐるみはシアラのお手製だ。

今日はいよいよ『運命の人』との再会の日だ。そわそわしない方がどうかしている。

(……すごく素敵な方だって、噂《うわさ》ばかり聞かされたけど……本当にお目にかかれるとは思ってなかった)

今日中に、馬車はポラルーン城に到着するだろう。

シアラは、三ヵ月の間そこで行儀見習いを行うことになっている。

傍らに置いたバスケットの中におさめられているのは、道中のおやつと飲み物、それから馬車の中で使うかもしれない小物類だ。

バスケットの蓋《ふた》を開け、中から手鏡を取り出した。

（レミアス様が、どんな女性がお好みなのかもわからないんだもの。目を合わせてくださったらいいんだけど）

可愛い女性が好きなのか、綺麗な女性が好きなのか、それとも妖艶《ようえん》な大人の魅力をたたえた女性が好きなのか。

そんなに不細工でもないんだけど——とため息を一つついて、シアラは鏡に映った自分の顔を点検する。

卵形の顔、陶器のように滑《なめ》らかな頬。エメラルドの色にたとえられる深い緑の瞳。

あえて結い上げていないふわふわとした明るい茶色の髪は、二つに分けて赤いリボンで束ねてあり、コテでふわりとさせた前髪が額《ひたい》にかかっている。

美人ではなく、かろうじて可愛らしいには区分される程度の容姿。悪くはないのだ。

だが、ポラルーン領主であるレミアスの心を射止《いと》めるには、どれだけ美人でも足りない気がしてならない。

（難しいっていうのはわかっているんだけど……でも、諦められない）

手鏡を置き、胸元に伸びたシアラの手が、ぎゅっとそこを押さえつけた。指で探れば、銀の鎖《くさり》に通して首にかけてある指輪の感触が伝わってくる。

十年以上、何度もくじけそうになった。くじけそうになるその度に、この指輪を撫《な》でて勇気をもらってきたのだ。

「……大丈夫。重ねた努力は嘘をつかないもの」

懸命《けんめい》に自分に、そう言い聞かせる。

レミアスに嫁ぐのだと決めたのは、十年以上前。まだ、シアラが六歳の時だった。薔薇の大祭で女王の幸運を取り上げられて泣いていたシアラに、レミアスが指輪を贈ってくれたのがきっかけだ。

お互いにきちんと名乗ったわけじゃない。シアラがレミアスの名を知っているのは、彼がポラルーン領主の息子だと、母が彼にシアラの面倒を見させてしまった詫びをしていた時に聞いたから。

レミアスのために、素敵な女性になると決心したのはその時のこと。それからずっと重ねてきた努力は、両親の心をも動かした。三ヵ月だけ、ポラルーン城で行儀見習いができるように手を打ってくれたのだ。

『ポラルーン城で行儀見習いができることになったから、その間だけ頑張っておいで』

そう言って送り出してくれた両親は、シアラがレミアスの心を射止められるなんてまったく信じていないだろう。

（……三ヵ月なんて、短すぎるわ）

想いを育ててきたのは十年以上。レミアスにふさわしくあるように勉強し続けてきたけれど、その想いに三ヵ月で決着をつけることなんてできるのだろうか。

途中で休憩を挟み、ポラルーン城に到着したのは、もうすぐ日が落ちようとする頃だった。

シアラを出迎えてくれたのは、シアラより少し年上と思われる青年だった。黒い髪に黒い瞳。にこりと笑った笑顔は優しくて、緊張が少しだけほぐれた。

「あの……行儀見習いでお世話になることになったシアラ・リーフェンシュタールです」

「僕は、エグモント・ダイメル。話は聞いているよ。ああ、僕の役目はこの城の家令みたいなものだと思ってくれればいい。レミアスの従兄弟なんだ。父は前公爵の弟なんだけど、ダイメル家に婿入りしてね——って、レミアス・バジーリウスの名はもちろん知ってるよね？」

「も、もちろんです！　だって……」

行儀見習いにお邪魔する城の主だから知っているというわけではない。だが、エグモントの前でその理由を口にするのははばかられたのでそこで口を閉じてしまった。

「そうか、じゃあ、とりあえずレミアスのところに案内する。一応、顔は合わせておかないとね」

「はい、よろしくお願いします。あの、レミアス様って……お忙しいのですよね？」

トルアックス王国のポラルーン領は、シアラの母国ハズリット王国、それから長年の間抗争状態にあるアルバース王国と国境を接している。ハズリット王国とトルアックス王国の仲は良好で、この二か国の間の国境は安全だと言われている。

だが、アルバース王国と接している国境は、いつ戦争になってもおかしくない。ポラルーン領主には公爵の称号が与えられており、王からこの地に関してはすべて任されていると言っても過言ではない。

「そうだね。すごく忙しいんじゃないかな——家令を任されている僕も多忙だけれど」

「あ、そう……そうですよね、変なことを聞いてしまってすみません……」

あまりにも緊張していたものだから、何を口走っているのかもわからなかった。

エグモントの半歩後ろをついて歩く。階段をいくつも上り、廊下を右に曲がったり左に折れたりして、ようやく目的地に到着した。

「——レミアス、入るよ」

エグモントの口調が、家令のそれではないのは、レミアスの従兄弟だからだろうか。

(ひょっとしたら、兄弟同然の仲とかなのかしら。年齢も近そうだし)

シアラの推測が間違っていなければ、エグモントは二十前後。おそらく二十代に入ったところだろう。レミアスが二十歳であることを考えあわせると、この城で兄弟同然に育った仲だったとしてもおかしくはない。

「何かありましたか。今日の仕事は、終わりにしてもいいと言ったはずですが」

扉の外にまで聞こえてきた言葉に、不意に心臓が摑まれたみたいに苦しくなった。

シアラが聞いたことのある少年の声ではない。艶《つや》を帯びた低い大人の男性の声だ。彼と顔を合わせたのは一度きり。それも今から十年以上前なのだから、声変わりしていることくらい想定できたのに。

扉を開き、エグモントが先に中に入る。開いたままの扉から会話する声が聞こえてきたけれど、シアラは開いた扉の陰から動くことができなかった。

「行儀見習いの子が来るって話だったの忘れたのか？　ほら、アルバース王国からの。君と顔合わせくらいしとかないと問題だろう」

「ああ、今日の到着でしたね。もうこんな時間ですか――気がつきませんでした。すぐにお通ししてください」

「シアラ、中に入っておいで」

エグモントに言われ、扉の陰から室内に足を踏み入れる。緊張のあまり、右手と右足が一緒に出てぎくしゃくした歩みになってしまう。

その様子にぷっと、シアラの左手の方から噴き出す音が聞こえてきた。ぎくりとして、ぎぎっと音がしそうな動きで、シアラはそちらに顔を向ける。

（……すごく大きい……！）

部屋の壁にもたれるようにして立っていたのは、シアラが今まで見たことがないくらい『大きい』人だった。大きいというのは大げさではない。

天井につきそうなほど――というのは誇張《こちょう》が過ぎるにしても、背が高いし、肩幅も広い。男性の平均より二回りほど胸回りも広そうで――とにかく、縦にも横にも『大きい』のだ。

明るい茶色の髪を短く刈り上げていて、青い瞳は愉快そうにシアラを見下ろしている。

シアラだって、女性の平均くらいの身長はあるはずなのに、急に小人になったような気がした。

「そんなに緊張して、大丈夫か？　うちのご領主様は、別に取って食ったりしないけど」

「え、ええと、その、ええと、あの……」

くすくすと笑いながら言われれば、頭の中が真っ白になった。スカートをぎゅっと掴んだまま、彼の顔を馬鹿みたいに見上げていることしかできない。

「……クルト、いい加減にしてください。初対面の人をからかうのはよくないですよ」

ふっとシアラの意識を現実に引き戻したのは、レミアスの言葉だった。彼の方へとぎくしゃくと振り返り、シアラはまた目を瞬《しばたた》かせる。

（……どうしよう）

真っ先に頭に思い浮かんだのは、その言葉だった。

扉を入った時には、床を見つめていたから目に入らなかった。扉を開いて正面にあるのは、大きな窓。

その窓の前にあるのはマホガニー製の立派な机。おそらく、前公爵の代から用いられてきたのだろう。年月を経た家具特有のどっしりとした、時代を感じさせる雰囲気だ。

その机の向こう側からこちらを見つめているのが、ポラルーン公爵であるレミアス・バジーリウスだった。

齢《よわい》二十にして、国境の重要な地を任されている彼は、実年齢よりははるかに落ち着いた雰囲気だった。

まっすぐな黒い髪は長めに整えられている。眼鏡をかけた怜悧《れいり》そうな目元に形のよい鼻。少し薄めの唇は口角が少し上がっていて、冷たく見えそうな彼の容姿にほんのりとした温かさを添えていた。彼の周囲だけ光り輝いているみたいに見えて、シアラは目を見開いたままその場に固まってしまった。

「部下が失礼をしました。シアラ・リーフェンシュタール嬢、でしたね。我が城にようこそ」

微笑んだ彼が、椅子を押しやり、ゆっくりとこちらに向かって歩いてくる。

この場から逃げ出したくなって、それでも彼の顔を見ていたくて。

（ああ、嘘、どうしよう……！）

背は高い――天井に届きそうなクルトよりは低いが、それでも男性の平均身長よりは高い。身のこなしには隙《すき》がなく、少し細身の体格だが歩く姿勢は背筋がまっすぐでとても綺麗だ。

茶の上質な布地で仕立てられた上着の袖口には、金糸で刺繍が施されている。

耳の奥の方で、自分の心臓の音がやかましく鳴り響いているのをシアラは自覚した。瞬きさえ忘れ、じっと彼を見つめてしまう。

一歩一歩、こちらに進んできた彼がシアラの前で立ち止まった。自分より背の高い彼を見上げる形になって、せわしない呼吸を繰り返す。きちんと挨拶《あいさつ》をしなければ。これから三ヵ月の間に彼の心を射止めねばならないのだから、最初の印象はよくしておかなければ。

――それなのに。

「シアラ嬢?」

レミアスが軽く首を傾げてシアラの名を呼んだ。

だめだ。言葉が出てこない。再会に胸がいっぱいで――どうしたらいいのか、わからなくなる。

「この城で、どれだけのことが学べるかはわかりませんが、どうぞ滞在中、ゆっくりと過ごしてくださいね」

耳を打つレミアスの声。彼の声に、夢を見ているような気分に陥《おちい》った。

まるで、この世界にはシアラとレミアスしかいないような、そんな気さえしてくる。

何か、何か口にしなくては。この顔合わせが終わったら、もうこんなに間近で話す機会はないだろう。

あまりにも頭の中が真っ白で、何度も繰り返し考えてきたはずの挨拶の言葉も完全に消し飛んでいた。

「あ、あの……レミアス様……わ、私を、お嫁さんにしてくださいっ!」

かわりに出てきたのはとんでもない言葉。

しんと静まり返る室内。

自分の発言に気がついたシアラの顔から、一気に血の気が引いた。なんてことを口走ったのだろう。

「あ、あの……今のは、今の発言は……忘れてくださいぃぃぃ！」

悲鳴じみた声で叫ぶなり、シアラは身をひるがえす。

（やだやだ……私ってば、何を――！）

まだ城に到着したばかり。どこに何があるのかもさっぱり把握《はあく》していない。自分がどこに向かっているのかもわからないまま、先ほどエグモントに連れられて通った長い廊下を走り抜け、玄関ホールから庭へと飛び出した。

「……ま、待ってください！」

庭に飛び出したところで、腕を掴んで引き留められる。涙まじりの目で振り返ったら、シアラの腕を掴んでいたのはレミアスだった。

彼がこちらを真剣な目で見ているから、シアラは瞬きを繰り返して涙を追い払おうとした。

「大丈夫ですか。いきなり走りだしたので、びっくりしました」

「い、いえ……あの、本当に申し訳なく……」

どうしよう、先ほどまでとは違う意味でレミアスの顔を見ることができない。彼に取られた腕から伝わってくる手の感触だけで、頭がくらくらしてくる。

三ヵ月しかないのに、しょっぱなからやらかしてしまった。

「いえ、何もないのならよいのです。あとのことは、エグモントに聞いてください」

「……はい」

シアラの発言は、レミアスにとってはさほど深い意味には取られなかったようだ。しゅんとなったシアラの手を放し、彼は城内へと戻っていく。

(……そうよね、私なんて)

たぶん、最初に出会ったあの日のことを覚えているのはシアラだけ。きっとそういうことなんだろう。

――だけど。

(今のレミアス様の表情……すっごく素敵、だった――!)

行儀見習いに来てよかった点の一つは、直接彼と顔を合わせる機会を得られたということだ。なにせ、シアラは隣国の人間だ。ポラルーンと父の領地が境を接しているとはいえ、ポラルーンの情報なんてなかなか入ってこない。

そんな中、ごくたまに入手できたレミアスの絵姿を、大事に大事に枕の下にしまって眠りにつく。

十年以上もの間、そんな日々を過ごしていたから、『生レミアス様』は非常に貴重な経験だった。

(とりあえず、心のレミアス様手帖《てちょう》に記録しとかなきゃ……!)

しかも腕まで摑まれてしまったのだ。なんて幸せなんだろう。

自分がしでかした発言のことは、完全に忘れ去り、別れたところでせわしなく表情を変えていたら、脇から出てきた腕にひょいと抱えあげられた。

「ぎゃあああ！　人さらいぃぃぃぃぃ！」

「何が人さらいだ、このバカ娘！」

「バカ娘って失礼ですね！」

手足をじたばた振り回し、叫んでから気がついた。シアラを担いでいるのは、レミアスの執務室で顔を合わせたばかりのクルトではないか。

担ぎ上げられたクルトの肩の上でしゅんとしていたら、彼は庭の方へとずんずん歩いていって、とんとシアラをベンチに下ろす。

「立ったままころころ表情変えていたから、気になってな。少しは落ち着いたか？」

「あの、その……とんだご迷惑をおかけしまして」

ころころ表情変えてたって、あの顔を見られてたのか！

いたたまれなくて両手で自分の頬を挟み、視線をうろうろとさせてしまう。ベンチに腰をかけたシアラの前に膝をついたクルトはくっくと肩を揺らして笑った。

「まあ、あれは傑作《けっさく》だったな。あのレミアスがぽかーんと口を開けて、お前を見てたぞ。そのあとすぐに追いかけてたけどな」

「私だって……好きで、あんなことを口走ったわけじゃ」

もぞもぞと動いたシアラの手が、胸元へと伸びてそこにある指輪をぎゅっと押さえつける。ちゃんと挨拶したかったのに、最初から失敗してしまった。

「レミアスと結婚したいと思っている女はそれこそ掃いて捨てるほどいるが、本人の目の前で口にしたのはシアラが初めてだな」

「忘れてください、あの発言は」

穴があったら入りたい。いや、穴がなくても自分で掘って埋まりたい。指輪の感触を確かめながら、先ほど追い払ったばかりの涙がぼろっと零れ落ちた。

「おいおい、泣くなよ！　俺が泣かせたみたいじゃないか……ほら、ハンカチ使え」

「うぅ……本当に、ご迷惑をおかけしまして」

「鼻をかんでもいいんだぞ」

「それは遠慮《えんりょ》しておきますぅぅぅ……」

いくらなんでも異性の前で鼻をかむとかありえない。ハンカチでそっと涙を押さえてから、借りたハンカチを膝の上に置いた。

「金と身分のある男がいいなら、俺とかどう？　これでもけっこうモテるんだけど」

「お気持ちはありがたいんですけど、遠慮《えんりょ》しておきます」

クルトの口調から、本気で言っているわけではないことくらいシアラにもわかる。にっこりとして、同じく軽い口調で返してみた。

「わあ、残念。そんなにレミアスが好きなのか？　初対面だろ？　あれか？　ポラルーン公爵の金と地位につられたとか？」

そう問いかけるクルトの口調は遠慮がない。

「レミアス様は……好きとかそんなことではなくて、私はレミアス様しか見てないです。

ポラルーン公爵の地位とか財産とか、そんなのもどうでもいいです」

もう一番恥ずかしいところを見られてしまっているのだから、今さら取り繕《つくろ》う必要もないだろう。レミアスは、シアラのことなんて完全に忘れていたようであるし。

十年以上前、シアラが六歳の時に『薔薇の大祭』を見に来たこと。知らない男の子に、『薔薇の女王』からもらった弓矢のおもちゃを取り上げられてしまったこと。

わぁわぁ泣いていたシアラに、銀の指輪をくれたのがレミアスであったことも――全部しゃべってしまう。

「それで、レミアスの嫁になるってお前、ずいぶん単純なんだな」

「幼女の思い込みを舐《な》めてはいけません」

ちっちと指を振ってクルトに宣言すると、彼はものすごく微妙な表情になった。

「思い込むのはいいけどな、公爵の妻になるってどういうことかちゃんとわかってるのか？」

「レミアス様のお嫁さんになるんだって決めた時から、公爵家に嫁いでも困らないようにちゃんと準備はしてきたんですよ」

クルトが笑うから、シアラの方も笑いながら返した。一応、えへんと胸も張っておく。

重ねた努力は、誰にも否定はできないはずだ。

「母国であるハズリット語は当然として、アルバース語もトルアックス語も母国語同様に操《あやつ》れますし、日常会話程度ならさらに三か国語。それから、城の切り盛りもできます。

料理に洗濯、裁縫といった家事一般もばっちりですし、お医者様がいなくても基本的な手当てができるように、医学の初歩は学んでます。あと、薬学も」

指折り数えながら、自分が学んできたことを告げると、クルトは感心したように目を丸くした。さらにシアラは畳みかける。

「それから、こういう政情ですので、いざという時は政敵の暗殺ができるように毒物についても学びましたし――あとは毒を盛れない相手を呪殺《じゅさつ》できるように呪術《じゅじゅつ》も少々」

「おいこらちょっと待て。最後の二つはどうかと思うぞ？」

レミアスが暗殺なんて手段を必要としているとは思っていないが、最低限の教養として修めるべきところはきちんと押さえてきた。だから、胸を張ってクルトの前で力説する。

「何事にも準備が肝心です！」

「そりゃまあそうだろうけどさぁ、何それ、王女殿下にも匹敵する教育内容だろうに。悪いがお前さんとこ、地方の小さな領主だよな？」

「ええまあ。でも、教育は無駄にはならないというのが両親の方針でしたので――私がもうちょっと美人だったら、有力貴族に嫁入りさせることも考えたかもしれないですね」

シアラのわがままを聞いて、両親はできる限りの教育をしてくれた。

もちろん、必要以上のお金がかからないように、シアラの方も工夫はしてきた。その結果が、現在に繋がったというわけだ。

「ええと、お前何歳だっけ？」

「十八になりました」

「ふーん、それならまあ、ちょうどいいのか。年齢的にも釣り合い取れてるしなぁ。身分なんざ俺はどうでもいいし、レミアスも気にしないだろ」

何事か考えるような表情になったクルトは、シアラの目の前に膝をついたままこちらを見上げてくる。

「レミアスを落とすのは、けっこう大仕事になるぞぉぉ」

「……わかってます」

レミアスがシアラを本気で相手にしてくれる可能性なんて限りなく低いのは承知の上だ。だから——クルトの言葉に、真正面からシアラは返した。

「両親も……三ヵ月の行儀見習いの間にレミアス様のお心を掴めなかったら帰って来いと言ってますし。三ヵ月が勝負です」

「マジで？」

「マジ……ええと、真面目な話なのかと言えば、そうなりますね。縁談が持ち込まれてないわけじゃないみたいなので」

地方領主の娘とはいえ、シアラの縁談だって自由に決められるというわけではない。家のために、両親の決めた相手と結婚するのがシアラの身分なら当たり前。

わがままを言って身に付けた教養を考えれば、シアラを欲しがる貴族がいてもおかしくはない。

だが、両親は国境を越えてポラルーン城に行儀見習いに出ることは認めてくれた。その間に、万が一——ほとんどありえない話ではあるけれど——レミアスの気持ちを摑むことができたら、親の決めた相手でなくてもいいという条件を呑んでくれた。

レミアスならば両親が持ってくる縁談の誰より、恵まれた結婚相手になるだろうが——。

「はー！　そういうことかー！　まあ、そういうことなら」

ドンとクルトは自分の胸を叩いた。

「俺に任せとけって。シアラがその気なら、仲を取り持つくらいはしてやってもいいぜ」

「……本当ですか？」

「うん。レミアスのやつ、浮いた話の一つもないからさー、少しくらいいいだろ。俺にできるのは取り持ってやるってところまでで、確実にくっつけてやるって約束はできないんだけど」

「思ってたより、いい人ですね！」

「だろぉ？　よしよし、じゃあとりあえず、エグモントのところに行こうか。あそこでこっち見てるだろ」

にかっと笑ったクルトが指さした方向を見れば、エグモントが両腕を胸の前で組んでこちらを見ている。ここからでも、彼の眉間に深い皺《しわ》が寄っているのに気づいてしまって、シアラはいたたまれない気分に陥った。

「申し訳ない、です……」

城主に挨拶に出向いた部屋から、思いきり脱走してきてしまった。きまりが悪くなってうつむいたら、目の前にいるクルトは思いきり声を上げて笑い始めた。

「いいって。誰にでも失敗はあるもんだろ。それをいちいち怒っていたら、きりがないさ」

この城の人達は、一応、シアラを歓迎してくれるつもりはあるらしい。

クルトのその言葉にちょっとだけほっとして、シアラは改めてエグモントの方に近づいた。

「……レミアスの前から逃げ出すなんて、君もたいがいだよね」

「本当に申し訳なく思って……」

エグモントの言葉には逆らえない。レミアスの前から脱兎《だっと》のごとく逃げ出したのは事実だし、自分の口走ったことが、常識では考えられないのも理解している。

「まあいい。君の部屋に案内するよ」

「よろしくお願いします」

エグモントに連れられ、改めて城内に足を踏み入れた。まず連れていかれたのは、行儀見習いに来た女性が宿泊するための部屋だった。

「……行儀見習いに来た女性には、この部屋を使ってもらうことにしている。たいてい、近辺の商家の娘だから、君には質素かもしれないね」

「いいえ、十分です。ありがとうございます」

シアラは鞄をテーブルに置いて周囲を見回した。

部屋はさほど広くはない。天蓋《てんがい》のない、簡素な形のベッドが一台。それから、食事をしたり、本を読んだり、手紙を書いたりと多目的に使用されるであろうテーブルが一つ。クローゼットは壁に作りつけで、あとは棚が一つだけ。身動きするのがやっとというくらいの広さしかなかった。

（……これで十分と言えば、十分なのよね）

シアラの役割は、ここで働くことだ。ドレスも、一人で着られる動きやすいものを持ってくるようにという指定があった。制服は、行儀見習いの娘達にまでは支給されないからだ。

実家にいた頃も、侍女に支度《したく》を手伝わせるのは年に数回のパーティーの時だけなので、基本的には問題ない。

緑のカーテンがかけられた窓は出窓になっていて、そこには白い花が一輪挿しに飾られていた。

（……そうね、しっかりしなくちゃ）

思いがけずクルトの協力が得られることになったけれど、三ヵ月しか時間はない。両親の進める縁談が、どこの誰なのかも聞いていないけれど。

とにかく、明日からの仕事を頑張ることにしよう。

そう決めると、シアラは勢いよく荷物を解き始め、その夜はぐっすりと眠った。

◇◇◇

明るい灰色のドレスは、襟元《えりもと》だけレースがつけられている。スカートは細身で、動きやすいように少し短め。歩きやすくてしっかりした靴をはき、白いレースのエプロンを着ける。髪を二つに分けてリボンで束ねたら、シアラの身支度は完了だ。

使用人達の食堂で供される朝食は、チーズとハムを挟んだサンドイッチに、野菜とベーコンが入ったスープ。豆の煮物というメニューだ。希望者には、新鮮な果物も用意されている。

（……ポラルーン領って裕福なんだわ）

この地は豊かであるために何かと争いの種になっていることは聞いてはいたけれど、それを目の当たりにしてシアラは感心の声を漏らした。

少なくとも、シアラの生家では朝食にまでチーズとハムは出さない。バターを塗ったパンにスープくらいだろうか。前の晩の残り物があればそこに追加されることもあるけれど、果物は夕食の後にしか食べない。

「エグモントさん、おはようございます」

「おはよう、シアラ。君の仕事は、まずは帳簿《ちょうぼ》付けの手伝い。それから――」

朝食をすませてから、エグモントのところへと向かう。仕事の打ち合わせをしていたら、脇からクルトが口を挟んできた。

「それが終わったら、俺が借りてもいいか？　庭の薬草園の手伝いが欲しい。昨日聞いたら、薬学の初歩も押さえてるみたいだからな」

「——他にやってほしいことがあるんだけどな」

「頼む。まあいいだろ？」

クルトが両手を合わせて拝むと、エグモントはしかたないというように大きくため息をついた。

「しかたないな——本来なら、よそから行儀見習いに来たお嬢さんをあてにするなんてあってはいけない話だぞ」

「まあまあそう言うなって。俺の部署、男ばかりで潤《うるお》いが足りないんだよ、潤いが——人手なら足りてるが、潤いが欲しい」

あくまでもチャラチャラしているクルトの言葉に、エグモントは呆れたみたいなため息をついた。だが、午後からはクルトの手伝いに回ることが決められて、ようやく仕事を始めることができた。

「行儀見習いっていっても、君の場合はうちの城で働いたという箔《はく》がつけばいいんだよね。あと隣の領地の人だし、ポラルーン領についても学んだ方がいいと思う。今度街の見学に出られるようにしておくよ」

「ありがとうございます」

ポラルーン領について学ぶのは、両親からも言われていた。自分できちんと現地の空気を感じてこいと。両親の言うことももっともなので、シアラもおとなしく両親の言葉に従うつもりでいた。

エグモントの言う帳簿付けの手伝いとは、帳簿の記載をシアラが計算し、それをエグモントが計算するという二度チェックだ。機密にかかわるところは当然出されず、城内の食料の買いつけだのシーツや制服の支払いだのといった日常にかかわる部分だけだ。

「おや。君は計算が速くて正確だね」

「一応、領主の娘ですので！」

「それは、助かるよ。じゃあ、こちらの帳簿付けも手伝ってもらおうかな」

エグモントが引っ張り出してきたのは、城内の食料品の注文をまとめている帳簿だった。小麦、大麦、砂糖、塩。肉に魚、野菜からビールやワインといった酒類まで、多数の品を扱っている。

「僕、君に謝らないといけないことがあるんだよね」

「なんですか？」

エグモントがシアラに謝らないといけないことって、何だろうか。ペンを置き、ちょっと身構えたら、その様子にエグモントは小さく笑ってから生真面目な表情になった。

（……あ、ちょっと似てるかも）

従兄弟という血の繋がりがあるからだろうか。真顔になったエグモントは、どことなくレミアスに似ている。

思わずぽっとしかけて——だって、レミアスに似ているのだからしかたない——慌てて首を振ったら、エグモントはまた軽やかに笑った。

「そんなに身構えなくてもいいさ。ほら、ずいぶん昔『薔薇の大祭』の時——弓矢を取り上げたことがあっただろう。あの時は強くなりたかったんだけど、小さな女の子相手にすることじゃなかった」

「あれ、エグモントさんだったんですか？」

指輪をくれたレミアスはシアラのことを覚えていなかったのに、エグモントの方は覚えていたというのか。驚いて目を丸くしていたら、彼は肩を揺すって笑った。

「顔を見て気づいたわけじゃないよ。たぶん、そのあたりですれ違っても気づかないと思う。ただ、あのあと、僕がおもちゃを取り上げたのは、隣の領地のお嬢さんだってことは聞かされたから」

「もう、いいですよ。子供のしたことだし、十年以上前じゃないですか」

でも、エグモントが謝罪してくれて、ちょっとだけ気が楽になった。

あの時、指輪をもらって嬉しかったけれど、自分が薔薇の女王からもらったものを取り上げられたという事実は、心の奥の方にちくちくとした棘《とげ》になって残っていたから。

「……本当に、ごめん。悪いことをしたと思ってる」

「もう、いいですってば。弓矢をもらっても、私に使い道がないのも本当のことですからね」

護身術はたしなんだものの、武芸の鍛錬《たんれん》まではしていないので、弓矢を拾ったところで役には立たなかったのだ。あの時だって、従兄弟にプレゼントするつもりだった。

「よかった。許してもらえると思っていなかったから。ま、あの時は必死だったというのもあるんだけどさ」

「必死？」

「レミアスより、強くならないといけないと思って。ほら、彼は公爵の息子だし、僕は彼に仕える身だしね。彼を守れるくらいに強くならないとって——まあ、それは今も思ってるんだけど、クルトがあんなにでっかくなったから、それはクルトに任せてもいいかなとも思う」

「クルトさんはたしかに大きいですね」

くすくすと笑ったシアラはクルトのことを思い返す。

自分の身体が大きいのもちゃんと理解していて、乱暴なふるまいはしないし気配りもしてくれる。彼の気さくさはシアラにも心地よかった。

「領地を継いでからレミアスは、内政に力を注いで剣を持つのはやめてしまったからね。その分、僕とクルトがしっかり守らないといけないと思うよ」

「そうなんですね」

エグモントとクルトが守ってくれるのなら、レミアスも安心だと素直に思った。

「――それで、君は本当にレミアスと結婚するつもり？」

「もー、クルトさんも同じことを聞くんですよ！　そんなのレミアス様が受け入れてくれるかどうかじゃないですか！」

「縁談が来てると聞いたけど、相手については聞いてないんだ？」

「そんなの、恋に破れてから考えます。まだ負けてません！」

ぐっと拳《こぶし》を作って宣言する。三ヵ月という期間はまだ始まったばかり。こんなところでめげている場合じゃないのだ。

「君のことを、どう判断すればいいのかわからなくなってきた」

「大丈夫です、まかせてください。私、何かと丈夫なので」

「丈夫なのでって……」

シアラの言葉に、エグモントはなんだか複雑な表情だった。けれど、彼は深く突っ込むことはしなかった。シアラは再びペンを取り上げると、いそいそと計算の作業に戻る。

そんな風にして午前中は過ぎ、昼食を終えたシアラは南の薬草園に走り、薬草を摘み取る作業を始めた。

「ええと――この籠《かご》いっぱいに摘むのよね……あら？」

籠が半分くらいになったところで顔を上げたら、向こう側からレミアスが歩いてくるのが見える。

（やだやだ、どうしよう……！）

昨日の今日でとてもとても顔を合わせにくい。どこか逃げ場所はないかときょろきょろしていたら、なんとレミアスはこちらに向かってやってきた。

「薬草を摘みに来たのですが、ご一緒してもかまいませんか」

「……え？　あ、はいっ！　どうぞ……」

慌てているのをレミアスに気づかれなければいいけれど。レミアスがシアラを受け入れてくれるというのがありがたい。

「あの、レミアス様、どうしてこちらに？」

「先ほど、クルトに言われたのですよ。少し外の風にあたってきた方がいいと。ついでに薬草摘みを手伝ってくれ、だそうです。身体を動かしたかったので、ちょうどよかったです」

隣にレミアスがいる。シアラは緊張していたけれど、彼はそのままシアラの側で何事もなかったかのように手を動かし始めた。

城主なのだから、こんなことまでしなくていいはずなのに。並んで薬草を摘むレミアスの横顔から目を離すことができない。

隣にいる。同じ空気を吸っている。それだけなのに、胸の奥からじんわりと幸せが込み上げてくる。

不意にレミアスが、シアラの方へ一歩踏み出す。目を見開いて固まっていたら、彼はシアラの目をのぞき込んできた。

「手がとまっているようですが、旅の疲れが出ましたか。昨日、到着したばかりですし、もし、疲れているようなら部屋に戻った方がよいのでは？」

「い、いえ、ち、ちちち違いますっ！」

また声が裏返って、かっと頬が熱くなる。レミアスはシアラのことなんて、なんとも思っていないのはわかっているのに。側にいるだけで、こんなにも胸が高鳴る。

「その……いえ、レミアス様が隣にいると思うと……緊張、して……」

目が潤みそうになるのを、懸命にこらえてそっと視線を薬草に戻す。せっかくクルトが機会を作ってくれたのに、どうしてうまく話すことさえできないんだろう。

（……だって、私のことなんか知らないって言ってたもの）

あの日、まだ八歳だったレミアスが渡してくれた銀の指輪。彼にとっては、泣いている女の子を慰《なぐさ》めるくらいよくあることだったのだろう。

もう、癖《くせ》になっている同じ仕草を繰り返す。右手を胸元に持っていき、レミアスからもらった指輪の感触を確かめた。

「……あなたが好き、なんです」

小さな声で口にしたのは、彼に聞こえたかどうか。手を伸ばして、新たな薬草を摘む。

レミアスは、無言のまま手を動かして、どんどん薬草を摘んでいく。シアラもそれからは懸命に手を動かし続けた。

「やれやれ、やっと籠がいっぱいになりましたね」

「そ、そうですね……」

少しでも長くレミアスとの時間が取れればいいと、無意識のうちに思っていたのかもしれない。最初に予想していたよりずっと長い時間がかかってしまった。

「では、失礼しますね。また、お会いしましょう」

にっこりと微笑んだレミアスが立ち去るのを、ぼーっと見送ってしまう。

やっぱり、彼の側にいたら鼓動《こどう》を落ち着けるのが大変だった。籠を持ち、摘んだ薬草をクルトのところに届けにいく。

「どうだった？」

「……ダメでしたぁ」

両手に籠を持ったクルトは、不満足そうに首を横に振った。

「まあいい。次の機会を作ろう——っと、この花をすりつぶすのを手伝ってくれるか。薬学の基礎は押さえてるんだろ」

「はい。次の機会って？」

薬草をすりつぶす作業は割と得意だ。器具の用意をしながら問いかければ、彼はなんでもないことのように肩をすくめた。

「レミアスのやつ、自分の目が行き届かないのは困るって、城内をすべて見回ってるんだよ。毎日全部回るわけにはいかないから、いくつかルートがあって、それに沿って見回ってるんだが」

「そうなんですね」

「次の巡回ルートもちゃんと教えてやるから安心しろ」

「お気持ちはありがたいんですけど……」

なんで、クルトはシアラに対してこんなに協力的なのだろう。別にシアラがレミアスに嫁いだところで、彼が得るものって何もなさそうなのに。

その疑問をぶつけようとしたら、彼は肩をすくめた。

「レミアスにだって、浮いた話の一つや二つや三つや四つ、あってもいいだろ？　この地を受け継いだ時から、あいつ——自分の楽しみってものを全部捨てたようにも見えるんだよな。幼なじみとしては、もうちょっと気楽でもいいんじゃないかと思うんだが」

ということは、クルトはレミアスの幼なじみなのか。どうりで、レミアスのことを妙に気にかけているとは思ったのだ。単なる部下にしてはいろいろ遠慮が足りないし。

「レミアス様がポラルーン領を継いだのは、十四歳の時でしたっけ？」

前公爵——レミアスの父——は、アルバース王国との戦で命を落とした。それから間もなく、彼の母も亡くなったと聞いている。

十四歳という若い年齢でレミアスがこの地を継いだ後、エグモントの両親が後見人となって、彼を支えてきたのだそうだ。

「エグモントの両親は、レミアスが十八になったところで、王宮に戻ったんだ。レミアスが領主になってからこの地はずいぶん落ち着いている。まだ二十歳の若造が治めてるとは思えないだろ、この地は」

「そうですね。数年前にアルバース王国との間に戦が起こったけれど、この城までは攻め込まれず、国境での小競り合いで終わったと聞きました。きっと、軍を率いた人が優秀だったのだと――」

「だろ？　実働部隊を率いてたの俺だからさ！　まあ、作戦はレミアスが考えた通りだったんだけど」

そうか。クルトはこの城の防衛軍の大将だったのか。道理で大きいと思ったのだ。

「レミアスが命令して、俺が率いる。レミアスが命令して、エグモントは領地を運営する。まあ、この三人が力を合わせて今のポラルーン領があるというわけだ」

「クルトさんも、エグモントさんもすごいんですねぇ……！」

クルトの言葉にシアラは心から感心した。レミアスもクルトもエグモントも。まだ二十歳そこそこ。他の場所なら、見習いといってもいい年齢だ。

それなのに、三人力を合わせてすでにこの地を完璧に治めているというのだからすごい。

「そんな中、俺もエグモントもそれなりに自分の楽しみってやつは持ってるんだけどさ。レミアスはなーんにもないわけだ。この地を、きちんと運営していくことが自分に課せられた役目だと思い込んでる」

「たしかに、領主のお仕事だと思いますけど」

「でも、人生それだけじゃつまらないだろ？　まだ、他に何かあってもいいと思うんだよ、俺は。そこにシアラがやってきたというわけだ。いい生贄《いけにえ》——じゃなかった、レミアスに似合いそうな女の子がさ」

「い、け、に、え……」

一瞬、聞き捨てならない言葉が聞こえた気はするが。せっかくなので、ここはシアラの方も全力で聞かなかったことにしておく。

「それで、私に力添えを？」

「そう。だから、シアラがレミアスの邪魔になるようなら、俺は容赦なく排除するからそのつもりで」

「……はい」

だけど——と往生際悪くシアラは考える。クルトがシアラを排除したところで、この気持ちを捨て去ることは、たぶんできないだろう。

◇ ◇ ◇

（余計な期待をさせては気の毒ですからね）

廊下を歩いて執務室に戻りながら、レミアスは心の中でつぶやいた。

今しがた薬草園で一緒に薬草を摘んだ時に、彼女は彼に対して「好き」という言葉を口にしたけれど、聞こえないふりをして流しておいた。余計な期待はさせない方がいい。

『あ、あの……レミアス様……わ、私を、お嫁さんにしてくださいっ！』

昨日、顔を合わせた瞬間に彼女がした発言を思い出し、歩きながら思わず小さくふきだす。彼の懐《ふところ》に入り込もうと策を弄《ろう》されたことは何度もあるけれど、正面からぶつかってこられたのは初めてだ。

ポラルーン領は都から離れた国境地域にあるが、レミアスは現国王のお気に入りの家臣であり親戚でもある。

領主であるレミアスを筆頭に、家令のエグモント、防衛軍の大将であるクルトがいずれも二十代に入ったばかりの若者ということもあって、娘を嫁がせればポラルーン領を思うがままにできると野望を抱く貴族も多い。

女性に引き合わされることも多かったが、レミアス本人にというよりもその背後にある国王との親戚関係とか、ポラルーン領の方を意識しているのがまるわかりだ。

おそらくシアラもその一人ということなのだろう。

行儀見習いに来た女性に好意を告げられたのも初めてではないし、断ったり流したりということも多々あった。今までと変わらず過ごせばいい。

向けられた好意に気づかないふりをすれば、彼女もそのうち諦めてくれるだろう。その時のレミアスは、そう思い込んでいた。

協力すると言ってくれた通り、クルトは完全にシアラの味方みたいだった。行儀見習いが終わるまで三ヵ月という期間を設定したのもちょうどよかったのかもしれない。

「会話できなくても、顔が見られたらありがたいだろ？」という言葉に対しては、「ありがたいですありがたいです。ものすごーくありがたいです！」と頭を下げることしかできない。

◇◇◇

休憩時間になったシアラが向かったのは、城の南にある休憩所だ。とはいえ、これもまたクルトの入れ知恵である。

レミアスは、城内の巡回ルートを何パターンか決めているそうだが、その日、どのルートを回るのかは当日になってみないとわからない。直前になって、ルートが変更になることもある。

今日は南の休憩所がルートに入っているとクルトに教えられて、そこでぬいぐるみを作ることにしたのだ。顔を見られるだけでもありがたい。

今日は、他の人達と休み時間がずれてしまったから、今、この部屋にいるのはシアラ一人だった。

「シアラ、こんなところで、何をしているのですか？」

「レミアス様！」

思わず声を上げてから周囲を見回す。幸いなことに、シアラがこの部屋に入った時同様、室内にいるのはシアラとレミアスだけだった。

「裁縫……ですか。でも、これは何を作っているのですか？」

「あのっ、そのっ、こ、これは――！」

声をかけられたとたん、騒ぎ始める心臓。落ち着けと命じても、一度走り始めたら止まらない。胸の高鳴りが声に出ていなければいいと願うけれど、それもまた難しいみたいだった。

レミアスは、シアラの手元をのぞき込んでいる。ふわふわとした布地は、シアラが国を発つ時に持参したものだった。

「防寒具……ではありませんよね。もうすぐ夏が来ますし」

「ええと、これは」

縫いかけのぬいぐるみの前脚を取り上げたレミアスが首を傾げる。彼の手からその部品を取り返そうとして、手が触れ合った。

「冷たい……！　レミアス様の手、うんと冷たいですね！」

「先ほどまで外にいたからでしょうか」

「手が冷たい人は、心があったかいんですよ！　レミアス様は、あったかい人ですね！」

よくそう言われるけれど、それが事実かどうかはシアラは知らない。だが、レミアスに少しでも笑ってほしくて、聞きかじりの知識を披露する。

「……そうだと、いいのですがね。あなたがそう言ってくれるのなら、そんな気もしてきます」

信じているのかいないのか。シアラの言葉を聞いたレミアスはにこりとする。

(うわぁ……ものすごい破壊力よ！　この微笑みが見られただけで、私一生分の運を使い果たしたんじゃ！)

「だって私、ずっとレミアス様に恋してたんですから、温かいに決まっています」

なんの根拠もない暴論だ。けれど、気持ちだけは伝えておく。必要以上に彼のもとに押しかけたりはしないけれど、気持ちを告げるのだけはやめられない。

「私は、あなたの気持ちにはお応えできそうもないのですが」

「それは……しかたのないことですね」

彼の言葉が痛かったけれど、シアラはレミアスの手から取り上げたぬいぐるみの部品の中に自分の手を入れて、綿が入った時の状態を再現してみせた。

「これは、ぬいぐるみなんです。私、こういうの作るの好きなので……父の領地の子供達にプレゼントすると喜ばれるんですよ」

たとえば、両親を亡くして施設に預けられた子だったり。病気や怪我で長い間入院しないといけない子だったり。そんな子に会う機会があれば、このぬいぐるみをプレゼントしてきた。

「私の自己満足って言われちゃったらそれまでですけど——少しでも喜んでくれたらいいなって」

「きっと、喜んでくれます。私も、完成したところが見てみたいですね。見本に一つ、いただけませんか」

「見本、ですか？」

「ええ、ポラルーン領の子供達にも、ぬいぐるみを贈りたいと思うんです。きっと、あなたが作ったぬいぐるみはとても愛らしいのでしょうね」

眼鏡の奥の瞳が、少しだけ柔らかさを増した気がする。

たぶん、この時の彼の微笑みを、一生忘れないだろうとシアラは思った。

◇◇◇

レミアスは毎日城を見回ることにしている。

彼の部下達が見回っているのだが自分の目で見て回らないとわからないことも多いと思うし、この地を守ってほしいという母の遺言に忠実に従いたいとも思うからだ。

城を十の区域に分け、一日一区域ずつ回っている間にすれ違った城の使用人や、たまたま城を訪れていた商人などと歩きながら話をすることもある。

そんな中、南の休憩所に立ち寄ったのもいつもの通りだった。待遇に不満があれば、エグモントと相談して改善することもできるから、誰かいればと思ってのぞいてみたのだ。

扉のところから中をのぞけば、そこにいたのはシアラだけだった。この休憩所に一人しかいないというのは珍しい。

シアラは、一心に針を動かして何か作っていた。窓から差し込む柔らかな光に照らされた横顔。

微笑みながら針を動かすその表情に、一瞬そこから動けなくなる。なんて平和な光景なのだろう。

耳の奥によみがえる「この地を守って」という母の声。その声が、彼の耳から消えたのは今が初めてだった。

レミアスの肩には、この地で暮らす領民全員の生活がかかっている。母が亡くなった時、自分を律《りっ》することを決めた。激高しやすいのは最大の欠点。

その欠点を常に意識するために正反対の人物になろうとした。一人称を俺から私へと変え、誰とでも丁寧《ていねい》な口調で話す。

口元には常に穏やかな微笑みを——表情から本心を悟られないよう、眼鏡をかけて表情を読まれにくくするように心がけた。

にこにこしながら針を動かす彼女の姿は、忘れてしまった『温かさ』みたいなもので。

シアラにあまり期待を持たせてはいけないと思っていたのに、声をかけずにはいられなかった。

彼が声をかけたら、ふわりと笑うシアラの表情。たぶん、彼の背後にあるポラルーン領には興味がないのだろうとその笑みで確信した。

けれど、彼を温かいと言ってくれた彼女に「温かいのは、あなたの方ですよ」と返せないまま、レミアスはシアラの前を立ち去ったのだった。

第二章　残りわずかな日々に思い出を作って

休憩室でレミアスと会話を交わしてから三日後。シアラは、大きな熊のぬいぐるみを手に廊下をぺたぺたと歩いていた。

このぬいぐるみは、シアラが型紙を作ったもので、父の領地の子供達の間では大人気だ。特徴的なのは、中に何が入っているのだろうと思うくらい大きな丸いお腹だ。そのお腹を指して、小さな子供達が『ぽんぽん！』とお腹を撫でたり叩いたりしていたのがきっかけで、シアラの故郷では、『ぽんぽんベーア』の愛称で親しまれている。

大きな丸い目も、鼻も口も、刺繍で作られていて、手足はきっちりと糸で留めつけてある。片手にはそのぬいぐるみ。もう片方の手には、大急ぎで編んだ手袋がある。

（レミアス様の手は、とても冷たかったから……）

うっかりレミアスの手に触れてしまったが、あの時、彼の手はひんやりとしていた。外にいたからだろうかと彼は言っていたが、それだけではあんな風にはひんやりしないと思う。

自宅から持ち込んだ毛糸の中からシアラが選んだのは茶色の毛糸。黒い色のボタンを三つ、手首のところに縫いつけてあるのがポイントだ。気に入ってくれればいいけれど。

レミアスの執務室を訪れたら、そこにいたのは彼一人だった。エグモントは今は城の倉庫の方に行っているらしい。レミアスと二人きりで話ができる。それだけで、気分が急激に上昇した。

「どうかしましたか？ ああ、この間お願いしたぬいぐるみですね！」

シアラの手にあるぬいぐるみを見て、レミアスは口角を上げた。彼のふんわりとした微笑みに、シアラの胸も温かくなる。

こうして、彼の微笑みを間近で見ることができるなんて、今日はなんてついてるんだろう。この微笑みを忘れまいと、全力で心のレミアス様手帖に書き記す。

「とても可愛らしいですね。子供達がこれを受け取って喜ぶのもわかります……目も鼻も刺繍なのですね」

やっぱり素敵だなぁと思いきり彼に見とれていたけれど、頑張って現実に意識を戻した。彼と会話ができる貴重なチャンス。すべての時間を覚えておきたい。

「そうなんです。目はボタンを使う人もいるのですけど、小さい子供に贈ることが多いので私は刺繍にしてます」

シアラがぬいぐるみをプレゼントするのは、主に小さい子供だ。だから、部品が取れてしまわないように目も鼻も口もすべて刺繍にしている。

首にリボンを巻いたり、ボタンのついた服を着せたりしないのもそのためだ。リボンが子供に巻きついたら危ないし、取れたボタンを呑み込んでしまうのも怖い。

余計な装飾品をつけて、それが取れてしまったら、子供達ががっかりしてしまうかもしれない。がっかりさせてしまうのは嫌だ。

「よく考えられているのですね。驚きました」

シアラの説明を聞いたレミアスは、心底感心したように言ってくれた。彼が喜んでくれた――というだけで、またシアラの胸に喜びが込み上げてくる。

「同じようなぬいぐるみを、こちらでも作らせてよろしいでしょうか？」

「かまいません。型紙の写しも差し上げます。何人でも作ってくださる人がいれば、ぬいぐるみも幸せだと思うんです」

「あなたは……優しい方ですね」

褒められて、ぽんっと頭に血が上った。レミアスに誉めてもらえるなんて、想像していなかった。

そうだ、ともうひとつ彼に贈る品を持参していたことをようやく思い出した。気に入ってもらえる――だろうか。

「あの、これ……もし、よろしければ。その……先日、レミアス様の手が、とても冷たかった……ので」

「これを、私にくださるのですか？」

また、レミアスが微笑んだ。

もちろん、選んだ毛糸は最上級の品だ。だが、シアラの自己満足でしかなくて……だいたい、レミアスならば一流の職人が作った品をいくらでも入手できるのだ。

今さらながらに、自分の手作りの品を押しつけたことを後悔しかけていた。

「これは……ああ、お気持ちはとても嬉しいのですが、少し……」

「ご、ごめんなさいっ！」

シアラの差し出した手袋を受け取ってくれたレミアスではあったけれど、受け取った手袋に手を入れようとして困惑している。

レミアスの手はこのくらいの大きさだろうと自分の手と比較しながら作ったのだが、どうやら彼の手より少し小さかったようだ。せっかく彼がはめようとしてくれているのに、彼の手が入らない。

「あの、その手袋は、なかったことに……！　よ、余計なことをしてすみません！」

慌てて手を差し出したけれど、彼はにっこりとして、その手袋を上着の内側に入れてしまった。彼の上着の内側に入れられてしまったら、取り戻すことはできない。

「せっかくのお気持ちです。いただきましょう」

「だって……！」

レミアスの手が入らないでは意味がないではないか。だが、レミアスは穏やかな微笑みを崩さないままだった。

「あなたのお気持ちが嬉しいんです」

（そんなことを言うから……！）

じわりと目元が熱くなってきたのは、悲しいからじゃなくて嬉しいから。

シアラの気持ちを無駄にすまいと受け取ってくれる。こんな気配りができるから、まだ二十歳そこそこだというのにこの領地をしっかりと治めることができているのだろう。

「レミアス様が……そう、おっしゃるのでしたら……受け取ってくださって嬉しい、です」

どうしよう。こんなにも嬉しい。彼の手に、シアラの作ったものがある、というだけで、こんなにも胸が苦しい。

けれど、こんなことをされたら、ますます彼のことを好きになってしまう。

もっと、彼の笑みが見たいと願ってしまうのは、きっと欲張りになっているからだ。

本来なら、彼とはこうして話をできるような身分ではないのもきちんとわかっている。

気持ちを抑えられないシアラが愚かなだけ。

「――失礼、します」

一礼して、彼の執務室を出る。

幼い頃の気持ちが、育っていくのを自覚してしまう。ただの憧れというよりも、恋心というよりも、もっと強く彼を知りたいと願ってしまう。

彼の顔を見ているだけで、胸が締めつけられたみたいになる。両親が与えてくれた三ヵ月は、長年の恋心にけりをつけるための期間でもあるとわかっているのに。

（こんな風に間近で顔を合わせていたら……もっと好きになってしまうじゃない）

それならば、彼との距離を置いてみる？　自分で自分に問いかけて、首をぶんぶんと横に振る。

同じ城にいるのに、顔を合わせないなんて――。合わせないようにと思えばいくらでもそうはできるけれど、きっとどこにいても未練がましく彼の姿を目で追ってしまうに決まっている。

心のレミアス様手帖は、毎日厚みを増しているのに、この気持ちはどうしようもないのが苦しい。廊下の途中で立ち止まり、そのまま胸に手を当ててしまった。

「おー、元気か。どうした？」

「どうもしません。ただ、苦しいなって――それだけです。心のレミアス様手帖がもういっぱいになりそうで」

「なんだよ、それ」

廊下ですれ違ったクルトは、真面目な顔をしてそう言うシアラを見て、げらげらと笑った。笑うなんてひどい。今の深刻さがあっという間に消え失せてしまう。

「何言ってるんですか！　全部、覚えておきたいんです！　……だって」

諦めたくない、と思う反面。もう認めるしかないのだろうな、とも思う。

レミアスの目に自分がどう映っているのかなんて、彼の様子を見ていればわかる。

レミアスにとって、シアラはただの知り合い。それ以上に昇格することなんてできそうにない。シアラの気持ちを否定しないでいてくれるだけましだ。

「そうか、全部覚えておきたい、か」

「その生温かい目で見るのはやめてください……そろそろ諦めるのが前提になりそうなので泣きたいんです」

「一応、協力してやってる立場なのに」

「そうですけどぉぉぉ……！」

たぶん、クルトは面白がっているという面も大いにあるはずだ。じぃっと恨みがましい目で見上げたら、彼は困ったみたいに笑った。

「思い出作りに終わっていいのか？」

「面白がってますよね？」

「まあ、面白いことは多い方がいいしな」

ああ、やっぱりこの人は面白がっているんだ。わかってはいたけれど、ちょっと傷ついた。

（……最初から勝ち目がないってのもわかってた）

だが、シアラの作ったものが彼の手にあると思うだけで、痺《しび》れるような幸福感に満たされる。

エグモントの方は、あまりシアラが近づくのには賛成していないみたいだし、両親と約束した三ヵ月なんてあっという間に過ぎ去ってしまうのもわかっている。ここに来てから、もう二週間近く過ぎていて、残る日を数えては気持ちばかりが焦る。

「よしよし、お兄さんに任せておきなさい」

クルトがこうやって協力的なのだって、どうせあと数ヵ月もすればいなくなる人間だからだろう。

──だけど。

やっぱり自分は欲張りなのだ。少しでいい。もう少しだけ、レミアスと話す機会が欲しいと願ってしまう。未練がましく、心の手帖にもう一ページ追加した。

◇◇◇

シアラが出ていった後、改めて手袋をはめてみようとしたけれど、やはり彼の手には小さかった。

上質の毛糸で編まれた手袋には、黒いボタンがつけられている。シアラの仕事ぶりは丁寧で、非の打ち所がない仕上がりだった。

手袋が小さかったことにがっかりしていたシアラに向かって、「あなたのお気持ちが嬉しいんです」なんて、なぜ口にしたのだろう。

(……温かかったから……でしょうか)

自分で自分に問いかけてみる。

両親を亡くして以降、自分を律するように心がけてきた。クルトに重傷を負わせてしまった自分の激高しやすさが恐ろしかったので、気持ちを動かさないようにしてきたのだ。

当然、そこには恋愛感情も含まれている。両親を失って以降、レミアスの心は冷え込んだまま。

親友のクルト以外気を許せる相手はいないし、あちらこちらから持ち込まれる縁談も、令嬢達から向けられる好意も受け入れられないものが多かった。そもそも、ポラルーン領と国王の影響力しか見ていない相手にレミアスの方も興味はない。

だが、シアラの好意は今までレミアスが向けられてきたものとはまるで違っていた。

彼の背後にあるポラルーン領のもたらす財も。国王陛下《へいか》の信頼が厚いことからもたらされるであろう栄誉も。まったく彼女の目には入っていないらしい。

『あなたが好きなんです』

と告げる気持ちに嘘はないであろうことがわかるから、ますます困惑する。

彼女の気持ちには応えられない。彼にはやらなければならないことがある。

——それなのに。

彼女の気持ちが嬉しくないといったら嘘になる。

もらったぬいぐるみの手に、手袋をはめ込んでみる。彼の手には小さかった手袋は、ぬいぐるみの手には大きすぎるものだったけれど、もこもこの毛並みにうまく毛糸が引っかかって肩まで手袋に覆われ、ずり落ちることなく手袋はそこで落ち着いた。

間もなく夏を迎えようかという時期なのに彼の手はいつもひんやりしている。それを彼女が気遣ってくれたのを——嬉しいと思ったことにレミアス自身が驚いた。

◇　◇　◇

それから数日後。仕事の指示をもらいにいったシアラは、エグモントから思いがけないことを聞かされた。

「今日は、レミアスが城下町に視察に出る日なんだ。それで、君もレミアスと一緒に城下町に行ってほしい」

「私が、ですか?」

エグモントがシアラとレミアスを一緒に行動させる理由がよくわからない。どちらかと言えば、シアラとレミアスの接近を嫌がっていると思っていたのに。

「君が国に帰る前に、もう少しポラルーン領のことを知ってもらった方がいいと思うんだ。僕が一緒に行ければいいんだけど……手が離せなくてね。レミアスの視察に同行すれば、普通は見られないものも見られるだろうし」

たしかにここに来たばかりの日、ポラルーンのことについても学んだ方がいいと聞かされた。これは行儀見習いの一環だろう。

それに、普通は見られないものが見られる、領主特権のお供ができるのならついていった方がいい。

レミアスの代になってから、ますますこの地は栄え始めているから、レミアスのことをもっとよく知るためにもいい機会なのかもしれなかった。

(レミアス様と……街歩きする機会なんて、そうそうないものね)

シアラの行儀見習いが終わるまで、もう一ヵ月くらいしか残っていない。育つ一方の気持ちを持て余してはいるけれど、心のレミアス様手帖をますます分厚くするためにもちょうどいい機会だ。

急いで部屋に戻り、外出用のドレスに着替える。この城に来る時にも着ていたピンクのドレスは、シアラの一張羅《いっちょうら》だ。

白いレースの襟が可愛いし、袖《そで》はふわっと膨らんでいて、二の腕のあたりからはぴたりと腕にそっている。袖口に真珠《しんじゅ》の飾りボタンがついているのも可愛い。

スカートは三枚の布を重ねて仕立てられていて、一番上は柔らかなチュールだ。一枚ずつ長さの違う裾《すそ》は三段のフリルになっていて、とても可愛らしいデザインで気に入っている。くるりと鏡の前で一周すると、ふわりと裾が舞い上がった。

(少しでも可愛く見せたいもの)

レミアスの隣に並ぶのなら、少しでも可愛く見せたい。鏡の前でああでもないこうでもないと髪型を変え、スカートと同じ色のリボンを髪に編み込む。

ぱっと時計に目をやったら、もう待ち合わせの時間までほとんど残されていない。レミアスを待たせるわけにいかないと、全速力で待ち合わせの場所に駆けつけた。

(思い出作りだけじゃなくて……もう少しレミアス様と仲良くなりたいな)

レミアスの心を射止めるために来たはずが、いつの間にか思い出作りになってしまっている。でも、とまだ肩で息をしているふりをしながらシアラは考え込んだ。

(思い出だって、いっぱいあった方がいいもの)

残された時間はあとわずか。あっという間に時間がたってしまって、行儀見習いの終わりまでもう二ヵ月を切っている。

「おや、待たせてしまったようですね。今日は、シアラも一緒なのですか」

少し遅れてやってきたレミアスは、今日も素敵だ。

街歩き用なのだろう。上質ながらも、刺繍は施されていない無地の上着。紺《こん》のそれは細身の仕立てで、彼の身体にぴたりと合っている。揃いの生地のトラウザーズも、彼をすらりと見せていた。

壊れたみたいに心臓がものすごい勢いで走り始めるから、シアラは慌てて視線を落とした。

「あの、ポラルーン領のことを勉強してくるようにと、エグモントさんが言ってくれて」

「行儀見習いに来ている女性を一人連れていってほしいと聞いていましたが。あなただったのですね」

それ以上言葉が出てこなくて、ただこくこくとうなずく。

こちらをまっすぐに見つめる黒い瞳には、人を癒やすような輝きがある。口元に浮かぶ小さな笑みは、彼の美貌《びぼう》を引き立てていた。

慈愛《じあい》に満ちたそのまなざしに見つめられるだけで、頭の中がかぁっとしてくる。

もちろん、彼がそんな目を向けるのはシアラだけではないということも十分理解している。一方通行の想いでしかないのに、ますます膨れ上がってどうしようもなくなってくる。

「――では、行きましょうか」

レミアスと馬車の中で向かい合って座る。

（やっぱり……ドキドキする……な……）

向かい合って座った馬車の中。レミアスをいつもより身近に感じて、心臓が騒がしいのを自覚する。

彼は、目の前にいるシアラに興味ないみたいで、城から持ち出してきたらしい書類に目を通している。眼鏡を外したら、彼はどんな顔をしているのだろう。

こんなにも心臓が騒がしいのはシアラだけ。けれど、一緒に過ごすことができるというだけで――じんわりと胸があたたかくなるのだ。

「ポラルーン領は栄えていますよね。とても……」

窓の外を見つめ、何気なく言ってみる。なんでもいい。レミアスと会話する機会が欲しかった。

「両親が大切に守ってきた地です。私も、父のようにこの地を守りたいと思っているのですよ」

レミアスの一番大切なものは、この地。まだ、結婚なんて考えられないというのもわからなくはない。彼の中にシアラの居場所なんてないのにどんどん気持ちが膨れ上がってしまう。

（それなら、少しでも私のことを覚えていてほしいって思っては……ダメ？）

彼にとって、シアラは一時行儀見習いに来てすぐに立ち去っていくだけの相手。きっと、城を去った瞬間にシアラのことなんて忘れ去ってしまうだろう。

それは嫌だ。少しでいい。シアラのことを覚えていてほしいなんて——考えてはだめだろうか。

六歳の頃から育ててきた想いは、簡単に消えてくれそうになかった。彼に気持ちを伝えればよさそうなものなのに、言葉が出てこない。

「……私、この街が好きです。薔薇の大祭をもう一度見る機会があったらいいんですけど」

幼い頃、一度だけ祭りの時期にこの地を訪れたことがある。

それが、レミアスとの出会いだった。

こっそり胸元に手をやって、そこにある指輪の感触を確かめる。

もともとそんなに賢い方ではないし、自分で決めたこととはいえ勉強から逃げ出したくなることも何度もあった。そんな中、シアラを支えてくれたのは、いつもこの指輪だった。

——でも、シアラの想いはきっと彼には届かない。

「薔薇の大祭の時期にもう一度いらしてください」

ほら——最初から相手にされていない。きっと、ぬいぐるみや手袋をもらってくれたのは、彼の気まぐれ。せっかく作ったシアラの気持ちを無駄にしたくないという程度のものでしかないのだろう。

けれど、彼の言葉には精一杯の微笑みを返す。もし、彼の記憶の片隅にとどまることを許されるなら、できるだけいい表情でいたいから。

「はいっ、そうします！」

おそらく、その時にはそんな自由なんてないだろう。その頃には両親の決めた相手に嫁ぐ準備を始めているはずだ。

(だけど……もうちょっとだけ、夢を見たいもの)

そっと目を伏せて、想像してみる。

薔薇の花に埋め尽くされた美しい馬車。その上に立った薔薇の女王が投げてくれる幸運の袋。それを皆が拾い集めるのを、レミアスの隣に立って一緒に眺めている。

シアラは、もう女王のまく幸運にあやかろうとは思わない。だって、レミアスの隣にいるのが一番の幸せだから。

(……夢は、夢ね)

レミアスに気を遣わせないよう、その夢を頭から追い払う。レミアスは、シアラをじっと見つめていた。

恋人同士ではないけれど、同じ馬車に乗って出かけることができて幸せ。自分にそう言い聞かせてにっこりとする。

「楽しみですね。その時期が来るのが――その時には、あなたが薔薇の女王になりますか？」

「とんでもない！　あれはものすごい美人がやるから絵になるんです。私なんて……」

そんなに悪くもないが、驚くほどの美人ではないこともシアラはわかっている。分不相応ということはちゃんと理解しているし、望むつもりもない。

分不相応な願いは――レミアスの隣にいたいと望む一つだけでいい。それだって、ちゃんと諦めるつもりだ。諦めきれる自信はないけれど。

「きっと薔薇の女王の衣装が似合うと思ったのですが」

「なっ」

レミアスの口から、そんな言葉が飛び出してくるとは思ってもいなかった。目を丸くして見ていたら、レミアスもはっと口に手を当てた。

「こ、これは失礼を……いえ、あなたが美しくないと言いたいわけではなく……」

「いえいえいえっ、お気になさらないでください……う、嬉しかった……の、で……」

耳が熱い。レミアスにとって、さほどたいした意味のない言葉であろうことは容易に想像できた。口を滑らせたというよりは、女性に対して何か誉め言葉を見つけねばと思った結果なのだろう、きっと。でも、嬉しい。

（……レミアス様手帖に記しておかないと！）

それだけではなくて、部屋に戻ったら日記帳にも書いておこう。レミアスの口から、シアラを誉めてくれる言葉が出てきた。この日のことは、絶対に忘れない。

やがて馬車が停められ、シアラはぴょんと飛び降りた。

「レミアス様、今日はどちらを回るのですか？」

「まずは市場に行こうと思っています。最近、魚が不漁だという噂がありましてね。実際のところはどうなのか……あとは、野菜を見て回りたいです。それから、商人達の話を聞いて――ジャイル産のワインでいいのがあれば城に届けてもらおうかと」

馬車を降りたところで話しかけたら、レミアスはそう返してくれた。だが、護衛の兵がいないというのは問題ではないだろうか。

いや、この街にいる人間がレミアスに危害を加えるなんてありえないだろうけれど、それにしたって護衛が領主を一人にするってだいぶまずいんじゃないだろうか。

「あの、レミアス様……護衛の方、とかは……？」

「護衛は必要ありません。自分の身と、あなたを守ることくらいはできますからね」

「いざって時は、私を見捨てて逃げてくださってかまいませんっ！」

「そういうわけにはいかないでしょう――この街は安全ですから安心してくださっていいですよ。今のは万が一の時の話です」

街中を二人で歩くことができるのは嬉しい。隣に並ぶのは少しはばかられて、レミアスの半歩後ろを歩く。

(やっぱり、この角度から見ても素敵……！)

彼の様子をじろじろ見ているとは思われたくなくて、うつむき加減に歩く。それでも、ちらちら見上げてしまうのはやめられなかった。

斜め後ろから見た時の顎《あご》から首にかけての線。そこから肩、腕と視線を下ろしていき、大きな手でとまる。結局、手の大きさをはかることができなくて、あれからは手袋を編めていないけれど……。

(もう一度、編んでみようかな……今度はレミアス様の手にきちんと合わせたら……)

「私の顔に、何かついていますか？」

不意に前を歩いていたレミアスが足を止めて振り返り、シアラは飛び上がりそうになった。

「いっ、いえ、そんなのでは……！」

(気づかれてるとは思わなかった！)

斜め後ろから見ていたのに、どうして彼に気づかれてしまったのだろう。だが、立ち止まった彼は、シアラの目を見てにっこりとした。その微笑みに、心臓を射抜かれたみたいになる。

「まずは市場ですよ」

「……え？　ああああの、レ、レ、レミアス様っ！　これはっ！」

シアラの手を取ったレミアスは、そのまま歩き始める。ばくばくしている心臓が、口から出てきてしまうのではないかと真面目に思った。

(うそぉ……ほ、本当に……)

なんだか、夢を見ているような気がしてならない。だって、レミアスと手を繋いで歩いている。

いや、これは夢か現実かなんて考えてる場合じゃなかった。どういう理由か知らないが、レミアスが手を繋いでくれるというのだから、心ゆくまで味わっておかなくては!

(思っていたよりずっと大きい……)

シアラの手を包み込んでしまうレミアスの手。指が長くて、骨ばっていて。シアラが思っていたよりずっと大きかった。手のひらは、とても堅い。

泣きたいような、大声で歌いだしたいような、そんな奇妙な感覚が胸からぐっと込み上げてくる。

好きな人と手を繋いで歩いている。夢みたいだ。できることなら、現実に帰りたくない。

「レミアス様、ありがとうございます」

「何が、ですか?」

つい、お礼の言葉が口から漏れた。

「今、とても幸せだからです」

「……幸せ、ですか。何がそんなにあなたを幸せにさせるのでしょう?」

「レミアス様と一緒にお出かけをすることができたからです!」

レミアスとこうして普通に会話をすることができている。

それだけで、こんなにも幸せ。

市場に着いたところで、繋いでいた手を離されてしまったのが、少し——寂しかった。

（いえ、わかってはいるのだけれど……）

先ほどレミアスが手を繋いでくれたのは、何かの気まぐれ。シアラとずっと一緒にいたいと思ってくれているわけでもない。

それなのに、こんなにも心臓をドキドキさせているなんて、本当にどうかしている。

市場では、レミアスは自分の目で野菜や果物を見て回り、それから問題の魚について聞きにいくことになった。

「そうですか。魚はやはり不漁ですか。川の上流で何かあったのかもしれませんね」

「漁師達の話によると、こんな不漁はほとんど例がないと」

「わかりました。すぐに上流の調査を行いましょう。城に戻ったら、すぐに調査計画を立てます」

「助かりますよ、公爵様」

魚屋の店頭で、彼が主と話をしているのをシアラは黙って見ていた。

こうしているだけで、ますます気持ちが膨れ上がってくるから、本当に厄介だ。

だけど、レミアスへのこの気持ちまでは否定するつもりは全然なくて。彼の一挙一動を忘れまいと懸命に胸に刻み込む。

（そう言えば、このあたりは川魚を食べることが多いのよね）

ポラルーン領は海から離れているため、海の魚が入ってくることはほとんどない。干物や塩漬け、オイル漬けになっているものなどは少々入ってくるけれど、新鮮な魚は川魚しか手に入らない。

川魚をフライにしたり中に香草を詰めて蒸し焼きにしたりといろいろな調理法で、城ではいつもと変わらず出されていたので、最近、不漁なのは気づいていなかった。

店主との話を終え、シアラの方に戻ってきたレミアスが耳をすます。何かに気づいた様子であたりを見回し、それからシアラの方へ視線を向けた。

「一緒に来てもらえますか？　あなたを一人にしておくわけにはいきませんからね」

「……はい、もちろんです」

レミアスが急ぎ足になり、シアラは小走りで彼に続く。少し行ったところで、どこから か子供の泣き声が聞こえてきた。どうやら、彼はこの泣き声に気づいていたらしい。

市場に子供がいるのは珍しいことではないけれど、こんな風に泣きわめいているのはたぶん迷子だろう。

「ああ、泣いていたのはあなたでしたか」

先に泣いている子供を見つけたのはレミアスだった。

慌てて彼を追うと、ひぃひぃ泣いている女の子と、そのそばに困った顔でしゃがんでいる女性、取り囲んでいる男女の姿が目に入ってきた。

「この子供はどうしたのですか？」

「いや、外国から来た子みたいでね。今、話せる者を探してるんだが」

レミアスが手近にいた男に問えば、困った顔でそう返す。

泣き声で何を言っているのかよくわからなかったが、子供の言葉に耳を傾けてみた。

（……あら、私、この言葉わかるじゃないの）

流暢《りゅうちょう》ではないけれど、一応シアラの話すことのできる言葉だ。話しかけようとしたけれど、先に子供に声をかけたのはレミアスだった。

『迷子になってしまいましたか？　お父上か、お母上は一緒ではないのですか？』

子供が相手なのに、レミアスの言葉遣いは丁寧だ、なんてことに気づいてしまう。優しいお兄さんみたいだな、と素直に感心した。

『リーン、迷子じゃないもん。迷子になったのはお父さんだもん』

女の子はレミアスの方にぷぅっと頬を膨らませる。迷子で確定のようだ。

シアラも膝をついて、目の高さを子供と合わせる。上から見下ろすより、視線が合う方が安心するから。涙をぼろぼろこぼしている子供の頬にシアラはハンカチを優しく当てた。

『あなたのお名前はリーンちゃんね？』

『うん』

『わかった。じゃあ、一緒にお父さんを探そうね』

少し発音がおかしいけれど、シアラが女の子の言葉で話しかけると、彼女は短く答えてくれた。その様子を、少し驚いた様子でレミアスが見ている。

この子は、たぶん、五歳くらいだ。シアラは女の子の手をぎゅっと握って立ち上がった。

「この子が話しているのはジャイル語だから、ジャイル商人の子じゃないかと思うんですけど。レミアス様、どう思います？」

ジャイルとは、ポラルーン領から馬車でひと月以上旅をしたところにある小さな国の名だ。ひと月以上かかるとあって、このあたりにジャイル語を話す人はあまりいない。

「そうですね。ジャイル商人が集まるところに行けば、この子の親を知っている人がいるかもしれません。私も一緒に行きましょう」

「レミアス様が？」

だって、彼は視察の途中なのに——いいのだろうか。

『私に抱かれるのは嫌ですか。高いところから見た方が、あなたのお父上を見つけやすいと思うんです』

レミアスが、女の子と視線の高さを合わせて問うと、彼女はシアラと手を繋いだままこくりとうなずいた。

『では、失礼しますね。これでいいですか？』

レミアスに抱えあげられ、彼女はぽーっとなってレミアスの顔を見つめていた。

（いいなぁ、レミアス様に抱っこされて……）

小さくても、女の子は女の子ということなんだろう。レミアスの美貌にぽーっとなっているのが、シアラにはよくわかった。

彼女は、レミアスの顔をあんなに近くで見ているわけだ。迷子になっている当人にとっては、そんなところで羨《うらや》ましがられても困ってしまうだろうけれど、羨ましい。ものすごく羨ましい。

『リーンちゃんのお父さん！　いますか？』

『この子のお父上はいませんか？』

ジャイル語で叫んだシアラに続き、レミアスがジャイル語で繰り返す。そうしながら、レミアスとシアラは、ジャイル商人の店が集まっている方へと歩いていった。

「リーン、なにやってるんだ！　――公爵様！」

向こうからばたばたとやってきたのは、彼女の父親らしい。娘が公爵であるレミアスの腕に抱えられているのを見て、倒れそうなくらいに驚いていた。

「初めて、こっちの国に連れてきたんですが、少し離れた隙に迷子になってしまったようで。ご迷惑をおかけしました」

アクセントに怪しいところはあるが、父親の方は、流暢にこちらの言葉をしゃべるようだ。

『お父さんが！　勝手に！　いなくなった！』

レミアスの首にぎゅっとしがみついたまま、女の子は父親にしかめっ面を向けた。

『おいおい、お前が勝手にいなくなったんだろう。さあ、こっちに来なさい。それから公爵様にお礼を言いなさい』

『ありがと』

父親と会ってすっかり安心したのだろう。地面に下ろされた彼女は、ぺこりとレミアスに向かって頭を下げる。レミアスは、父親の方に笑顔を向けた。

「ちょうどよかった。ジャイルの方を探していたんです。あなたの取り扱っている商品は何ですか？」

「主に毛糸、それから毛皮を扱ってます。それから、ワインも少々」

「では、ワインを一樽《たる》、それから毛皮の見本があれば城に届けてください。ちょうど、ジャイル産のワインを用意しようと思っていたのです。いい毛皮があれば、今年の冬に備えて買いましょう」

「あ、ありがとうございます！」

不意に公爵から品物をおさめるように言われて、父親はぺこぺこと頭を下げる。

商人父子と別れ、シアラとレミアスはポラルーン城へと帰宅の途につく。

向かい側の席に座ったレミアスは、来た時にはあまりシアラに興味がないみたいだったのに、今は真剣な顔でこちらを見ている。

「あなたは、ジャイル語を話すのですか？　失礼ですが、女性がたしなみ……として学ぶには珍しい気がするのですが」

「ジャイル語はそれほど話せるわけではありません。相手が子供で難しい言葉は必要なかったし、日常会話だったからなんとかなっただけです」

レミアスに嫁ぐと思い込みで決めた時、公爵の妻として必要そうな教養は全部身につけるとも決めた。要領のいい方ではないけれど、努力を重ねるのは苦ではなかったのだ。

でも、レミアスにそんなことを語ってもしかたがないので、手短に話すにとどめておく。

「一応、語学はいろいろ学んだ方がいいかなと思って。アルバース語、トルアックス語はハズリット語と同じくらい流暢です。ジャイル語、サディーン語、ウィンディア語は日常会話くらいなら、なんとか」

「どうして、そこまで懸命に語学を学んだのですか？」

レミアスの方からシアラ自身のことを聞いてきたのは、初めてではないだろうか。シアラはうっすらと微笑んで続ける。

「アルバース語とトルアックス語って、ハズリット語とよく似てるじゃないですか。国境が接してるからっていうのもあると思うんですけど……だから、アルバース語とトルアックス語は覚えたら役に立つのではないかと思ったんです」

レミアスの妻という立場を望むのであれば、この三か国語を身に着けるのは必須だ。だけど、そこには触れずにさらに続けた。

「ポラルーン領は、他にもたくさんの国から商人達が集まってくるでしょう。父の領地は、ポラルーン領の隣なので……ひょっとしたら、いろいろな国の人達と話ができたら将来役に立つかなと思って」

これ以上は期待してはいけない。もちろんそれはわかっている——。それなのに、シアラの口は勝手に動いた。

「いつか、もう一度あなたに会うことがあったなら。その時に恥ずかしくないようにしたかったんです……あなたが好きだから」

レミアスの口角がゆっくりと上がって、美しい笑みを浮かべる。思わずその顔に見とれてしまった。

「それだけの言葉を学ぶのは、とても大変だったでしょう。あなたはとても努力家なのですね。素晴らしいと思います」

「ありがとうございます、レミアス様！」

素晴らしい、と誉められて、シアラは胸がじんわりとしてくるのを覚えた。彼に素晴らしいと誉められた。もうそれだけで十分で、他には何もいらない気がしてくる。

日記帳に書くべきことがまた増えた。あと、今の彼の表情は、胸に刻み込んでおかなければ！

「私もジャイル語は学びましたが、あなたの方がお上手ですね」

「そ、そんなこと……」

また誉められて、視線のやり場に困ってしまった。レミアスとこうして言葉を交わしているだけで満足していないといけないのに、もっと近づきたいと願ってしまう。

——だけど。心の奥の方からはシアラを現実に引き戻す言葉も聞こえてきた。

（レミアス様は、私を見ているわけじゃないから）

レミアスにとって、シアラの立ち位置というのは最初に顔を合わせた時とさほど変わっていないだろう。

——それは、わかっているつもりだけれど、自分の気持ちはままならない。

シアラは、レミアスの顔を見る。彼の顔をこうやって見ていられるのもあとわずかな間だけ。

わかっている、わかっているから——だから、もうちょっとだけ、この静かな時間を楽しむことを許してほしい。シアラの想いにはかまわず、馬車は城へと戻っていく。

「今日は、あなたが来てくださってとても楽しかったです」

ちょっとだけ、進歩だ。前に気持ちを告げた時には何も言ってくれなかった。楽しかったと言ってくれて、ちょっとだけ進歩だ。その『進歩』に全力で縋《すが》りついてしまいそうになる。

馬車を降りるのに、レミアスが手を貸してくれて——シアラは、胸がきゅっとなった。帰国前にもう一度、レミアスとこうやって歩く機会があるだろうか。

「どうだった？　視察、楽しかったろ？」

馬車の後部から降りてきたクルトが、シアラに向かってにやりとする。シアラは、彼に向かって頭を下げた。

「はい！　すっごく、楽しかった……です！」

そこへ、レミアスの帰りを待っていたらしいエグモントが、ゆったりとした足取りで出てきた。

「ジャイル商人からワインと毛皮の見本帳が届けられたよ。君が市場で見つけたんだって？」

「ええ。たまたま知り合ったのですが、あなたはジャイル産のワインが好きだったでしょう。それで届けてもらったのです」

「今日の夕食に出すように手配するよ。それから、毛皮の見本はどうしたらいい？」

「そちらはクルトに任せます。兵士達の防寒具に使ったらどうかと思いまして。それと、魚はやはり不漁だそうです。調査隊を結成したいので、あとで打ち合わせるための時間を取ってください」

「わかった」

では、とレミアスはシアラの方に一礼し、それから城の中へと入っていく。わかっていたけれど、戻ってきたら、市場での親密な空気は完全に消えてしまった。

手を繋いだ――ちらりとレミアスに取られた手に目を落とす。彼と手を繋いだのは、ほんのわずかな時間でしかなかった。

（うん、やっぱり今夜はこの手は洗えないわ……！）

「じゃ、俺ももう行くわ。兵士達の訓練の様子を確認しないといけないからな」

クルトがぽんとシアラの頭に手を置き、彼の方は兵士達の駐屯所《ちゅうとんじょ》に向かって歩いていく。後に残されたのはシアラとエグモントだけだった。

「市場はどうだった？」

「とても栄えていてびっくりしました。私の国では見たことのないような珍しいものがいっぱいあって」

エグモントが勧めてくれなかったら、レミアスがシアラを市場に連れていってくれることはなかったはずだ。だから、エグモントにも素直に感謝する。

「……お土産、忘れちゃってごめんなさい。市場で迷子に会ったら、すっかり頭がいっぱいになってしまって」

「いいよ。そんなの——ねえ、シアラ。君は、この城にとどまる気はない？」

「それは……ちょっと」

シアラは遠い目になった。このまま、この城にいたら、レミアスと頻繁に顔を合わせることになる。

彼の顔を頻繁に見ていられるのは幸せといえば幸せだけれど、彼が他の女性と結婚するのを目の当たりにしないといけないわけで。

「親の決めた縁談があるんですよねー」

「レミアスとの結婚を狙ってるわけじゃなかった？」

くすりとエグモントが笑う。笑顔はレミアスとあまり似ていないのに、ちょっときゅんとしてしまった。

（……重症だわ、私）

レミアスと比較できる人なんていないはずなのに、エグモントにレミアスが重なるなんて重症としか思えない。

「……それは、無理だってわかってるから。ただ、両親だって、最初からそう思ってたから行儀見習いを許してくれたんだと思うんです」

どうして、あれだけ努力をしたのだから、少しでもレミアスに近づけた、と思えたんだろう。

最初から相手にされていないことくらいちゃんとわかっている。ここにいることができる、残りのわずかな時間を大切にできたらそれでいい。

「だから、その結婚相手というのは僕で——」

エグモントの言葉も耳に入ってはいなかった。

あともう少し、もう少しだけ、だから——。

「失礼しますね、エグモントさん。私、やらないといけないことがあるんです」

一礼してシアラも城内に戻る。残った時間を大切にしたいと強く思った。

◇◇◇

行儀見習いに来た女性と一緒に街中に出るのは、今までに例がなかったわけではない。待ち合わせの場所に行ったら、そこで待っていたのはシアラだった。

やはり彼女の向けてくる好意は変わらない。この城に来てから、彼が彼女の好意を正面から受け止めたことなんてないのに。

出かける時間までに終わらなかったから、書類仕事を持って馬車に乗り込む。馬車の中で書き込みはできないが、中身に目を通すことはできる。

書類を眺めながら、ちらりとシアラの方に目を向ける。興味深そうに街中を見つめる彼女の唇がゆっくりと弧を描く。幸せそうなその表情に、一瞬見とれかけ、慌てて書類に目を落とす。

馬車から降りて歩き始めたとたん、シアラがはぐれそうになっていたからつい彼女の手を取った。深い理由があったわけではなかったけれど、半歩後ろを歩くシアラから向けられる視線が妙にくすぐったくて落ち着かない。

掃除をし、薬草室を手伝い、エグモントと一緒に帳簿付けをする。一日くるくると動いている彼女の手は、レミアスが思っていたよりずっと小さくて、思っていたより少し硬かった。

ちらりと目をやれば、耳まで真っ赤になっている。心の奥で何か動いたような気がしたけれど、レミアスはそこから目を背けた。

（……いえ、気のせいでしょう）

こんな風に、胸のあたりがあたたかくなるのは気のせいだ。今は、一人の女性に気を取られている場合ではない。

市場に入り、あちこち視察に回って、迷子になっていたジャイル商人の娘を保護する。

驚いたのは、シアラがジャイル語をそこそこ流暢に使いこなしていたことだ。

このあたりでジャイル語を学ぶものは珍しい。

「いつか、もう一度あなたに会うことがあったなら。その時に恥ずかしくないようにしたかったんです……あなたが好きだから」

まただ。また、彼女は素直な好意をぶつけてくる。好きだと言われてみっともないくらいにうろたえてしまう。

「それだけの言葉を学ぶのは、とても大変だったでしょう。あなたはとても努力家なのですね。素晴らしいと思います」

そうやって動揺しているのが彼女に見えなければいい——。シアラの発言一つ一つにいちいちこんなにうろたえているなんて何かおかしい。結局、彼の口から出てきたのはそれだけだった。

「今日は、あなたが来てくださってとても楽しかったです」

今日、いつもの視察と違うように思ったのは、彼女が一緒にいたからかもしれない。

ぱぁっと彼女の顔が輝くのを思い出したら、胸のあたりが温かくなったような気がする。

けれど、レミアスはその感覚をすぐに追い払ってしまった。

第三章　今日からお前は……

　レミアスと時々会話をし、クルトに遊ばれ、そしてエグモントの下で行儀見習いとして仕事をする。レミアスとは何度か顔を合わせたし、一緒に街に出かけた時にはゆっくり話をすることもできたけれど。

（特に進展ないまま、終わっちゃったな……）

　父が決めた結婚相手が、できるだけ遠くの人だったらいい。ポラルーン領の話なんて、ほとんど入ってこないくらいに遠く。

　明日は、この城を去らねばならない。シアラは、一人、自分の部屋でため息をついた。夏もこの地を去りかけていて、気の早い虫達が夜になると鳴き始めている。

（薔薇の大祭に遊びにおいでってレミアス様は言ってくださったけど……その頃には、もう実家にはいないもの）

　幸いなことにと言っていいのだろうか。彼に好意を伝える機会だけは何度も得ることができた。だから——後悔なんてしない。

　シアラは、首にかけていた鎖を外した。鎖に通された銀の指輪は、あの日レミアスがシアラにくれたもの。

薔薇の女王から受け取った指輪は、恋がかなう印。だけど、シアラの恋は、実を結ぶことのないまま終わってしまった。

(これを持ってお嫁に行ってしまったら——、きっとレミアス様のことを忘れられない)

それなら、捨てる？　どこに？　捨てるなんてできるのだろうか。

明日の朝には出発するから、荷物はもうほとんど詰め終えた。

今着ている寝間着をトランクに入れ、明日の朝使うために出しておいたブラシや手鏡などを片づけたら終わりだ。

(……でも、いいこともたくさんあったもの)

この城に来て、レミアスのことをたくさん知った。あの日、シアラを泣き止ませてくれた男の子は、思っていたよりずっとずっと素敵な人になっていた。

(レミアス様手帖はまだまだ書き込む余地はあるけれど)

かけてもらった優しい言葉。たまに見せてくれた甘い笑顔。

それらを心の隅にしまい込んで毎日毎晩しつこいくらいに反芻《はんすう》している。

けれど、もうこの気持ちは封印してしまわなければ。

(……大好き)

だから、今夜だけは思う存分、自分の気持ちに浸ろう。

鎖を通した指輪を強く握りしめて、シアラはポラルーン城最後の夜を過ごしたのだった。

荷物はもう馬車に積んだ。厨房で仲良くなった料理人が、バスケットに食べられないくらいの量のお菓子を詰めてくれた。

そのバスケットももう馬車の中。何が入っているのかは、開けてみてのお楽しみ、だそうだ。シアラは、薄い灰色の旅行用のワンピースを着ていた。

「……お世話になりました、レミアス様」

勇気を振り絞ってレミアスの執務室に行ったら、そこにいたのは彼だけだった。

三ヵ月前、この扉を開いた時のことを思い出す。

顔を上げることができなくて。左から聞こえてきたクルトのふき出す方に目をやって。

それからおそるおそる正面に視線を戻したら——。

(あの時、私ってば、なんてこと口走ってたのかしら)

だけど、あの台詞《せりふ》を面白がったクルトが、レミアスとの時間を作ってくれたのだから、きっとあれでよかったのだ。もう思い残すことなんてない。

「ああ、今日……出発だったのですか。あなたがいなくなると寂しくなりますね」

きっと、誰にでも同じ言葉を口にしているのだと思う。だけど、レミアスのその言葉に、シアラの心は簡単に崩れてしまった。

これ以上、言うつもりはなかったのに。言わないまま、この城を去るつもりだったのに。

唇が震え、目のあたりがじわりと熱くなる。このままでは、彼の前で涙を見せてしまう。

わかっていたのに止められなくなった。

「――あなたが、好きです。レミアス様。でも、この気持ちは……ここに置いて行きます」

執務用の机に座っているレミアスの方に、シアラはずんずんと突き進んだ。そして、首にかけていた鎖を、そっと外し、そのまま彼の机の上に置く。

「どうか――あなたが、す、素敵な……人に、出会えます、ように。お返しします、レミアス様」

鎖を机の上に置いた勢いで、そのままぐるりと回りこむ。椅子に座ったままの彼が、驚いたような顔をしてシアラを見つめているのがわかった。

(……やっぱり、好きだな。でも……もう、忘れないと)

眼鏡の向こう側で見開かれた黒い瞳。

彼の目は時々心の奥底まで見透かしてしまいそうな鋭い光を放つ。けれど、その目に温かな表情が浮かぶこともシアラはちゃんと知っていた。

秀でた額、形のよい顎。耳たぶは少し薄くて――彼の手は、少し冷たいことが多い。

毎日、彼のことを見ていて、幼い頃は見えなかった彼の素敵なところもたくさん見せてもらった。ここで過ごした日々のことは、絶対に忘れない。

「好き、です――好き、でした。どうか、あなたの上にたくさん、幸せがありますように」

だけど、もう親から与えられた期間は終わった。

あとは国に帰って、自分のやるべきことをやるだけ。

ずかずか机を回ったその勢いで、彼の頬に唇を押しつける。初めて触れた彼の頬はかすかに甘いみたいに感じられた。

「失礼しますっ！」

そのままシアラは後も見ずに執務室を飛び出した。

こうやって、レミアスに触れてしまったら、あとは言えることなんて何もない。

自分がしでかしたことがあまりにも恐れ多くて、ばたばた廊下を駆け抜け、馬車に飛び乗った。

「行ってください！」

側で待っていた御者《ぎょしゃ》が、驚いたような声を上げたけれど、シアラの言葉に従って、ゆっくりと馬車は進み始めた。

（……このまま、ここにとどまるって言えばよかったのかしら）

レミアスの前で、みっともないところは見せたくなかった。

クルトにもエグモントにも先に別れをすませておいてよかった。最後の最後でこんなところは見せたくなかったから。

頬を濡らした涙は、そのまま顎から膝へと流れ落ちる。

大人になってから、こんなにもみっともなく涙を流したのは初めてだ。

（……夢みたい、だったな）

あふれる涙をぬぐおうともせず、馬車の壁にもたれかかる。

間近にレミアスを見る機会があった。それだけで満足していたら、こんな想いはしないですんだだろう。

エグモントの言葉に素直に従っていたら、もう少しレミアスの側にいることもできたかもしれないけれど、たぶんそれはやらない方がいい。

もう少し、もう少し――で、いつまでたっても、気持ちの整理なんてつかないのはわかっている。

やっぱりここで離れて正解だったのだ。ぐすぐすと泣く声だけが馬車の中に響いている。

ようやく落ち着きを取り戻したのは、昼過ぎになってからだった。道中のおやつにと厨房の料理人が持たせてくれたバスケットの蓋を開けてみる。

「やあね、私一人じゃこんなに食べられないのに」

あえて笑いまじりにつぶやいた。日持ちのするドライフルーツを練り込んだパウンドケーキ。バタークッキーに、ジンジャークッキー。しっとりとしたフィナンシェ、マドレーヌ。

(……寂しい、な……)

生まれ育った自分の屋敷に帰るところなのに、ものすごく寂しい。

途中、何度か休憩を挟み、馬車は進むけれどシアラの心は晴れなかった。膝の上に大切に置いたバスケットの中身にも手をつけることができない。

せっかくのお菓子。おいしいうちに食べた方がいいのだろうけれど、あの城での思いがなくなってしまうみたいで。

「……ばかみたい」

唇に人差し指を当ててみる。初めて彼の頰にキスをした。ひんやりとした彼の頰は滑らかだった。

手が冷たいから、その分心は温かいのだと話をしたことがあったけれど、彼は覚えていてくれるだろうか。シアラは、彼の心の片隅にでも残ることができただろうか。

(本当に、レミアス様のことを忘れられると思ってるの?)

自分自身に問いかける。

彼のことを忘れるなんて、本当にできるのだろうか。それが一番怖い。

でも、忘れなくては。実家に帰って、両親の決めた相手に嫁ぐ。それが行儀見習いに出る前に両親とした約束。

馬車の外を流れる光景に目をやる。少しでもレミアスに繫がるものを記憶にとどめておきたくて。

(ああ、私……本当に、だめ、なのかも)

いるはずないとわかっているのに、何かの間違いで視察に出ていないかと彼の姿を探してしまう。

その夜は、両親が手配しておいてくれた宿屋で宿泊した。

レミアスとは何の関係もない場所だというのがわかっていても、ポラルーン領の中にあるというだけで愛おしくてしかたない。

バスケットの中身には手をつけられないまま、翌日も一日馬車に揺られる。そして、夕方間際——もう少しで国境を越える、というところだった。

馬車の後ろの方から、ものすごい音が聞こえてくる。物思いにふけっていたシアラもさすがにどきりとして、窓から半分身を乗り出すようにして、背後の様子を確認する。

(う、嘘……!)

「そこの馬車! 止まれ! 今すぐ止まるんだ!」

「止まれって言われても! 今すぐぐって言われても!」

たぶん、今、馬車の中で眠り込んで夢を見ているんだと思う。だって、ものすごい勢いで向こうから馬を走らせてくるのは、レミアスだったのだ。

レミアスが、こんなところに一人でいるはずがない。貴族なのだから、普通は馬車で移動するはずで。あんな乗り潰しそうな勢いで馬を走らせるはずがない。

「シアラ・リーフェンシュタール! 待つんだ! 止まれ!」

シアラの名を呼ぶ声に御者がゆっくりと馬車の速度を落とす。どうやら、追ってきているのがレミアスであるのに気づいたのだろう。

レミアスが追いつく前に、シアラは馬車の扉を開いて飛び降りた。

その前に、頬に手をやって抓《つね》るのは忘れていない。思いきり抓ったら、しっかり痛かった。痛かったので夢ではないらしい。

「レミアス様、私……何か忘れ物でもしましたか？」

シアラが彼に向かって目をやると、彼は勢いよく馬を飛び降りた。

「行くな、シアラ！　俺にはお前が必要だ」

「俺？　は？　お前？　へ？　あの、レミアス様……？」

今、目の前にいるのは本当にレミアスなのだろうか。飛び降りた彼は、ぐいぐいシアラに迫ってくる。

「結婚しよう——今すぐに！」

「今すぐって！」

「今日から、お前が、俺の嫁——だ！」

血相を変えたレミアスの様子に、あちこちから見物人が集まってくる。そして、レミアスの俺の嫁、という宣言にわーっと歓声が上がった。どうやら、まったく状況が理解できていないのはシアラだけみたいだ。

「だって、レミアス様、だって！」

そう叫ぶけれど、身体に腕が回されたら何も言えなくなる。これは——夢、じゃない。レミアスの腕の中に抱きしめられている。

「あ……もうだめ、かも」

目の前が急に真っ暗になったみたいな気がした。こんなの嘘だ。ありえない。

絶対にこれは夢で——くらりと意識を失いかけたシアラの耳に、レミアスの焦った声が飛び込んでくる。

「シアラ、しっかりしろ！　医者が必要か？」

「いえ……大丈夫、です」

「では、俺との結婚は嫌だと！」

「そ、そんなこと……ありません――ないですけど！　でも！」

一瞬意識を失いかけたけれど、本当にレミアスはシアラを必要としてくれているみたいだった。彼はシアラの前に膝をついた。

「本当に、本当に……俺との結婚は嫌ではないか？」

「嫌だなんて！　そんなこと……」

ただ、レミアスがいつもと別人みたいに感じられるだけ。こんな彼は見たことがなかった。

「……失礼。どうやら気が高ぶりすぎたようです」

きょとんとしているシアラの前で、三度呼吸したレミアスは、いつもの表情を取り戻した。膝をついた姿勢のまま、じっと見つめてくる。

「どうか、私と結婚してはいただけませんか？」

「……はい！」

いきなりレミアスの態度ががらっと変わったのには少し驚いたけれど、彼の求婚を断る理由なんてなかった。

「では、これはやはりあなたのものです。きちんとした指輪は、日を改めて用意しますが……それまでは、これで」

昨日、レミアスの机に置いてきた銀の指輪が、シアラの左手の中指にはめ込まれる。彼の手が、自分の指に指輪を通してくれるのをシアラは呆然《ぼうぜん》と眺めていた。

(……嘘みたい……本当に……?)

シアラの前で、レミアスの瞳が、不安そうに揺れた。

「やはり、嫌でしたか」

「いいえ、不安なんてないです。ただ……両親にどう話をしたものかと」

両親には、レミアスの気持ちを射止めることはできなかった。だから、屋敷に戻ったら結婚の話を進めてくれと手紙を書いてしまっていた。結婚相手になる人に、申し訳ないことをした気がしてならない。

「私も一緒に行きましょう。いいですね?」

「はい、それはいいのですが——レミアス様が留守にして問題ありませんか?」

レミアスが一緒に来てくれるのならば安心ではあるけれど。ただ——彼が、城を離れてしまって大丈夫なのだろうか。

「数日くらいなら大丈夫です。すぐに結婚式を挙げて戻ればいいでしょう。きちんとした婚儀は日を改めますが——もう、あなたと離れているなんて、耐えられません」

レミアスがシアラのことを想ってくれるのは嬉しいけれど、いったい何があったのだろうか。だが、シアラの疑問は解消されることなく、そのまま両親のもとへ急ぐことになった。

◇◇◇

シアラが出立《しゅったつ》した直後、呆然としているレミアスのところにやってきたクルトとエグモントは、レミアスが固まっているのを見て、首を傾げた。

「お前、何やってるんだ?」

「――いえ。シアラは、無事に出発しましたか」

「珍しいね、レミアスが行儀見習いが終わった後のことまで気にするなんて」

書類片手のエグモントは、レミアスの前にその書類を突き出す。

これは、昨日エグモントが目を通したもので、最終的な確認はレミアスによって行われなければならないのだ。

「……そう、ですね。いえ、特にどうというわけではないのですが」

ずれてもいない眼鏡を、二本の指で押し上げる。落ち着かない――どうしてだろう。

(別に、何があったというわけでもないのですから)

懸命にそう自分に言い聞かせる。

立ち去る時のシアラは涙を流しているように見えたけれど――、だからなんだというのだろう。机の上に投げ出された銀の指輪。彼の財力からしたら安物の指輪だ。

十四でこの地を治めるようになり、十八の時から、独り立ちしてこの地を任されている。行儀見習いにこの城に来た娘は何人もいたし、その一人が去っただけのこと。

気にしなければいけないことでもないはずだ。

それなのに、なぜだろう。胸のあたりに、ぽかりと穴が空いたような気がする。

「そうそう、君がよこしたジャイル商人のワイン、先日来た客人に出したら評判がよかったから、都の方に運ぶように手配したよ。都に持っていけば倍近い値段でも売れるだろうね」

「そうですか。あの子を見つけたのは偶然でしたが、いい方向に動いてよかったですね」

先日、城下の視察に行った時のこと。

迷子になっていた女の子の父親を探していたら、見つけた父親はジャイルから来た商人だというのだ。ジャイルは、ワインの名産地として知られている。それと山間の地域で暮らしているオオカミの毛皮。

エグモントはジャイル産のワインを好むし、冬に備えて毛皮の買いつけの準備を始めようと思っていたので、見本を届けてもらうことにしたのである。

ジャイル産のワインは、近頃都での人気が急上昇中だ。都での販路を確保すれば、ますますポラルーン領は栄えるだろう。

（……あの時、シアラは）

不意に街に出た時のシアラの様子を思い出す。このあたりでは使える人が珍しいジャイル語を十分に使いこなして、女の子と会話していた。

いつもと、何も変わらないはずだ。一人、短期間この城に滞在していた女性が一人いなくなっただけのこと。

「……お前、何ぼやっとしてるんだよ？　ほら、仕事仕事」

「別に、ぼやっとしているわけではありません――仕事をせねば、ですね」

クルトに仕事をしろとせかされるなど初めてだ。どうも、今日の自分はおかしいらしい。

何が足りないのか、自分でもよくわからない。いつもの通り、淡々と仕事をこなし、城内の見回りに出かける。

（――今日は、シアラはいないのですね）

歩きながら、シアラを探していたことに気がつき、レミアスは足を止めた。眼鏡を外し、目頭を指で解《ほぐ》す。

探してもいるはず、ないではないか。彼女は今朝城を発ったのだから。

明日の夕方には、彼女は国境を越えるだろう。今日は、無事に宿に泊まることができただろうか。

こんなにも彼女のことが気になってしかたないのはなぜだろう。

一人、執務室に運んでもらった夕食をとり、寝る間際まで書類と格闘してから部屋に戻る。

それは、いつもとまったく変わらない一日の終わりだった。

レミアスの目が、ベッド脇のテーブルに置いた熊のぬいぐるみに留まる。使用人達の休憩室で、シアラが縫っているのを見た時、目が離せなくなった。

それから数日後。照れくさそうにぬいぐるみを届けてくれた時の顔。一緒に渡してくれた手袋は、彼の手には少し窮屈《きゅうくつ》だった。それでも返せなくて、今こうしてぬいぐるみの腕にはめておいてある。

（……わかりませんね、どうしても）

どうしてだろう。朝からずっと抱えている胸にぽかりと空いた穴。

この穴をどうすべきか答えが出そうになかったので、執務室へと戻る。机の上に目をやって、レミアスは息をついた。

机の上に残されていたのは、シアラの指輪。銀の指輪――さほど高い品ではない。けれど、シアラはずっとこの指輪を首から下げていたらしい。

『この気持ちは、ここに置いて行きます』

そう彼女は言っていなかっただろうか。レミアスの記憶の底から何かが浮かび上がろうとしている。

弓矢のおもちゃを奪われてぼろぼろと涙を流して泣いていた女の子に、別れ際、大粒の涙を流していたシアラの顔が重なって浮かぶ。

泣いている子をなだめるためだけに差し出したのは、たまたま拾った指輪だった。

あの時は、指輪をあげた時にはキスをするものだから——とそれだけの理由で、彼女の頬にキスをした。それが、求婚の印であることに気づきもせずに。

（あれが……シアラだったということ……ですか？）

たったあれだけのことで想いを寄せてくれたというのか。

それなら、自分はどうすべきなのだろう。

指輪を見つめたまま、動けなくなる。結局、書類仕事を片づけに執務室に戻ったつもりが、気がついたらあたりが明るくなっていた。

「——だめです。どうやら、シアラがいないと私は、だめなようです」

「それなら、追いかければいいだろ。追いかけて求婚して、改めて迎えに行けばいい」

レミアスの独り言を聞いたクルトがあっさりと言う。執務室でレミアスは呆然とした。

「ですが、親が縁談を用意してると——」

「そんなもの。お前ならどうにだってできるだろう。親が用意した縁談は、まだ本決まりじゃないんだ。本決まりじゃないならいくらだってひっくり返すことができる」

クルトの言葉に、目の前に道が開けたような気がした。

そうだ、追いかけて求婚すればいい。机の上に積まれた書類が飛び散りそうな勢いでレミアスは立ち上がった。

「ほら、これ、持っていけ。参考にはなるだろ。お前堅物だからな——持っていけば、絶対役に立つから」

「これは、なんですか」

「——後で読め」

クルトが投げてよこした本を荷物に放り込み、懸命に馬を走らせる。何年もの間、こんなにも必死になったことはないような気がする。

潰してしまいそうな勢いで馬を走らせ、追いついたのは国境の直前だった。

シアラの左手に指輪をはめる。彼女が求婚を受け入れてくれたことを、心から幸せだと思った。

◇◇◇

道中、レミアスからのプロポーズというあまりにも思いがけない一幕があったにせよ、その後は大急ぎで馬車を走らせ、予定の時刻通りに屋敷に着くことができた。

「お父様、お母様——」

馬車が屋敷の前に到着するのを待ち構えていたみたいに両親が出てくる。そして、両親はシアラに続いて馬車から降りてきたレミアスの姿にぽかんと口を開けた。

「こ、これは……」

「ポラルーン公爵、よ」

レミアスの顔を知ってはいるのだろうが、両親の驚愕《きょうがく》した表情は変わらなかった。

そりゃそうだろう。シアラだって、いきなりレミアスが来てシアラと結婚したいなんて言ったら何か裏があるのではないかとびっくりする。

「――いや、その……公爵様がなぜ、ここに」

たっぷり五分ほど固まっていた父親が、ようやく気を取り直した。

「シアラとの結婚を許していただきたい！　今、すぐに！」

シアラの手を握りしめたレミアスの言葉に、両親もなんと返したらいいのかわからないみたいだった。気まずい沈黙ばかりが続く。

「――お許し、いただけませんか。お許しいただけないとあらば……このまま、駆け落ちしか」

「駆け落ちって！　レミアス様！」

またとんでもない言葉が飛び出した。

「ご両親のお許しが得られないのであればそうするしかないでしょう。ああ、でも城にいるというのはすぐに知られてしまいますね。それでは駆け落ちとはいえません。あなたをさらっていくと言った方が正解ですか」

「そうではなく！」

レミアスがシアラを追いかけてきたというだけでも驚きなのに、駆け落ちだのさらっていくだの。外側はレミアスだけど、中身は別人になってしまったみだいた。

（クルトさんなら、そのくらいの冗談は言いそうだけど……）

「いえ、許すも許さないも」

「出来の悪い娘をもらっていただけるというのでしたら、私達夫婦としては、喜んで……」

母の方へ、レミアスがじろりとした目を向ける。

「誰が、出来の悪い娘なのでしょう？　いくらシアラを産んだ方と言っても、その発言はいかがなものかと」

「レ、レミアス様、もう十分です！　もう十分ですから……！」

これ以上何かあったら、両親の頭が破裂してしまうかもしれない。慌ててシアラはレミアスと両親の間に割って入った。

「私、レミアス様のところに嫁ぎます。だから……すぐに準備を始めましょう！」

「――準備なんて！」

レミアスがシアラの手をぎゅっと掴む。

「準備なんて必要ありません。あなたは、その身一つで嫁いでくだされればいいんです――どうか、一緒に来てください。あなたがいなければ、私の世界は真っ暗なものになってしまいます」

本当に、本当に今、目の前にいるのはレミアスなのだろうか――信じられない。彼は、こんな人だったのだろうか。

シアラの手を取り、目の前にまた膝をつきそうになった彼を慌てて止める。別に膝をついてもらいたかったわけではないのだ。

「あなた……すぐに司祭様を。こういう時、急げばすぐにお式ができるのでしょう？」

先に気を取り直したのは母だった。父のお尻を叩くが、父はまだ呆然としたまま。

「シアラ！　ああ、私は……なんて、幸せなのでしょう……！」

まるで別人みたいなレミアスに、シアラの方もついていくことができない。

三ヵ月の間、彼の城で生活していたシアラがそうなのだから、両親はもっと信じられないのだろうと思った。

「レミアス様。あのですね……着替える時間だけ、いただいてもいいですか？　だって、これでは」

シアラが身に着けているのは、旅行用のドレスで、そのドレスは、馬車で移動中にあちこち皺になっていた。

仮のものとはいえ、結婚式をするのであればもう少し綺麗な服に着替えたい。シアラのその言葉に、レミアスは少々不満げな顔になる。

「あなたは、何を着ていても可愛らしいのに……」

「だって、結婚式なんでしょう？　だから……」

「そうですね。結婚式に女性は夢を見るのですよね……すぐにあなたを妻にしたいというのは、私のわがままですね」

レミアスがわかりやすくしゅんとしたので、シアラは慌てて手を振った。

「いいえ、そんな！　レミアス様と結婚するなら……いいえ、してもらえるなら、私それで幸せなんです。でも……ちょっとでも……」

言いかけて、耳まで赤くなった。レミアスに少しでも可愛いとか綺麗だとか思われたいというのは、シアラのわがままのような気がするのだ。

「あなたは、何を着ても可愛らしいです。今のその旅行用のドレスもあなたの美しさを損なうものではありません」

「レミアス様……」

本当に、レミアスの言葉一つ一つがこんなにもシアラを浮つかせてしまう。見つめ合う二人は、完全に自分達の世界に入り込んでいた。

その横で、目を丸くしていた両親が、あわただしく動き始める。

「公爵様、まずは我が家でおくつろぎを。その間に婚儀の準備を……ええなんとか間に合わせますとも！」

父がレミアスを慌てて中に案内する。母がそのあとを追いかけていって、シアラは一人残された。

誰も相手をしてくれないのはどうかと思うが、勝手知ったる我が家だ。使いの者が教会に結婚式の依頼に向かうはず。その間に支度をすればいい。

自分の部屋に駆け上がり、クローゼットを開く。

（結婚式、結婚式……）

あいにく、結婚式に使えそうな白一色のドレスはない。手持ちの中で、一番気に入っているドレスを引っ張り出すことにする。

ピンクと赤の中間のような色合いのドレスは、袖は薄いシフォンで半ば透け、ふわりと膨らんだ袖が可愛らしい。胸元には、ポラルーン領経由で入ってきた外国産のレース。スカートは二枚のスカートを重ねてはく。下のスカートの裾には、何色もの糸を使って、精緻《せいち》な植物が刺繍されていた。メインとなっているのは、様々な色合いの薔薇だ。それから、上に重ねたスカートは、何か所かをリボンで摘まみ、下にはいたスカートの刺繍を見せるようになっていた。

薔薇の大祭が開かれるポラルーン公爵との結婚式には、これがふさわしいと思う。

髪型はどうしよう、化粧はした方がいいんだろうか。まさか、こうやって準備している間にレミアス様の気が変わってしまうのでは……。

(レミアス様の気が変わってしまったら大変！)

どういう理由かわからないけれど、レミアスがシアラを欲しいと思ってくれた。それは完全に奇跡《きせき》なのだから、逃がすべきではない。

メイドが用意してくれた浴室に駆け込んで、ささっと旅の埃《ほこり》を落とす。それから選んだドレスに着替えて髪を結おうとしていたら、母が入ってきた。

「まさか、本当に公爵様を射止めるとは思ってなかったわ」

「そうでしょうね……ホントは、諦めるための時間だったのでしょ？」

「お前が、どれだけ一生懸命だったか知っていたから、駄目とは言えないわよね」

ふふっと母は小さく笑った。

幼い頃、レミアスからもらった指輪。その指輪一つで、彼にふさわしい淑女《しゅくじょ》になるのだと決めた。その夢が、今、本当にかなおうとしている。

「レミアス様は？」

「支度をして待ってらっしゃるわ。失礼だけど、お父様が婚儀の時に着た服を慌てて出してきたの。なんとか、お召しになれるとは思うんだけど」

「うーん、レミアス様にはぶかぶかじゃない？」

「そうかもね。でもまあ、間に合わせだし、婚儀の間だけだから」

シアラの父もレミアスと同じくらい背が高いのだが、体重の方は二倍近くありそうだ。本人が幸せ太りだと言い張っているので、若い頃はスリムだったのかもしれない。

「本当に、綺麗。花嫁衣装もちゃんと準備しておいたら、今日着せてあげられたのに」

「ううん、お母様。私、今……とても幸せなの。だから、大丈夫」

母が薄く化粧をしてくれて、髪もきちんと結ってくれる。顔の両サイドの髪を捩《ね》じりながら後頭部に向けて編み上げていって、そこで一つにまとめる。残りの髪は、コテでくるくるとカールさせた。

「それから、これはあなたがお嫁入りする時に持たせようと思っていたの。生まれた時から毎年少しずつ珠《たま》を集めてね」

「……綺麗！」

母が差し出したのは、真珠のネックレスだった。どの珠も大粒で美しい光沢を放つ上質の品だ。限りなく丸い形をしているのだから、これだけの品を集めるのはとても大変だっただろう。

「お母様……私……」

両親が娘の幸せを願ってくれているということは、この真珠を見てもわかる。ポラルーン領に嫁ぐという無謀な試みだって、笑いなどせずきちんと受け止めてくれた。

「幸せにおなり」

「──お父様」

鏡の中をぼーっと見ていたら、いつの間にか父も来ていた。最後にもらったネックレスをつけ、支度を終えたシアラを見て、父の目も潤む。

「お前は、私の自慢の娘だ。きちんとやり遂げたのだからね」

「ごめんなさい、お父様。でも、ありがとう……」

シアラが望むままに教育を施すために、両親がかなり苦労したのはわかっている。

そして、玄関ホールに出た瞬間、そこに立っていたレミアスの姿を認めてシアラは目を丸くした。

(……なんて、素敵……)

父が婚礼の時に着たという衣装は、今まで大切に保管されていたそうだ。慌てて取り出したそれは、レミアスの身体には合わないのではないかと思っていたけれど、そんなこともないらしい。

真っ白なシャツは、手首のところにだけレースが使われている。その上にまとったのは、金糸で刺繍の施された紺の上着。黒いトラウザーズが彼のすらりとした体躯《たいく》をますます引き立てていた。

玄関ホールの窓から入る日没直前の光が、彼の容姿を神々しく見せていた。

「あなたの美しさを、たたえる言葉を見つけることができません」

その言葉に、今度こそシアラは言葉を失った。彼が、シアラのことをそんな風に言ってくれるなんて。

「わ、わ、私こそ……レミアス様は、いつ、見ても……」

頬が熱い。耳も熱い。彼の顔を見ることができない。

「お急ぎなのでしょう。ささ、どうぞどうぞ」

父がレミアスとシアラを馬車に乗せ、自分達も別の馬車で教会へと向かう。

事前に知らせを受けていたようで、教会では困惑顔の司祭が待っていた。

「こんなに急に結婚式を行うとは……」

「レミアス様は、ポラルーン領からおいでなのですよ。娘を連れて帰る前に、婚儀だけは、と」

「おめでとうございます。さあ、祭壇《さいだん》の前へ」

急な結婚式だから、他に参列してくれる人はいない。寂しいけれど、レミアスがシアラのためにきちんとしたいと思ってくれてのことだから不満はない。

病める時も、健やかなる時も――レミアスと一緒に歩いていきたい。

教会のステンドグラス越しに日没前の最後の光が差し込み、ランプと蠟燭《ろうそく》の柔らかな光があたりを照らし出している。その光の中で、シアラはレミアスと愛を誓った。

「――愛しています、あなたを」

後ろの方で、立ち会ってくれた母がすすり泣く声が聞こえてくる。父が何かささやいていたけれど、内容までは聞き取ることができなかった。

こうして、シアラとレミアスの結婚式は無事に、そして急遽《きゅうきょ》行われたのであった。


急なことなので、豪華なお祝いの食事というわけにもいかない。

結局、いつもとほぼ同じメニューの食卓を囲むことになった。ローストしたチキン、蒸し野菜、スープにチーズ。それから、今日は料理人が大急ぎで作ってくれたベリーのタルトにチョコレートケーキ。

「本当に、ろくなおもてなしもできなくて」

レミアスを迎えるのに、こんな普通のメニューで迎えることになったとは信じられない。申し訳なさそうにしている母に向かって、レミアスは蕩《とろ》けそうな笑みを向けた。

「いえ、お義父上、お義母上と一緒に食事ができるのですから、素晴らしい幸福です。そして、シアラという最高の妻を迎えることができたのですから、これ以上言うことはありません」

本当に、信じられないような言葉ばかりレミアスの口から出てくる。シアラがうろたえているのもかまわず、彼は食事を終えると、立ち上がった。

「……明日の早朝には、出発しなければなりません」

「あ、はい……あの、では、寝室に……」

どうしよう。立ち上がったはいいけれど、シアラの頭の中は、『どうしよう』でいっぱいだった。

だって、婚儀は無事に終えた。ということは、その後に待ち構えているのはただ一つ。

――初夜。

その響きだけで頬に血が上る。もちろん、何があるのか完全に知っているわけでもないけれど今日は初めての夜。全部彼にお任せしていれば問題ないはずだ。

部屋に戻ったシアラは、着替えた寝間着の上からガウンを羽織《はお》って、ぺたぺたと廊下を歩く。レミアスの宿泊している客室の扉をそっと叩くと片手に本を持った彼が中から顔をのぞかせた。

（……わぁ）

そう言えば、入浴後の彼を見る機会なんて今までなかった。まだ、少し濡れている前髪がものすごく色っぽい。

「……まさか、あなたが来てくれるとは思っていませんでした」

「あ、あの」

ひょっとしたら、レミアスが来てくれるのを待っていた方がよかったんだろうか。

(そうよね、自分から押しかけて来るなんて——なんてはしたないの！)

自分がしでかしたことが恥ずかしくなり、くるりと向きを変えて逃げ出そうとする。けれど、背後から腰に手を回され、そのまま部屋の中に引きずり込まれた。

「やぁっ、あのっ……だめっ……だって——！」

ばたばたするが、そのまま抱き上げられ、部屋の隅に置かれているベッドまで運ばれてしまう。ぽふんと音を立ててベッドに下ろされたシアラが見ていたら、彼は持っていた本をサイドテーブルに置いた。

「もう少ししたら、私が行くつもりだったのですが——あなたの方から来てくれたというのなら、遠慮する必要はありませんね？」

どうしよう、レミアスが怖い。ひくっと喉が鳴った。

彼の目はものすごく獰猛《どうもう》で、シアラの前でこんな表情を見せたことはなかったと思う。

「あぅ、でも、あの……その」

なんと言えばいいのだろう。レミアスが、怖い。今まで、そんな風に感じたことは一度もなかったのに——これは、どういうことなのだろう。

「レミアス、様……」

「……私の、可愛いシアラ」

怖いと思っているのに、その言葉だけで心臓が射抜かれた。

そうだ、十年以上の間育ててきた気持ち。この気持ちを——どうやって、満たせばいいのか、わからない。

「……あなたを抱くことができるのだと思うと、ぞくぞくしますね」

シアラを見つめながら、レミアスが舌を出した。唇を舐めるその表情に、シアラは目が離せなくなる。

整った容姿の彼に、加わったすさまじい色香。彼が眼鏡を外すその仕草に、シアラの目が吸い寄せられる。

だめだ、刺激が強すぎる。

「私、やだ、どうしましょう……」

レミアスに組み敷かれているというこの状況に、シアラはいっぱいいっぱいだった。だって、レミアスはシアラのことをどうして好きになってくれたのだろう。

わからない。答えを見つけることができない。

「あなたがいなくなったポラルーン城は、急に静かになったみたいでした。あなたが、一人、いなくなっただけだというのに」

額に触れるレミアスの唇。そこが、火傷《やけど》したみたいに熱くなる。額にかかった髪を払う彼の指も、なんだか妙に慎重に動いているみたいだ。

「……自分でもわからなかったんです。どうして、こんなにも胸に穴が開いたような気が

するのか——あなたがいなかったから、なんですね」

今度は頬にキス。そうして、額に触れた指が、今度は頬に触れる。片手で頬を固定されて、目を背けることができなくなった。

「どうして」

そう問いかけるシアラの声がかすれている。

「どうして、と言われても。理由が必要ですか？　あなたの存在そのものが、私にとっては必要不可欠のものなのです。あなたがいなくなるまで気がつかなかったというのも愚かな話なのですが」

「レミアス様……私、どうしよう、胸が……胸が、いっぱい、で」

レミアスの手がシアラの手を取る。指を絡めるみたいに繋がれて、とくんと胸が甘く高鳴った。今、レミアスと一緒にいる。彼の一番近くにいるのはシアラだ。

「私も胸がいっぱいです。自分が、このように誰かを愛することがあるなんて思ってもいませんでしたから……キス、しても？」

真顔で正面から問われ、上手に返事することができない。言葉を出せない代わりに、首を縦に動かした。

ふっと表情を緩めた彼が、そっと顔を寄せてくる——。

「ん？　んんんっ！」

正面から、がしんと唇がぶつかった。

「ふえ、あぅっ！」

一度離れた唇が、もう一度激しくぶつけられる。

（え、これ、これって——！）

キス、というのはふわふわするものじゃなかったんだろうか。

「んんっ、んんんっ」

下唇が痛いくらいに彼の唇に吸い上げられる。ばたばたと足がもがいたけれど、レミアスは気づいた様子もなかった。

「んぁうっ……まっ……待って……ん、あぁっ！」

キスというものは。

唇で触れて、親愛の情を伝える好意。

恋人同士のそれは、唇を重ね合い、それから舌も絡め合うものである。

——だとばかり思っていたのだが。

「あぅ、んぁっ、あっ、あぁぁっ！」

唇から上がるのは、くぐもった苦痛の声。レミアスは容赦なくシアラの口内をかき回してきた。

舌を絡められ、強い力で吸い上げられる。こんなにもキスが痛いものなんて思ってなかった。

手で彼を押しのけようとするものの、彼の方はシアラをしっかりと抱え込んでいて離してくれる気配もない。

「――あなたが、とても愛おしいのです」

「……やっ、違う……！」

耳に寄せられる唇。そこから吐き出される声はたしかに、シアラを欲しいと思ってくれているのだと思う。

――でも。

「あっ、待って――あぁっ、無理っ！」

レミアスの手が、胸へと下りてきた。ぎゅっとそこを摑まれて、苦痛の声が上がる。

「あの、レミアス様……痛い！」

苦痛の声に、ようやくレミアスは気づいたようだった。はっとした様子でシアラの身体から手を放す。

「これは……申し訳ありません。私は、どこかで間違えたようですね」

「……はい？」

「いえ、初めてのことなので――クルトが持たせてくれた指南書《しなんしょ》通りにしてみたつもりなのですが。やはりいきなり実践《じっせん》というのは難しかったようです」

「はいぃ？　初めて？　いきなり、実践？」

レミアスの言葉を繰り返すシアラの声が裏返った。

初めてってなんだ。実践ってなんだ。というか、クルトが持たせてくれたってどういうことだ。

「あの、レミアス様……その」

いや、口にしかけた問いをそのまま発するのは抑え込んだ。いきなり「あなた、未経験ですか」なんて聞けるはずもない。

身体を起こしたレミアスが、サイドテーブルの上に置いた本を取り上げる。

「なにせ、女性の身体に触れたことがありませんので――作法がよくわかっていなかったようです。読み直すので、少し待ってもらえませんか」

女性の身体に触れたことがないって――彼も初めてだったのか！

「……あの」

ぺたんとベッドに座り込み、シアラは真顔で問いかけた。

「指南書って必要でしょうか？」

「……どのように触れるべきかわかりませんので。どうやら私は、とても『下手』なようです。どこかで練習した方がいいかもしれません。あなたに苦痛を与えてしまう前に」

「れ、れれれ練習って！　どうやって練習するつもりですか！」

こういう場合の練習って、他の女性に触れるということではないだろうか。それは困る。ものすごく困る。

「よくわかりませんが、何やら練習方法はあるのではないでしょうか。クルトに聞けば、練習方法くらい教えてもらえるような気がします」

「……はぃ？」

レミアスの言うことが、ますますわからない。シアラの方も、ものすごく緊張していたはずなのだが、その緊張はすべてどこかに行ってしまった。

「あの、練習って……必要ない、と思います。たぶん、私がいけないんです」

「……あなたが悪いなんて、そんなことあるはずありませんよ！」

「ううん。私が……レミアス様の隣にいると、うんと緊張してしまうから。だから、私がいけないんです、きっと。痛くても頑張ります。我慢します――だから」

レミアスの前で、涙は見せたくなかったのに、ぽろりと目から涙が落ちる。慌てた様子で、彼はそのクルトがくれた指南書とやらをテーブルに置くと、シアラの隣に戻ってきた。

「困りましたね。あなたに苦痛を与えたいわけではないのですが――」

「だって」

「申し訳ありません。私も少し焦りすぎたかもしれませんね。あなたを、どうしても私のものにしたかった」

「レミアス様……私、大丈夫だから」

涙目で訴えかけるけれど、レミアスはそっと指先でシアラの涙を払ってくれる。

「実を言うと、私もものすごく焦っているのですよ――あなたに触れて、私のものにしたくてしかたがない。だって、あなたを欲しがっている男は山のようにいますからね」

「そんなの、嘘です」

レミアスが真顔でいうから、ちょっとおかしくなってしまった。彼の肩口に額を押しつける。

（夢じゃない……私、今……レミアス様と一緒に、いる）

背中に回されたシアラの手に、レミアスがそっと力を籠《こ》める。

「では、あなたが一緒に練習してくれますか？　あなたに触れる時、私が緊張しないですむように」

「……はい」

シアラの頬に、血の色が上る。レミアスはそんなシアラの頬にそっとキスしてくれた。

「このくらいなら、緊張しないですむのですが」

頬にキス、鼻にキス、瞼にキス。

「シアラも、私にキスしてくれますか？」

「……私が、ですか？」

「ここに、キスしてほしいです」

レミアスが頬を差し出した。シアラは、その頬にそっと唇を寄せてみる。

昨日は、ここにさよならのキスをしたのに、今日は愛情を込めたキスをしている。

（……信じられない）

レミアスにさようなら、と言ったのが信じられない。本当に、今、自分の側にいてくれる。

もう一度彼の頬にキスをしたら、彼がふふっと笑った。

「こういうのが幸せと言うのかもしれませんね」

「幸せですか？」

「ええ。あなたが私の妻となってくれて、とても幸せです」

レミアスがシアラを得て、幸せだと言ってくれる。胸が温かくなってきて、シアラはレミアスの胸に顔を伏せた。

「私も……幸せ、です」

先ほどまでの荒々しさが嘘みたいに、シアラの背中を撫でてくれるレミアスの手は、とても優しい。

「明日、早朝に出立です。ご家族と引き離してしまうのは申し訳ないのですが――」

「両親もわかってくれるから大丈夫です」

もう一度、額にキスされる。

その夜は、初めてレミアスの腕に抱かれて眠りについた。

◇◇◇

気がついた時には、シアラの両親の前で婚儀の話を進めていた。途中でシアラに求婚し、受け入れてもらったようだがシアラを逃がしてはならないと必死すぎたためか記憶が飛んでいる。

約束を取りつけるだけのつもりが、我ながら暴走がすぎるとレミアスは自嘲《じちょう》した。

男女の営みというものについて、漠然《ばくぜん》とした知識がなかったとは言わない。なんとなく、一つになればいいのだろうという想像はついた。

だが、クルトの投げてよこした——というか、なぜ彼があんなものをすぐに投げられたのかは不明だが——指南書がなければ途方にくれていただろう。

キスを交わす恋人達をうっかり目撃してしまったことはあるが、口と口をくっつける行為に何か意味があるのだろうかと思っていた。母から子の額や頬に与えられるキスと何が違うのかわからなかったのだ。

親からレミアスを取り込むよう命じられていた貴族の娘達は、シアラよりずっとしつこかった。

王宮内に与えられている彼の部屋まで押しかけ、時にはベッドの中で待たれたこともあった。その度に、丁寧に追い払ってはきたがうっとうしくなかったと言えば嘘になる。

シアラからの求愛は、たぶん、慣れた人の目から見ればつたないものだったろう。彼の執務室まで押しかけてくるわけでもない。寝室なんてもっての外。

ただ、二人で会話を交わすことがあれば、その度に素直な好意を言葉にしてくれただけ。

それなのに、こんなにも気持ちを揺さぶられる。

(——私の中に、こんなにも、こんな衝動が残っていたとは)

眠っているシアラの額に口づけながらレミアスは小さくため息をついた。クルトがよこしてくれた本のおかげでどう触れるべきかは把握したが――気持ちが先走ってしまう。

――欲望が先走りすぎて、彼女に苦痛を与えることになってしまった点だけは深く反省しなくてはならないが。

腕の中にシアラを抱え込んでいるのに、触れないでいるとかなんの拷問《ごうもん》なのだ、これは。抱きしめたいキスしたい、身体中舐め尽くしたい――なんて欲望が、自分の中にあったことに驚かされる。

「私には、あなただけですよ、シアラ」

先ほどまで懸命に彼を受け入れようとしてくれていたシアラは、今は彼の胸のあたりに頭を載せるようにしてすやすやと眠っている。

愛おしいとか、そういった感情は――ずいぶん前に忘れ去っていたらしい。

シアラの左手中指には、薔薇の女王の指輪がはめられている。近いうちに、きちんと結婚式を挙げ直して、左手薬指にはめる指輪を贈ろう。

「愛しています、あなたを」

眠っているシアラの耳に届かないのは承知で口にする。彼女の左手を持ち上げ、指輪の上からキスしたら、ふわりと彼女が笑ったような気がした。

◇　◇　◇

（う、うわあああああ――――！）

翌朝、目を覚ましたシアラは、悲鳴を上げそうになったのを懸命にこらえた。

自分がレミアスの腕の中にいるなんておかしい、ありえない、何か間違ってる。

（まだ、寝ぼけているとか……）

そんなこと、あるはずない。ぶんぶんと頭を振っていたら、腰に巻きついていた手に力がこもった。

――どうやら、夢ではなかったらしい。

「おはようございます、シアラ」

「お、おはようございますぅ……」

朝から間近にレミアスの顔がある。心臓に悪い。

そりゃまあ、昨日何かあったかと言われればそんなこともなく。

一つ床《とこ》で休みました、と言っても本当に休んだだけで。

まさか、レミアスが指南書を持ってくるとは思っていなかった。なんとなく、彼ならそんなものがなくてもすんなりとすませてしまいそうに見えていた。

それはともかく、夫婦として最初の朝だ。それをこんな形で迎えている。心臓が弾けてしまいそうだ。

「どうかしましたか?」

「いえ、胸が苦しいです」

心臓のあたりを押さえてそう言うと、がばっと彼は起き上がった。

「く、苦しいのですか? それは大変です! すぐに医師を——」

「いえ、そうではなく!」

慌ててレミアスの手を引いて引き留める。

「そうではなくて、ですね……間近にレミアス様の顔があると、朝からすごく……ってあああああっ、だめです、私の顔は見てはだめっ!」

寝起きの顔をレミアスに見られるとか、そんな恥ずかしいことをできるはずがない。少なくとも顔を洗って、髪もきちんと結って——最低限の化粧はしてからでないと。

「だめです、だめですってば……やだぁ……!」

ベッドから飛び出そうとして、レミアスの腕に引き戻される。シーツの中に潜り込んで顔を隠したら、彼も一緒に潜り込んできた。

ぎゅっと彼に抱きしめられたら、頬に触れる柔らかな寝間着の感触。

「私は、どんなあなたも愛おしいと思いますが」

「そういう問題、じゃ……」

彼の肩に顔を埋めて、それからおずおずと彼の身体に腕を回す。

「レミアス様は朝からしっかり整ってるからいいですけど、私は……だめです」

「おかしな人ですね、あなたは」

くすくすと上から降ってくる声。シアラを包み込んでくれる彼の腕。

(……やっぱり、夢じゃないんだわ)

彼に包まれて幸せで一瞬夢だと思ったけれど、夢ではない。彼と一緒にいる――なんて、幸せなんだろう。

「おはようございます、シアラ」

「おはようございます、レミアス様」

シーツ越しに頭にキスされておずおずとシーツから顔をのぞかせる。やっぱり彼はシアラよりぐーんと素敵なのだけれど、こちらに向けられる彼の目は蕩けそうに甘い。

「ベッドから出るのが惜しいですね。ずっとあなたとこうやって抱き合っていられればいいのに」

「レミアス様って……」

彼がこんな発言をするなんて、誰が想像しただろう。シアラは目を丸くし、それから慌ててぎゅっと閉じる。

額にレミアスの唇が優しく触れて、それから頬にも一つ。シアラの顎に手がかかって持ち上げられる。

「今度は、気をつけます」

「大丈夫だと……思います……」

細心の注意を払って触れ合わされる唇。昨日のキスは痛かったけれど、今日は痛くない。

「痛くありませんか？」

「大丈夫、です」

――初体験が痛いものとは聞いていたが、まさか、キスが痛いものとは思っていなかった。

もっとも、初夜の場でいきなり口づけたのだから、お互いいろいろうまくいかなかっただけと言われればそれまでであるけれど。

第四章　公爵様はケダモノかもしれません

結局、戻ってきた時の荷物は実家への土産物以外、再びポラルーン城に運ばれることになってしまった。実家に残しておいた荷物も急いで馬車に詰め込まれた。

「景色のいい道を選んでゆっくり帰りましょう。途中に我が家の別荘があるので、そこで一日過ごしましょうね。新婚旅行に連れていってあげられないので、その代わりだと思っていただければ」

「お忙しい……ですよね……」

「新婚旅行にも連れていってあげられず申し訳ありません」

「いえ、そんな！　一緒にいられるだけで、私」

新婚旅行にも行けないほど忙しい中、レミアスがシアラを迎えに来てくれたことに胸がいっぱいになる。彼はシアラを大切にしてくれる。それ以上を望む必要なんてない。

家族に別れを告げ、馬車に乗り込んだところでシアラは固まった。

「あの、並んで座るのですか」

「当たり前でしょう。なぜ、分かれて座るのです？」

長身をシアラの方にかがめたレミアスが、不安げな声でたずねてくる。もう、結婚したのだから、並んで座ってもおかしくないのだがびっくりした。

「あ、そう……そう、ですよね……」

「お嫌でしたか？　あなたが嫌がることはしたくないのですが。嫌だというのなら、向かい合って座り――いえ、いっそ別々の馬車で！」

簡易的なものではあるが結婚式を挙げた直後にそれはどうなのだ。シアラだってレミアスと一緒の馬車の方がいい。

「そういうわけではないんです、レミアス様。ただ、ちょっと恥ずかしいなって……でも、並んで座る方がいいかも……だって、レミアス様の顔、見ないですみますもんね」

「私の顔を見たくない……？」

「逆です！　逆……その、ずっとレミアス様の顔見てたら……すごく、ドキドキしてしまう、ので」

レミアスががっかりした顔になるので、シアラも焦ってしまう。まだ、間近でレミアスの美貌を見るのにはちょっと慣れないだけ。彼の腕の中で一晩明かした後とはいえ、それとこれとは別問題だ。

間近に彼の体温を感じるというのも想像したことなかったし――とにかく、頭はふわふわしているというのに身体はもじもじしてしまうというか。

「……あなたは、とても可愛らしいのですね」

「あ、だめです……胸が、苦しい、から」

シアラが視線をそらして逃げ出そうとしたら、レミアスはシアラの手をぎゅっと摑んで引き留めてきた。こんなにもドキドキしていたら、身体が破裂してしまいそうだ。

上半身をこちら側にかがめ、じぃっと目を見ながら彼は問いかけてくる。

「口づけをしても、よろしいですか？」

「く、口づけって……！」

何も真顔でそんなこと言わなくてもいいではないか！

身体ががくがく震えるのは、羞恥《しゅうち》なのか緊張なのかわからない。じんわりと目に涙が込み上げてきて、レミアスが慌てた表情になる。

「無理強いをするつもりはないのですよ、シアラ。嫌なら嫌と言ってください」

「い、嫌というわけでは……は、恥ずかしいだけで……」

ますます頰が熱くなって、シアラは目の縁に涙をためたまま頭を振った。嫌というわけではないのだ。ただ、言葉にされるとてつもなく恥ずかしいだけで。

「嫌ではないのですね……安心しました」

そろっとレミアスの顔が近づいてきたかと思ったら、涙のたまった目じりにふわりと唇が触れる。

「ひゃあっ！」

涙を舐め取られて、妙な声が上がった。それからレミアスの唇は、反対側の目じりに移る。同じように涙を舐め取り、それからそのまま下に降りて頬に。反対側の頬にも口づけられて——最後に唇が重なる。

「ん、ぅ……」

しっとりとした唇が、シアラの唇を覆っている。

彼と密着しているという事実に、何も考えられなくなる。気づいたら彼の腕の中にしっかりと抱え込まれていて、何度も、何度も口づけを続けていた。

今日の彼は、無理やり舌をねじ込んでくるような真似はしなかった。触れて離れて、唇を離したその隙にシアラがとても可愛らしいのだとささやいてくる。

「本当に、どうして気づかなかったのでしょう。あなたが、こんなにも愛おしいのだと」

「……それは」

真顔でそんな台詞を吐くのだから、本当にどうかしている。真顔で何度も可愛らしいと言われて、シアラはふぅっと息をついた。

(私、本当にレミアス様に……愛されている……の……?)

今までとあまりにも変わりすぎてしまって頭がついてこない。

行儀見習いをしていた間、レミアスに愛される未来を具体的なものとして考えたことはなかったし、彼とのささやかな思い出を胸に、親の決めた相手に嫁ぐものだと思っていた。

それなのに、レミアスがシアラを追いかけてきてくれて、求婚してくれて——それも、シアラ自身が驚いてしまったくらいの熱烈な求婚で。

こんなにも愛されていると、逆に裏があるのではないかと不安を覚えるくらいだ。その不安を殺そうとレミアスの身体にしがみつく。

「レミアス様……もっと……」

何度も何度も柔らかく唇を食《は》まれて、ついにシアラは降参した。自分から薄く唇を開いて、彼の舌を招き入れようとする。

「あっ……ん……」

口内に差し込まれたレミアスの舌は、シアラが思っていたよりずっと熱かった。昨夜、キスした時、こんなに熱かっただろうか。

それ以上考える余裕もなく、口蓋《こうがい》を舐められ、甘えた声が漏れる。

「――は、あぁ……」

長いキスが終わった時には、シアラは完全にぐったりしていた。レミアスの肩にもたれかかるようにして、吐息をこぼす。

「……今のあなたは、とても可愛らしい表情をしていますね。頬が紅潮《こうちょう》して、目がキラキラして。今のあなたの表情は、私一人のものです」

シアラの肩を抱きながら、彼がそんなことを言った。シアラはうっとりと彼の声に耳を傾ける。

そうだ――シアラは彼の妻になったのだ。

夕方にはレミアスの持つ別荘に到着した。ポラルーン領とシアラの父の領地を結ぶ街道から少し離れたところにある瀟洒《しょうしゃ》な屋敷だ。

ポラルーン城と比較すれば小さいが、シアラの生家と比較すればはるかに大きい。古い時代の建物だそうで、数百年前の建築様式で建てられている。馬車を降りた瞬間目についたのは、円柱が並ぶ優雅《ゆうが》なバルコニー。ドーム型の屋根は赤く、白い壁と対照的だ。窓枠も白一色に塗られていて、とても美しい。

湖の側にあるその別荘にいる使用人達にいつの間に連絡したのか、二人が到着した時には完全に迎え入れる準備が出来上がっていた。

だが寝支度を終え、寝室に入ったシアラは硬直した。建物が白でまとめられているからか、寝室も白を基調に整えられているようだ。寝室の壁は真っ白で、テーブルも椅子も木製の枠組みは白く塗られていた。椅子に張られた布とカーテン、さらにベッドの天蓋布は紺色ですっきりとしている。

問題はそのベッドだ。部屋の中央にドーンと置かれているのはいいのだが——ベッドが一台しかない。三人くらいは余裕で眠れそうなベッドではあるけれど、一台しかないというのはどういうことなのだ。この部屋には、シアラとレミアスの二人が宿泊するというのに。

（いえ、それはそれで正しいのだけれど！）

心の中で、シアラは自分に突っ込んだ。

レミアスとはもう夫婦なのだから同じ部屋に寝泊まりするのは当然のことで。そこにベッドが一台しかないのも――まあ当然といえば当然で。

緊張に拳をぎゅっと握りしめる。昨夜のレミアスはちょっと怖かった。

初夜のあれこれはまだ完遂できていない。今夜、レミアスと共に休むということは――。

(やっぱり、そういうことよ、ね)

今夜こそ覚悟を決めなければ。

レミアスは、シアラが入ってきたのに気づかない様子だった。難しい顔をして、手にした本を熱心に眺めている。

部屋に入ったところで立ったまま硬直していたら、レミアスはシアラに気づいたようだった。立ち上がった彼は、読みかけの本をサイドテーブルに置き、微笑んでこちらに歩み寄ってくる。

「もう入浴をすませたのですね。どうかしましたか?」

引き寄せたシアラの身体が、わずかに震えているのに彼は目ざとく気づいたみたいだ。

シアラの身体に腕を回し、囲い込みながら彼は耳に唇を寄せた。

「あ、あのっ!」

耳にふっと息を吹きかけられてシアラは飛び上がる。その飛び上がった身体を、彼はより一層強く引き寄せた。

「大丈夫、今夜は何も――何も、しません。待ちます。あなたの気持ちが固まるまで」

「き、き、ききき、気持ちは……固まって！」

嫌ではないのだ。レミアスのことを嫌がるなんてありえない。妻としての義務を果たせないのが申し訳なくて、シアラは目を伏せた。

「いえ――私の方も、いろいろと準備というものがありますし」

「準備？　いろいろ？」

「ええ。昨夜のように、あなたのことを思いやれないようでは困ります。ですから、あなたが側にいるという事実にまずは慣れなくては。さあ、明日は湖の周囲を散歩しましょう――あなたと二人きりで過ごす時間をもっとゆっくり取れないのが残念です」

ベッドにかけられていた上掛けを捲《めく》り上げ、レミアスはシアラをそこへと誘う。隣同士に並んで横になったら、彼はシアラの側に近づいて身体に腕を回してきた。

「このくらいは、いいでしょう？」

「……はい、レミアス様」

「こうしていると、あなたのことをより愛おしく感じます……幸せですね……あなたを抱きしめているというのは」

シアラは彼の胸に顔を寄せた。

とくとくとく……と、彼の鼓動が少し速まっているのがわかる。シアラの鼓動はもっと速くなっていた。

（……やっぱり、好きだな）

手を伸ばして、彼の手を掴む。そっと指を絡めたら、身体に回された腕にちょっとだけ力が入った。

「おやすみなさい、よい夢を」

「おやすみなさいませ、レミアス様」

幸せ。

今の状況をどう言葉にしたらいいのかわからない。幸せ、以上に適切な言葉なんてあるのだろうか。

二人の呼吸が重なって、二人の鼓動が重なる。レミアスの腕に包まれて、眠りに落ちる寸前。

「あなたが、何よりも大切なんです」

私も、と返したけれど聞こえただろうか。たずねるよりも前に、シアラは睡魔に負けてしまった。

◇◇◇

翌日は一日湖で過ごし、もう一晩を別荘で同じようにして過ごして気持ちを確認し合いながらポラルーン城に帰り着いたら、城はものすごい騒ぎになっていた。

「え？　マジ？　レミアス、お前、シアラ拉致《らち》ってきたわけ？」

「そんなわけないでしょう。きちんとご両親のお許しをいただき、簡易なものですが結婚式も挙げてきました。シアラは、私の妻です」

飛び出してきたクルトは、レミアスがシアラを腕の中に抱え込んでいるのを見て目を丸くした。

何度もシアラの顔とレミアスの顔を見比べ、それからポンと手を打って笑い始める。

「そうか！　お前本当に——シアラ、やったな！」

「あぅ、その節はいろいろとお世話になりまして……」

レミアスとの距離を詰める間、クルトは何かと力になってくれた。

彼の協力がなかったら、心のレミアス様手帖を無駄に分厚くしただけで国に帰ることになっていただろう。

「幸せなのはいいけれども！　こちらの苦労も考えてほしいものだね！　城主がいきなり留守にしたかと思ったら——帰ってきた時は奥方連れとか。陛下になんて説明したらいいんだか」

エグモントの方もだいぶ呆れ気味だ。あまり言葉に棘のある方ではないと思っていたのだが、今は口調がとげとげしい。

たしかにポラルーン公爵が結婚するとなると大事で、国王陛下の許可も必要な気がする。

「だいたい、シアラには他の縁談もあっただろうに、それはどうしたのさ」

「お断りしてもらうしかないでしょう。もう、神の前で正式に誓いを立てましたからね。

今さらなかったことにはできません」

「――まったく……」

深々とため息をついたエグモントだったけれど、それでもシアラの方には笑みを向けてくれた。

「お帰り、シアラ。いや――今は、シアラ様、かな？」

「いえ、今まで通りで……いいですよね？」

なにしろ、城主であるレミアスに対してもあまり遠慮のないエグモントとクルトだ。今さらシアラのことを城主夫人として崇《あが》め奉《たてまつ》れと言っても無茶な気がする。

けれど、レミアスがどう判断するかはわからないから、シアラは上目遣いに彼の意思を問いかけてみた。

「シアラが他の男の目に触れると思うだけで苛立《いらだ》たしいのですが、しかたありません。部屋に閉じ込めておくわけにもいきませんし。ですが、必要以上に近づいてはいけません。触れたら――容赦しませんよ」

「……はい？」

触れるってなんだ。容赦しないってなんだ。

思わず彼の顔をじーっと見たら、彼はシアラの方を見つめ返して表情を柔らかくした。

「どうかしましたか？」

「……いいえ、なんでもないです」

今、レミアスのことをちょっと怖いと思ってしまった。ぶるりと身体が震えたけれど、今のは見なかったことにする。彼はいつだって、周囲に気を配って穏やかにふるまっているのに。

「さ、そんなことよりも、今日は城主夫人の到着を祝って宴の準備をしてあるんだ。二人とも着替えて晩餐《ばんさん》に下りてきてほしい」

「朝から大変だったんだぞー、鶏絞めたり、牛を絞めたり。あ、豚も丸焼きで出るぞ、今日は。それから、ビールの樽とワインの樽、がんがん開けさせてもらうからな？」

ご馳走《ちそう》のことを思い浮かべたのか、クルトが舌なめずりしそうな顔になる。

「好きにしてください。その程度、我が家の財政にはなんの支障もきたさないでしょう」

「ひゃっほう！　おい、お前ら、城主様のお許しが出たぞ。酒蔵の樽、運ぶの手伝え！」

兵士達を引き連れて、クルトは酒蔵の方に行ってしまう。それを見送り、エグモントは肩をすくめた。

「――たしかにそのくらいなら財政に悪影響ではないけどね。国境のあたりがまた騒がしくなりそうだから、兵士達が二日酔いにならないように気を配らないと」

「明日二日酔いになるくらいなら問題ないですよ。近いうちにそうも言っていられなくなるかもしれませんが」

それからレミアスは、シアラの手を取って廊下を歩き始める。レミアスに手を引かれて、シアラは廊下を進んだ。

（……なんだか、前と違って見えるみたいな……）

何が変わったというわけでもないのだ。調度品だって、今までと変わらない。掃除だって以前と同様行き届いている。

それなのに、廊下を歩いているだけで妙にきらびやかに見えるのは——

（そうね、隣にレミアス様がいらっしゃるからよ）

長い廊下に飾られた彫刻も。見事な彫刻の施された柱も。天井に描かれた絵も、シアラがこの城を発った時と何一つ変わらない。

けれど、レミアスが隣にいるというだけでどれだけ世界が輝いて見えることか。自分の目に映る景色が、気持ち一つでこんなにも変わるなんて考えたこともなかった。

「どうかしましたか？」

「いえ、なんだか前と違って見えるから少し不思議なんです。レミアス様が隣にいるからでしょうか」

「私の目には、以前よりずっと眩《まぶ》しく見えますね」

レミアスは真顔でそう言った。彼の目にも眩しく見えるのならきっとそうなのだろう。

廊下を通り、階段を上がり、城主夫人の部屋へとレミアスがシアラを案内してくれる。

「ここがあなたの部屋です」

「……素敵！」

思わずシアラの口から大声が上がった。

今までいたのは、行儀見習いの女性達が宿泊するための部屋だったが、城主夫人の部屋はまるで違う。

猫脚が優雅なテーブル。布張りの上質なソファ。ソファに張られた布には、職人の手で細やかな花模様が刺繍されていて、ところどころに金糸が使われているためにより一層華やかに見える。

窓にかけられたカーテンは赤。裾に黄金の布があしらわれているがポイントだろうか。

荷物はもう使用人達の手によって解かれ、壁に作りつけられているクローゼットには、シアラのドレスが吊されている。実家に置いていたドレスも今回は持ってきたけれど、それでも広いクローゼットは半分も埋まらず、空間ばかりが目立つ。

「すぐに仕立屋《したてや》を呼んで、あなたのドレスを揃えましょう。本当は、結婚前に用意すべきだったのですが――あなたは何を着ても似合うのでしょうね。今夜はどれを着ますか？」

レミアスがシアラを必要だと言ってくれたのは嬉しいけれど、甘えてはならないとも思う。城主夫人のために用意されているこの部屋にふさわしい人間にならなくては。

「そ、そうですね……この赤いドレスとかどうでしょうか。ポラルーン領から布を仕入れている仕立屋に注文したんです。レースは都から買いつけたものだと言ってました」

シアラがクローゼットの中から取り出したのは、赤が印象的なドレスだった。胴衣は白いレースをふんだんにあしらい、ふわりとさせた袖口にも幾重にもレースが重ねられている。

上半身がドレスの赤とレースの白の対比が美しいのに対し、スカート部分は鮮烈な赤が大半を占めていた。何枚もの布を花びらみたいに重ねてあるのだが、赤の色合いが少しずつ違う。

重ねられた赤い布の中には金糸や銀糸を織り込んだものもあって、光の加減でキラキラと輝く。裾の部分にだけレースが使われていて、重ねられた布の間からちらちらとレースがのぞくのも華やかだ。

「素敵ですね。きっとあなたには似合うことでしょう。身支度を手伝うよう、誰かに来てもらいますね。あなた専属の侍女もすぐに雇わなければ」

「自分のことは自分でできるので、専属の侍女は必要ないと思うのですけど」

「いえ、必要ですよ。下手な者には城主夫人の部屋の掃除なんて任せられませんからね」

レミアスに言われて初めて気がついた。

シアラの家も貴族なのだが、さほど裕福な家柄というわけでもない。自分のことは自分でするのが基本。パーティーに出る時だけ、髪を結うのが上手な近所の女性に手伝いに来てもらっていた。それで間に合ってしまっていたので、自分専用の侍女なんて考えたこともなかったのである。

だが、公爵の妻ともなれば、部屋にうかつに人を入れるわけにもいかないだろう。機密に関する品もこれから置くことになるかもしれないし、今までとはがらりと生活が変わることを自覚しなくては。

「レミアス様にお任せします――今後、学んでいくので、何かあったら少しずつ教えてください」

「あなたなら問題なくこなしてくれると思いますよ――では、私も支度をしてきます」

長身をかがめた彼が、シアラの唇に軽く触れるだけのキスをしてくる。ひゃあと声を上げそうになったのは、シアラは全力で抑え込んだ。

その日の夜は、エグモントとクルトが中心となって用意してくれたお祝いの宴だった。

「レミアス様、おめでとうございます！」

「シアラ様、おめでとうございます！」

城中の使用人達が集められているのかもしれないと思うくらい、広間には多数の人が集まっていた。

広間にいくつも出されたテーブルには白いクロスがかけられ、クルトが言っていた豚の丸焼きが中央にどんと置かれている。

その豚の載せられた皿を囲むように、こちらもまた中に詰め物をして丸のまま焼き上げた鶏の皿が十枚置かれている。丸焼きの鶏の周囲には、様々な野菜が彩として並べられていて、そのテーブルはとても華やかな雰囲気だった。

中に香草を詰めて焼いた川魚の塩釜焼《しおがまや》きや、川魚のフライ、マリネなどもテーブル上に出されている。口直しのために果実を使ったソルベや一口大にカットされた果物。

焼き菓子も出されていて、急いで使者を走らせたにしても十分以上の準備が整えられていた。

それから、飲み物も新鮮な果実を搾ったジュースや果実酒、蜂蜜酒《はちみつしゅ》と甘い酒類も様々に用意されていて、ビールの樽とワインの樽がずらりと並んでいる。

（こ、これ全部……今夜消費するのかしら……）

「皆さん、今日は、私と我が妻シアラのためにありがとうございます。我が友人、エグモントとクルトが中心となって、今日の用意をしてくれたと聞きました。どうか、楽しんでいってください」

レミアスの挨拶に、広間に集まっていた人達の間からわっと歓声が上がる。シアラはその光景をぼーっと見ていた。

（私……こんなに歓迎されるとは思ってもいなかった）

この城の人達からしたら、隣の国からやってきたただの田舎娘。まさかそんなシアラが城主の心を射止めるとは思ってもいなかったのだろう。それは、シアラ自身にも想定外であったけれど。

それからちらりと隣のレミアスに目をやる。シアラが赤を中心としたドレスを身に着けているのに対し、レミアスは黒を基調とした盛装《せいそう》を身に着けていた。黒い上着は金糸で縁取られ、手首と裾には同じように金糸で刺繍が施されている。中に着たシャツは真っ白で、彼の美貌を引き立てている。

その気になればいくらでも冷たい光を放つことのできる眼鏡の奥の瞳には、今はシアラしか映っていないようだ。

「シアラ、魚のフライはどうですか？　いえ、あなたは、魚は香草焼きの方が好きでしたね」

シアラとレミアスの二人が座っているテーブルにもどどんと料理が出されていて、レミアスがせっせとそれを取り分けてくれる。

「あ、でしたら私、こちらのお肉を取りますね。レミアス様はたしか胸の部分がお好きだったでしょう」

鶏の丸焼きは、食べやすいように切り分けてから二人のいるテーブルに運ばれてきた。レミアスの好みである部位を取り分けると、彼の顔が嬉しそうに緩む。

「好きな部位を譲っていただくのは申し訳ない気がしますね」

「気にしないでください、レミアス様。私、鶏より鴨《かも》が好きなんです。ほら、そこに鴨があるのでそちらをいただきます」

レミアスとこうやって料理を分け合うのも、初めての経験だ。この城にいた間、彼とこうやって同じ席に着くことはなかったから。

「公爵夫妻が仲睦《なかむつ》まじいのは、見ていて羨ましくなるね。僕も早く相手を見つけないと――」

「エグモントさんなら、きっといい人が見つかりますよ！」

ポラルーン城の家令と言えば、結婚市場においてとってもとっても優良物件だとシアラは思う。むしろ、今まで相手がいなかったのが不思議なくらいだ。けれど、シアラのその言葉に、エグモントは眉間に皺を寄せた。

「そうだといいけどね。これぱかりは縁だから」

「あ、ご、ごめんなさい……」

自分の発言が、無神経であったことに気づいてシアラはうつむく。余計なことを言ってしまった。

「そこまで気にするほどのことでもないよ。僕だって、まだ適齢期には早いくらいなんだから」

テーブルの料理がきちんと用意されているか、エグモントは確認しに来てくれたのだろう。自分の役目が終わるとするりと姿を消す。

それからいろいろな人が入れ替わり立ち替わりやってきて、シアラは完全に目を回してしまった。ポラルーン城はとても大きな城だというのはわかっていたけれど、この城にはこんなにもたくさんの人がいたのだと改めて驚いた。

「公爵様、結婚式はこちらで挙げられるのでしょうか」

「ええ、もちろん。こちらの教会でもう一度きちんとした式は挙げます。シアラに花嫁衣装も着せたいですしね。それから、陛下にも知らせなければ」

使用人の一人に問われ、レミアスは笑顔でうなずいた。

本来、レミアスの婚姻は勝手に決められるような話ではなかったはず。きっとこれから大変になるのだろう。

こうして日付が変わる頃、シアラはやっと自分の部屋に戻ることができた。レミアスが呼んでくれた使用人に浴室の用意をしてもらい、ゆったりと湯を使ってから部屋に戻る。

(……レミアス様は、戻っていらっしゃるのかしら)

寝室に続く扉を開いたら、レミアスはまだ来ていなかった。

昨夜もその前の夜も彼の腕に包まれて眠ったので、シアラの実家で過ごした夜ほどは緊張していない。

大切にされていると思う。レミアスには、同じだけの、いや、それ以上の気持ちを返したいと強く思う。

この寝室に入るのは初めてのことだった。重厚な作りのベッドには、天蓋から紺の垂れ布が下げられている。

壁の棚には、眠りを妨げないようにあまり香りの強くない花が飾られ、その隣には――。

花瓶《かびん》の隣を見てシアラは目をぱちくりとさせた。

(……うそっ)

思わず心の中で叫ぶ。だって、そこに花と並ぶようにして置かれていたのは。

「ぽんぽんべーア……」

行儀見習いを始めて少しした頃、彼に贈ったぬいぐるみだった。

けれど、シアラの驚きはそれだけではすまなかった。父の領地で暮らす子供達にシアラが贈ってきたぬいぐるみの両手に――、いや、ぬいぐるみの肩のあたりまですっぽりとはめ込まれているのは、シアラがレミアスに贈った手袋だった。

自分の手の大きさと比較しながら、なんとなくこのくらいの大きさかな、と思いながら編んだもの。

その手袋が、ぬいぐるみの両手にはめられて、ちょこんと棚に置かれている。

「嘘よ、だって、こんな……」

まさか、こんな風に大切に飾ってくれているなんて思ってもいなかった。レミアスは、シアラをがっかりさせたくなくて手袋を受け取ってくれただけだと思っていたのに……。

「どう、どうし、よう……」

ぽたり、と目から涙が落ちる。

(私……レミアス様の言葉、信じてなかったのかも……)

思い返してみれば、心のどこかに不安を抱えていたのかもしれない。

わざわざ追いかけてきてくれた。両親の前で結婚を宣言してくれた。ちゃんと、この城に連れ帰る前に結婚式も挙げてくれた。

――それなのに。

心の中のどこかに、これは夢だ現実ではない、というような気持ちが残っていたのかもしれない。レミアスが、シアラのことをどれだけ想ってくれているのか――今、ようやく理解したような気がした。

「シアラ？　どうしたのですか？　そんなに泣いて……この部屋が気に入らないのですか？　それなら、すぐに別の部屋を用意――」

「違うの、違うんです……ごめんなさい、レミアス様」

どうしてこんなに涙腺《るいせん》が弱くなってしまったのだろう。レミアスの前では、ぼろぼろ泣いてばかりみたいだ。

シアラの涙に、レミアスはまったく慣れない様子で、ぎこちなく背中に手を回す。ひくっと喉を鳴らし、レミアスの胸に顔を埋めた。

「あなたが、なぜ、謝るのですか？　私が、無理やりに連れてきたようなものなのに」

シアラの膝をひょいと抱えあげ、ベッドに腰を下ろしたレミアスは、小さくシアラの身体を揺すってくる。まるで小さな子に対するみたいに。

「だって、私……どうして、レミアス様が私を選んでくれたのかわからなかったんです。レミアス様は、私のことを追いかけてきてくださったのに」

すんすんと鼻を鳴らしながら、彼の肩に顔を擦り寄せる。

男性としてはいくぶん細身に見える彼だけれど、その身体はしっかりと鍛《きた》えられているのをシアラは知っていた。たくましい肩に顔を伏せれば、ゆったりとシアラの背中を彼の手が上下する。

「でも、わかった気がしたんです。あのぬいぐるみを見たら――ああ、ちゃんと好きでいてくださるんだなって」

彼が、視線を巡らせる気配が頭の上の方からした。彼はそうしている間も、シアラの背中を上下する手を止めることはなかった。

「そうですね。あなたは……とても温かいのですよ、シアラ。まるで父と母が生きていた頃のようです」

シアラは、彼の肩に伏せていた顔を上げた。レミアスの両親は、彼がまだ十代前半の頃、あいついで亡くなったと聞いている。

シアラの目をのぞき込みながら、彼が首を傾げる。その様子にもうっとりとするような色香が漂って、シアラは思わず頬を染めた。

「レミアス様の、お父様とお母様……？」

「そうです。私の両親はとても仲のよい夫婦だったのですよ、シアラ。父がいて、母がいて——母は、あなたのように縫物や編み物は得意ではありませんでした。それよりは、厨房にいる方を好みましたね」

貴族の奥方が厨房に入るというのは、あまり聞かない話だ。けれど、レミアスが両親のことを詳しく話してくれるのは初めてだったから、シアラはじっと耳を傾ける。

「母は、甘い焼き菓子を作るのは得意でした。そして、仕事中の父のところによく運んでいましたよ。私もこっそりついていって、父におねだりをして分けてもらったものでした」

彼の目が、遠くを見るように細くなる。自分の思い出に浸っているであろう彼の邪魔をしないように、シアラは息をひそめた。

「本当に、仲のよい夫婦だったのです――ですが、父が戦死した後、母もすっかり病みついてしまって。この領地のことを頼むと、私の手を握って言い聞かせて息を引き取りました」

まだ、少年だったレミアスの肩に載せられた荷はあまりにも大きかったのかもしれない。

「元々、私は頭に血が上りやすい性質でして。それ以来、常に自分を律するよう、口調も態度も心がけているのです。あなたがいなくなると思ったら、そんなものもどこかに行ってしまいましたが」

それでシアラは得心した。追いかけてきてくれた時、彼の様子がいつもと違っていた理由を。

「母の遺言を守るために懸命にやってきたつもりでしたが――そうしているうちに大切なことも忘れてしまっていたのですね。あなたが来てくれてから、この城の空気が変わったのです」

「そんな、私は……そんなつもりでは」

「そうかもしれません。でも、あなたが、私に……家族の温かさというものを思い出させてくれたような気がします。もちろん、クルトや――エグモント、それから叔父夫婦など、たくさんの人が私を支えてくれているのもわかってはいるのですが。私の欲しかったものは、彼らでは埋められないというか」

「――レミアス様！」

どうしよう。彼に、どういう風に気持ちを伝えたらいいのだろう。

ずいぶん昔、シアラは彼に恋をした。どうしても彼の側に行きたくて、シアラなりに努力を積み重ねてきたつもりだ。

それが結果として、シアラと彼を結びつけてくれたわけではあるし、そもそも今彼の隣にいられるのが奇跡みたいなものだというのはちゃんとわきまえているけれど。

「私、その頃のレミアス様の隣にいたかった、です」

シアラの方が年下だから、その当時彼の側にいたって支えられたはずもない。けれど——できることなら、その頃まで時を巻き戻したかった。

両親を亡くし、懸命に遺言を守ろうとする少年。いくら有能とはいえ、いきなり領地が肩にのしかかってきて、苦しくなかったはずはない。

「うんとたくさん、ぎゅーってしてあげたいです。レミアス様のことを」

横抱きにされていたのを、正面から向かい合うように彼の膝の上で姿勢を変える。腰を持ち上げて、彼の目の高さと、自分の目の高さを同じにした。

「……嫌、ですか？」

「そうですね、あなたが抱きしめてくれるのなら……きっと、幸せですね」

昔のレミアスも。

今のレミアスも。

二人まとめて抱きしめてあげたい。

シアラの方から、おずおずと彼の眼鏡を外して、サイドテーブルの上に置いた。

それから顔を近づけて口づけようとしたら、レミアスの手が後頭部にかかった。

「んっ……んぅ……」

そっと触れて、離れて、角度を変えてまた口づけられる。何度も何度も飽きることなく同じようにキスを繰り返して。

舌を差し出して、シアラは彼の唇をぺろりと舐めてみた。とたん、彼が肩を跳ね上げる。

「抱きしめていただけるのですよね？」

「……はい」

自分がとんでもないことを口走った自覚はあるけれど、今さら引き返せるはずもない。レミアスの身体におずおずと腕を回し、強く抱きしめる。

はぁっと彼が深いため息をついて、シアラはまた何かやらかしたのではないかとおののいた。

「あの、私……」

「きっと、幸せとはこういうことを言うのですね」

「はい？」

「あなたといると、幸せという言葉を実感します。ここがあたたかくなって、あなたのことを抱きしめたくなる。これが、幸せということなのでしょう」

彼の手が、シアラの心臓のあたりを覆う。必然的に胸に手を当てられる形になって、ぼっと頬に火がついたような気がした。

「私……大丈夫、だから。もう、怖くないです」

そこにはちょっぴり虚勢《きょせい》もまじっていた。だって、怖くないはずがない。ものすごく痛いのだと聞かされてきたし、実際痛いのは知っていた。

だが、最初はキスだけでも痛かったのに、今、レミアスと交わすキスは痛くない。それどころかふわふわして、とても気持ちいい。

レミアスのことをもっと知りたくなって、もっと彼の側に近づきたくなって。

自分の気持ちをどうやって言葉にしたらいいのか思いつかなかったから、彼の首筋にそっと指を這《は》わせてみる。彼が肩を揺すって笑った。

「少し……くすぐったいですね」

「嫌でしたか?」

「いいえ。あなたに触れてもらえるのは、とても……幸せな気持ちになります。愛しています、シアラ」

なんのてらいもなく、彼はシアラを愛していると口にする。

「わ、私も……愛し……きゃあっ!」

不意に視界がくるりと回った。気がついたら、ベッドに身体が横たえられている。天蓋の内側には、星がちりばめられているのだと初めて気づいた。

「……あの、レミアス様? ……んんっ、ん、んんっ」

それ以上発する間もなく、唇が塞がれた。シアラの口内に我が物顔で潜り込んでくる彼の舌。

「あっ……ふ、あっ」

先ほど心臓の鼓動を確認していたみたいに、彼の手が胸の膨らみに触れる。とたん、じわりという疼《うず》きが生じて、悩ましい声が上がった。

大丈夫、怖くない。レミアスが相手なら、怖くない。

「——我慢が、利かなくなりそうです」

彼の声は低くかすれていて。まるでシアラを搦《から》め取ろうとしているみたいだ。

「我慢しないで……」

応えるシアラの声も、自分のものではないみたいに聞こえる。

「我慢しないでください、レミアス様……だって、私……」

レミアスの妻になるために重ねてきた今までの努力。彼がシアラを欲しいと望んでくれるのなら、それ以上の幸せなんてない。

「大丈夫、です……もう、怖くないの……」

「優しくします。約束します……どうか、私を受け入れてください」

レミアスの手が、乳房をゆったりと揺らしてくる。さほど大きいというわけでもないそれは、彼の手にすっぽりと包まれてしまった。

そうしながら、何度も彼はあちこちに唇で触れ、もう片方の手で脇腹のあたりをなぞってくる。

「んっ……は、あっ……や、だめぇ……」

ゆるゆると首を振りながらシアラは訴えた。彼の手が触れる度に、身体のあちこちが熱くなる。つま先が落ち着きなくばたばたして、手でぎゅっとシーツを摑んだ。

「怖いですか？」

その言葉には、ふるふると首を横に振った。怖いわけではないのだ。ただ、未知の感覚に身体がなじんでいないだけで。

「変な、声が……出ちゃう……」

そう訴える声でさえも、自分の声ではないみたいだ。甘くて、蕩けそうで——その奥に、彼が欲しいと望む、そんな欲望まで秘めた声。

「変な声……ですか。私は、あなたのそんな声が聞けてとても嬉しいです。それに、声が出るのは、当然のことだそうですよ？」

「当然って」

「指南書に書いてありました——ですから、あなたが怖くないのでしたら、このまま」

不意に彼が口角を上げげた。その表情がものすごく色っぽくて、シアラは目を丸くする。

とたん、自分の身体が彼にふさわしいのかと、まったく違う方向の不安が込み上げてきた。

「やだ、やっぱりだめ、です……！」

「逃がしません」

「ひぁぁんっ！」

くるりと反転してシーツの中に逃げ込んだけれど、レミアスはシアラを逃がしたりしなかった。シアラを追いかけて、彼もシーツの中に潜り込んでくる。

背後から手を回され、そのまま抱きしめられてしまった。

「逃がしません。だって、怖くはないのでしょう？」

「こ、怖いわけでは……」

「でしたら、話は簡単です。あなたが『だめ』と言えないくらいどろどろに蕩かしてしまえばいい」

「と、蕩かしてって……あぁぁっ！」

ね？　と悪戯《いたずら》めいた声でささやかれたのは気のせいだろうか。だが、軽く耳朶《じだ》に歯を立てられ、思わず背中を弓なりにする。

「……あなたの顔が見られないのは残念ですが……でも、声は聞こえますから」

「ひぁんっ！」

そうか、背中から腕を回されていても、彼の手は自由に動くのか。なんて考えている間もなかった。

背後から腹部に手を回され、もう片方の手が乳房を思う存分揉《も》みしだく。シルクの薄い布の下で、あっという間に頂《いただき》が硬度を増した。

「あぅ……あんっ、なんでっ！」

手のひら全体で乳房を覆われ、人差し指の先端で乳首を弄《いじ》られる。爪の先でひっかくようにされたり、逆に押し込めるようにされたり。

その度にシアラの身体は面白いくらいに跳ねた。ベッドに胸を押しつけるようにして彼の手を止めようにも、しっかりとシアラを抱え込んだ彼の手から逃れられるはずもない。

ベッドと乳房の間に押しつけられた手が、ふにふにと胸の頂をもてあそべば、そこから流れ込む刺激に耐えきれず、また横倒しになってしまう。

「ほら……これが、感じてる、ということらしいですよ」

「らしいって……あぁっ！」

そうだ、彼は指南書だよりなのだった。そんなので大丈夫なのだろうか。大丈夫じゃない気もするけれど、大丈夫なんだろう。たぶん。根拠はないけれど。

「ひぁっ……胸、だめっ！」

なんとか動く手で、レミアスの手を押さえつけようとすると、不満まじりな彼の声が耳元でした。それからぞろりと舌で耳を撫でられて、また声が上がる。

「あなたの胸は、とても柔らかくて気持ちがいいです。もっと……触れていたいのですが」

「だって……あぁんっ」

彼に背後から抱きしめられて、胸を弄られているなんてとてつもなく恥ずかしい。

それなのに、彼の手は乳房をもてあそぶのをやめようとしなかった。手のひら全体を大きく広げて揉みしだいたり、逆に先端だけをつついてみたり。

肩を揺すり、身体をくねらせ、シアラはその刺激から逃れようとするけれど、逆に彼の肩に後頭部を預けるようにして、大きく喘いでしまう。

「あぁっ……あっ……ん、あぁっ！」

思いきり響かせた声は、シアラが感じているのを如実《にょじつ》に表していた。今まで知らなかった得体の知れない感覚。

その感覚が弄られている胸から、下腹部へ、そして下肢《かし》の奥へ。つま先がもぞもぞとし、手は落ち着きなくシーツを握ったり離したりしている。

「教えてください。こうされるのは気持ちいいですか？　いやですか？」

「あぁぁっ！」

シルクの寝間着ごと胸の頂が摘まみ上げられる。そのまま左右に捻るようにされて、シアラは背中をしならせた。

後頭部を激しく彼の肩口に擦りつけるようにかぶりをふる。

「教えてください、教えてくれなければ、私にはわかりません」

(嘘よ、そんなの)

心の中でそうつぶやいたけれど、言葉にはならなかった。わからないなんて、嘘。レミアスはシアラの反応が何を意味しているのか、絶対にわかっているはずだ。

「教えてください……わからないのなら、次はこうするしか」

「あぁんっ！」

　今度は爪の先でひっかくようにされた。気持ちいい。摘まれて捻られるのも、爪の先で引っかかれるのも。

「それでは、こうするのはどうでしょう」

「んっ……ん、あぅ……」

　指の先で円を描くように乳首が転がされる。それも気持ちいい。レミアスに触れられると、どこもかしこも性感帯になってしまったみたいだ。

「いぃ……全部……」

「全部、ですか」

「や、レミアス様……それ、しないでぇ……」

　背後から耳朶に舌を這わされる。そうしながら低い声で全部かと問われれば、お腹の奥がジンジンする。

　腰がもぞもぞと揺れ、腿《もも》を擦り合わせる。絶対に、自分の身体はどこかおかしくなってしまっている。

　だって、こんなにも敏感になっているなんて——どこかおかしい。

「あなたは、耳も弱いのですね。ここが感じる場所だなんて、言われなければきっとわかりませんでした」

「やだ、あっ……はぁんっ！」

　ぬめぬめと耳を這う舌の感覚が気持ちいい。その間も彼の手はずっと胸の頂をふにふに

と弄り回していて、そちらからも快感が身体に流れ込んでくる。

「気持ちよさそうですよ、とても……それでは、こちらは？」

「だめっ！」

不意に背後から回されていた手が、脚の間に潜り込んできた。下着の上からその場所を押さえられ、シアラは現実に引き戻された。

「だめ……あぁぁ……」

慌てて手で押さえるものの、レミアスの方が早かった。彼の手で秘めておくべき場所がなぞり上げられ、思わず声を漏らす。

「ここも……なるほど、こんなに濡れるものなのですね」

「いや、言わないで……」

もちろんその場所が、刺激されれば蜜を滴らせることは知っている。それは、男性を受け入れるための機能であることも。

だが、それを言葉にされ指摘されて平然としていられるかと問われれば話は別だ。

「あっ……はぁっ……レミアス様、そこは……お願い……」

「ここにもっと触れてほしいと。わかりました」

「違う――あぁっ！」

すっと下着が引き下ろされる。一瞬にして、顔から血の気が引いたけれど、レミアスはとても手際がよかった。

本当に初めてなのかと疑ってしまうくらいだ。少なくとも、一昨日とはまるで手際が違う。

「——ほら、こんなにも濡れている。わかりますか？　あなたが、私を欲しがっている証です」

「や、知らない……知らないもの……！」

脱がされたドロワーズは、片方の足からは抜かれたけれど、もう片方は足先に引っかかったまま。それを気にしている余裕さえも失われていた。

「はぁっ……あっ、だめ、弄らないでっ！」

「それでは、あなたと真の夫婦になれません。嫌なのですか？」

「だってぇ——！」

彼に触れられて、気持ちいいのは理解したが、羞恥心までは消し去ることができない。

いやいやと首を振って逃れようとしたら、レミアスは信じられない行動に出てきた。

「レミアス様、だめっ！」

「もっと気持ちよくしないと、だめということですよね」

羞恥に首を振るのと、身体を回転させられ、上に向けられるのは同時だった。

「本当に嫌なら言ってください。私の妻になるのは嫌ですか？」

「違う……違うの、レミアス様。だって、私……みっともないんだもの」

目元が潤むのが自分でもわかる。彼の前でみっともないところを見せたかったわけではないのに。それをごまかそうとしていたら、彼の唇が額に触れた。

「あなたがみっともないなんてありえません。世界で一番愛おしい存在――それがあなたですよ、シアラ」

世界で一番愛おしい存在。その言葉を聞いて胸が震えたような気がした。レミアスほどの人に世界で一番愛おしいと、そう口にしてもらえるなんて。

「だって、変な声が出るし、顔もぎゅーってなる……から……」

眉間に皺が寄ってしまったり、口が半開きになってしまったり。そんなみっともない顔を彼に見せたくない。

「その表情が愛おしい。だって、私にしか見せてくれない表情ですよ？　私にこうやって触れられて、あなたが感じてくれている。みっともないなんてことあるはずないではないですか」

「あぁっ……」

「教えてください、シアラ。指でここを弄られるのと、舐められるの、どちらが好きですか？」

「あんっ、そ、それはっ！」

彼が身体をずらし、ぱくりと胸の頂が唇に咥《くわ》えられた。敏感になったそこが、濡れた口内に含まれて、じくりと疼く。

「それとも、こうやってされる方が好きですか？」

口内に含まれていない方の乳首は、親指と中指で摘ままれる。左右に捻りながら、さらに彼は人差し指で頂点をとんとんと叩いてきた。

「はっ……ん……どっちも……いぃ……どっちも、気持ちいい、の」

身悶《みもだ》えながら、そう告げると、彼は小さく「よかった」と口にしたみたいだった。

「では、このまま続けましょう」

「あぁあっ！」

左右の胸から送り込まれてくる違う刺激。シアラは面白いくらいに素直にその刺激に反応してしまった。

シーツを両手で握りしめ、ぴくぴくと身体を跳ねさせる。腰のあたりに巻きついた寝間着の感触でさえ、今は刺激を煽《あお》る一要因でしかない。

「はっ……ふっ……」

首筋をのけぞらせ、与えられる快感に存分に浸る。どうしてレミアスはこんなにも的確にシアラを高ぶらせることができるんだろう。

「あなたが感じるのは、ここ――それから、ここ、ですね」

「やだ、しゃべっちゃ、いや……！」

濡れた乳房の近くで彼が口を開くと、息がかかってくすぐったい。シーツを引き寄せようとした手は、彼の手によって払い落とされた。

「だめです――もっと感じてくれないと」

「んあぁぁっ！」

そう言ったかと思うと、彼はシアラの身体じゅうにキスしながら、下の方へと移動を始めた。脇腹にキスされ、それから腿に。

彼が最終的にどこを目指しているのか気づけば激しく動揺してしまう。

「はっ——やめてっ！」

「何をやめるのですか？」

「だって、そこは……だめ、見ないでっ！」

膝を閉じようとするけれど、レミアスの手によって阻《はば》まれてしまう。彼を押しのけようとした手もまた阻まれた。

「——なるほどこのような形をしているのですか。ひくひくしていて、とても可愛らしいですよ。早く私に触れてほしいと言っているみたいです」

「し、知らないっ！　知らないからっ！」

目に涙を浮かべて逃げようとするけれど、しっかりと腰を掴まれて逃げられない。ふっと秘めておくべき場所に息をかけられて、反射的につま先が跳ね上がる。

「あぅっ……ひぁぁっ！」

信じられない。濡れた舌が、花弁の間に割り込んでいる。

重なり合った襞《ひだ》の右側をなぞり、そして左側へ。腰を揺らせば、また右側へと移動する。

「ん、くぅ……」

その場所に舌を這わされるなんて、恥ずかしくて恥ずかしくてどうしようもない。両手で顔を覆うと、彼はますます舌を激しく動かしてきた。

「はぁっ……はぁ……レミアス、さまぁ……！」

彼の舌が蠢《うごめ》く度に、瞼の裏に光が飛び散ったみたいになる。彼の名を呼ぶ声は甘くかすれていて、自分の声ではないみたいだ。

びくん、と身体が跳ねたのは、じくじく疼いていた淫芽《いんめ》を彼の舌が弾き上げたから。

「ひぁっ……あぁぁっ、あっ、あっ！」

舌が触れる度に、身体にずしんとした愉悦《ゆえつ》が広がる。腰の奥がどんどん蕩けてきて、閉じようとしていたはずの脚がいつの間にか少しずつ開いていた。

「気持ちいいみたいですね。こうされるのはお好きですか」

「んぁ、好き……気持ちいぃ……！」

じゅるっと音を立ててあふれた蜜を吸い上げられ、続いて敏感な芽が唇で挟んで震わされる。いつの間にか羞恥心は消え去っていて、快感を求めることばかりで頭がいっぱいになっていた。

「あぁあっ、はぁっ……いぃ――！」

ぐうっと腰の奥からせりあがってくる感覚。あふれる蜜液を啜《すす》る音。

抱えられた内腿がぶるぶるとし始めて、つま先までぴんと力が入り、頭の中が真っ白になって、快感の極致へと連れ去られる。

「ん……ごめんなさい……」

　自分がどれだけみっともない姿をさらしているのか気づいて、頂点に達したとたん忘れていた羞恥心が襲い掛かってくる。

「いえ、あなたがそんなにも感じてくれるのが私はとても嬉しいです」

「あっ……待って……」

「待ちません。指を入れたらどうなりますか」

　まだ達したばかりだというのに、レミアスはさらに次の段階へと進もうとしていた。指が一本、中に押し込められる。

「どうって……変な、感じ……んぅ……」

　押し込められた指がゆっくりと引き抜かれて、シアラの眉が寄った。半開きにした唇から、息を吐き出し、深く吸い込む。

「痛くはないですね」

「痛くはないですけど……んんんっ」

　ゆっくりと往復する指が、違う場所を刺激した。身体の中をかき回されるなんて今まで体験したことがあるはずもなく、体内に異物を入れるという感覚についていくことができない。

「ふむ。でも十分ほぐれているようですね。では、もう一本、指を増やしてみましょう」

「あの、いちいち言わなくても……」

「何をされているのかわからなかったら怖いでしょう」

「そ、そうかもしれませんけど……はうっ」

一度指が引き抜かれたかと思ったら、重量感を増して押し入ってくる。指が二本に増やされたのだと、それで知った。

レミアスが指を動かす度に水音が上がる。それと同時に内壁がひくひくとして、なぜかわからないけれど物足りないような気分になってきた。

「んぅ……はっ……そこ、もっと……」

「ここですね、わかりました」

「あぁぁっ！」

角度を変えて中を刺激されれば、時々感じる場所もある。素直にその場所を口にすれば、レミアスはそこを集中的に攻め立ててきた。

「あぁっ、は、……はぁぁ、もっと、もっと……」

なんてはしたない願いを口にしているんだろう。それを考える余裕もまた失われていた。

ぎこちなく腰が動いて、より強い快感を得られる場所に指を導こうとする。敏感になった芽を、彼の指の根元に擦りつけるようにすれば、新たな快感が加わった。

「——あぁっ！」

先ほど教えられた通りに、快感を極めてしまう。ぎこちなくはあったけれど、たしかにそれは自分から望んだものだった。

「……ご、ごめんなさい……」

「謝る必要はありません。あなたがそうやって感じてくれるのが私は嬉しいのですから」

レミアスが嬉しそうに目を細めるから、それでいいのかとも思えてくる。自分だけ素肌をさらしているのはどうかとも思うけれど。

「レミアス様……レミアス様も、お願い」

彼の寝間着に自分から手をかけてねだる。

「大丈夫ですか？」

「……大丈夫です、たぶん。きっと、レミアス様なら、大丈夫です」

自分でも何を言っているのかもうよくわからなかった。伝えたいのは、レミアスと一つになりたいということなのに。

「愛しています、あなたを——どうか、私のものになってください」

シアラの身体のあちこちにキスが落とされるのをぼうっとしながらシアラは受け入れた。

愛されている、レミアスに。ずっと想いを寄せていた人に。

唇であちこち触れながら、レミアスは器用に自分の身に着けているものを脱ぎ捨てていく。

「もし、つらかったら——言ってください。あなたを苦しめたいわけではないのです」

すべてを脱いだレミアスはとても美しかった。

クルトと比較したら、ずいぶん細身に見えるのだが、無駄なぜい肉など一つもついていない鍛え上げられた体軀だ。無駄なく鍛え上げているからむしろ細身に見えるのだろう。しっかりとした肩から腕にかけての線。引き締まった腹部。それからさらに視線を落とし、シアラはひゅっと息を吞む。

もちろん、男性の身体が自分のものと違うのは知っている。だが、そこにあったのは秀《しゅう》麗《れい》なレミアスの身体についているとは思えないくらい生々しく凶悪なものだった。

それ以上見るのに耐えられなくなり、ぎゅっと目を閉じる。

「そんなに固くならないでください……と言っても、無理でしょうか」

「む、難しいですね。すごく、難しい、です」

笑いに紛らわせようとしたけれど、それもまた難しい。目を閉じたまませわしない呼吸を繰り返していたら、脚の間に「それ」が押し当てられた。

蜜を滴らせる花弁をなぞるように動くそれは、火傷するのではないかと思うくらいに熱い。

「熱い……ですね……」

「どれほどあなたを欲しいと思っているか、これでわかりますか？」

声が喉のところに詰まってしまったみたいに返事はできなかったし、目を開けることもできなかった。

伝わってきたのは、ただ、彼がシアラを欲しいと思ってくれるその気持ち。こくこくと何度も首を縦に振って、嫌ではないのだと知ってもらおうとする。

「んっ……あぅっ……」

ゆっくりと花弁の間を熱棒が往復する。彼の熱がシアラに感染して、シアラの身体も溶けたみたいになる。

「ん、あっ……あ、あぁっ！」

熱い切っ先が、花弁の間に割り込んできた。たっぷりと蜜にまみれたそれは、するりと中に入り込んでくる。

身体の中が焼けてしまいそう——でも、それが嬉しい。

懸命に身体の力を抜いて、レミアスを受け入れようとする。

「あっ、レミアス様……はっ、あぅっ……」

未知の場所を開かれていく感覚に、口からは苦痛まじりの声が上がる。少しでも早く彼を受け入れたくて、知らず知らずのうちに腰が浮き上がった。

痛い、苦しい——でも、嬉しい。目じりから流れ落ちる涙が、何を意味しているのかもわからない。

「んっ——ひ、あぁっ！」

じわじわと広げられていた場所が、一気に突き破られた。二人の身体がぶつかり合い、艱難《かんなん》を超えたのだと知る。

「ああ……泣かせてしまいましたね……」

目を閉じたままでいたら、上からレミアスの申し訳なさそうな声がした。涙の膜がうっすらと張った目を開くと、すぐそこに彼の顔がある。

「もう、終わりですか」

「申し訳ないのですが、もう少しだけ――でも、あなたを抱きしめていたい気分です」

背中に回された彼の腕に、シアラの身体はすっぽりと包まれてしまう。涙をあふれさせたばかりの目じりに彼の唇が優しく触れて、身体の奥がむずむずとした。

シアラの方からも両手を彼の身体に回してみる。思っていたよりずっと彼の身体は鍛えられているみたいだった。

これが、たぶん、きっと――幸せ、というものなんだろう。

もちろん、今までに幸せだと思ったことは何度もあったし、これからも何度も幸せだと思うのだろうけれど。

今、この瞬間の幸せに全力で浸っていたい。

「レミアス様は、うんと熱い……ですね」

「シアラもとても熱いですよ。私の身体にきゅうきゅうと絡みついてきます」

シアラの体内に埋め込まれたレミアスがぴくりと動いて、シアラの唇からは思わず声が漏れた。

「そういう、こと言ってはだめ、です……」

少しだけすねて、でも愛おしさが込み上げてきて、彼の肩に鼻先を擦りつける。ついでみたいに、そこに軽くキスしたら、ふふっとレミアスが笑う気配がした。

「あなたはいけない人ですね。こうやって、私を煽るんですから」

「あ、煽ったつもりは……」

このまま二人の身体が溶けてしまって、境界線がなくなってしまえばいい。そう願っているだけ。

だって、こんなにも満たされたことはないような気がするのだ。シアラの方から彼の頬を手で挟んで顔を寄せる。

「……好きです」

「私も、好きですよ……あなたが」

「ひゃうっ!」

急に彼が腰を引いて、体内を埋め尽くしていた熱が去った。かと思ったら、また一息に押し入ってきて、思わず声が上がる。

「あぁぁっ、あぁっ!」

もう遠慮なんてしていられなかった。寝室中の空気を震わせるみたいに嬌声《きょうせい》を上げ、レミアスの思うままに揺さぶられるしかない。

突き入れられる度に弾ける衝動。引き抜かれるそれにみだりがましく絡みつく蜜壁。破《は》瓜《か》の痛みなんて、圧倒的な快感の前に消し飛んでしまって、ただ、レミアスの想う通りにされるだけ。

「奥、あたって……あぁぁっ!　もう、無理っ!　無理、だから……あぁっ!」

最奥を抉《えぐ》るように突き入れられ、一瞬目の前が真っ白になった。内部はますます激しく収斂《しゅうれん》し、レミアスの形を覚え込もうとしているみたいだ。

両膝を折り曲げられて、奥まで受け入れる体勢を取らされる。より深いところで彼を感じれば、無上の法悦《ほうえつ》に身も心も支配された。

「あぁ……私も……シアラ、愛しい――」

身体に打ちつけられるレミアスの動きが速度を上げる。

ひときわ高い声を上げて、先に昇りつめたのはシアラだった。

彼に導かれてたどりついた悦楽の極致《きょくち》。少し遅れて、彼もそこに到着する。

最奥に叩きつけられる精の奔流《ほんりゅう》に、過敏になった身体は反応して、また軽く極めてしまう。

「ふ……あぁ……」

気がついた時には、胸に膝がついてしまうくらい折り曲げられていた脚も、シーツの上に戻されていた。

シアラに体重をかけないように注意は払ってくれているみたいだけれど、上に重なったままのレミアスの口からもまだ整わない息がこぼれる。

「レミアス様……？」

「――信じられないような経験でした」

ようやく息の整ったレミアスは、小さく笑ってそう言った。

「愛しい人を抱きしめるということが、これほどの幸福を覚えるものだったとは――認識を改めなければいけないようです」

まだ体内に埋め込まれていたレミアスがずるりと引き抜かれ、溢れ出した体液の正体に思い至ってシアラは頬を染めた。

「今夜はこのくらいにしておきましょう。あなたを、壊してしまいたくはありませんからね」

「……え？」

引き寄せたシーツで身体を隠したものの、シアラはレミアスの発言に困惑した。壊してしまいたくはないってどういうことだ。

身体を動かした拍子に触れたレミアス自身が、まだ熱を失っていないことに気づいて、かぁっと頰に血が上る。

「今夜はって……」

「もう少し慣れてきたら、もっとあなたを抱きたいです――でも、それは日を改めてにしましょう。その時は、覚悟してくださいね？」

――公爵様は、けっこうなケダモノなのかもしれない。

おいしくいただかれてしまった今、シアラはそう思うことしかできなかった。

第五章　花嫁衣装を決めるつもりがいちゃいちゃで！

——結ばれた。結ばれてしまった。

子供の頃からの夢が、現実のものとなってみるとついにまにまと顔が緩む。

「——しまりのない顔は、どうかと思うけれど？」

「ご、ごめんなさい……エグモントさん」

家令であるエグモントにより、結婚式の準備を進めることが宣言されて三日目。

今、シアラがいるのはシアラの私室ではなく、マホガニー製の大きなテーブルのある日当たりのよい部屋だった。

三人掛けのゆったりとしたソファには真っ白な布が張られ、枠組み部分は要所に金で装飾が施されている。大きなテーブルの上には布を綴《と》じた見本帳やデザイン画、出入りの商人が持ち込んできたレースや仕立てる前の服地などが所狭しと並べられている。

テーブルの上だけでは足りず、壁際にいくつもテーブルが置かれ、そこにも多数の服地が積み上げられていた。

「でも、花嫁衣装を選ぶのがこんなに大変だとは思っていなかったんですもの……」

遠い目をしながらシアラは泣き言を零した。

(城主の結婚式が大変なものだというのは理解していたつもり……だったけれど)

ポラルーンの地を預かる公爵。そして国王陛下の信頼が厚いレミアスの結婚式。ともなれば、やらねばならないことは山積みで、シアラの想像をはるかに超えていた。

結婚式に花嫁がまとうのは白一色。だが、一口に白と言っても様々な色合いがある。真っ白ではなくやや赤みがかかったもの、青みがかかったもの、柔らかなクリーム色に近いものなど。

光沢《こうたく》のあるサテンやタフタ、軽やかなシフォンやオーガンジー。布によって印象も変わる。スカートは膨らませるのかほっそりとさせるのか。腕は出すのか、それとも覆うのか。スカートはレースを重ねるのか、それとも刺繍を施すのか。

(まさか、ここまで大変だとは思わなかったわ……!)

スカートに刺繍を施すならば、糸のみの刺繍にするのか、真珠やクリスタルガラスを一緒に縫い込むのか、刺繍のデザインはどうするのか――などなど考えなければいけないことは山のようにある。

もちろん、シアラ一人で決めるのではなく、都からデザイナーを呼び寄せてはいるけれど、それまでの間にある程度考えはまとめておかなければならない。

「毛皮の飾りをつけたマントも必要だな。パレードの間、少し寒くなるかもしれないし」

「毛皮の……マント……」

これだけの準備をして、毛皮のマントまで。いったい、当日の衣装だけでどのくらいの金額が飛んでいくのかと思うと目を回してしまいそうだ。

「……君、現実逃避しないで前を見て。君が今見なければならないのは、これ」

レミアスが多忙を極めているため、レミアスと話をする前のアイディア出しにエグモントが協力してくれているのだが、あまりにも考えなければいけないことが多すぎて、少しも進んでいない。

「はい、エグモントさん」

シアラの目の前にあるのは、どこから調達してきたのか最新流行の花嫁衣装が掲載されているデザイン帳だ。

唯一決めないですむのは装身具だけ。金の台座にダイヤモンドをあしらったティアラ。それからダイヤモンドの首飾りと揃いの耳飾り。これらは、レミアスの祖母の代から使われているものを受け継ぐそうだ。

(……もう、だめ、かも)

もちろん、こうやって自分の結婚式の準備を進めるのが大切なことだというのは理解しているけれど、頭がついてこないというかなんというか。

「僕のところに来たら、こんな苦労はしないですんだのに」

「……へ?」

エグモントのとんでもない言葉に、シアラは思わず見本帳から顔を上げた。

「エグモントさんのところって？」

「何も聞いてなかったんだね。君の縁談、申し込んだうちの一人が僕だったんだけど」

「……うそぉ！」

エグモントの発言に、思わず裏返った声が上がった。だって、両親はそんなこと一言も言っていなかった。

たしかに縁談が来ている。両親の決めた相手に嫁ぐという話はしていたけれど、まさか、その相手がエグモントだったなんて。

「なんで、私……を……？」

エグモントが、シアラに好意を持って親に縁談を持ちかけた、というのはあまり考えられない。だって、彼とシアラの接点なんてこの城に来るまでなかったから好意を持つはずもない。

「なんでって……君を僕の妻として迎えたら、ポラルーン領の発展にとても役に立つと思って。君が、どれだけ努力してきたのか、話を聞いてはいたからね。行儀見習いの打診があった時、調査は入れて事実なのも確認したし」

「……でも」

その努力は、レミアスのために重ねてきたもの。反論しようとしたけれど、シアラはそのまま口を閉じた。

（そうね、たしかに……私、エグモントさんとしても、使ったら便利な人材だったのかも）

レミアスの役に立てるよう、努力してきたあれこれはエグモントのところに嫁いでいたとしてもきっと役に立ったはず。だって、ポラルーン領の発展のために役立つものを身に着けてきたのだから。

「だから、残らないかって言ったんですか？」

以前、行儀見習いの終わった後に残らないかと誘われた時のことを思い出した。

「そういうこと。君が帰った後、もう一度ちゃんと話をご両親の方に持っていくつもりだったんだ。そう書いた手紙も送ったんだけどね」

（……でも）

エグモントには申し訳ないけれど、もしレミアスと結ばれていなかったら、二度とこの地を訪れることはなかったと思う。

レミアスのことを、どこに行っても思い浮かべてしまうなんて、あまりよくない。彼の噂が届かないほど遠くへ行ってしまおうと思っていたくらいなのだから。

けれど、エグモントの前でそれを言えなくて、あいまいな笑みを浮かべたまま、再び布地の見本帳に視線を落とす。

「……今さらの話ではあるけどね。もっと早く行動を起こしておくべきだったかも。でなかったら先にレミアスに話をしておくべきだったな」

「エグモントさん、あのですね……そちらの見本帳、取っていただいてもいいですか」

「どうぞ」

シアラが話題を変えようとしたことに気づいたのだろう。エグモントはそれ以上は何も言わず、シアラが頼んだ見本帳を前に置いてくれた。

「金銭面については何も心配する必要はない。レミアスは堅実すぎるくらい堅実だし、この地はレミアスが公爵位を継ぎ、領主になってからますます発展を遂げている」

「今日もレミアス様はお忙しいですもんね」

後で一緒に見てくれるとは言っていたけれど、レミアスは、今日も忙しい。

彼が忙しくしているのは、領地のためだということはわかっているから、文句を言うつもりもなかった。

「それから薬草園なんですけど……母からもらった風邪予防のうがい薬のレシピがあるんです。今年の冬はそれを試してみたいので、必要な薬草の手配をお願いできますか。今植えれば、雪が降る前には収穫できるはずなので」

「かまわないよ。あとで必要なものを書いたリストをもらえるかな」

「はい、お願いしますね」

エグモントとの間に、一瞬気まずい空気が流れたが、気のせいだろう、気のせいだと思いたい。

（……本当、私ってば、全然気づいていなかった）

エグモントからの申し込みが、恋愛感情を持っての申し込みであれば気づいたのだろうか。自分が、レミアスしか見ていなかったから、気づかなかったのだろうか。

でも、そう聞かされてみれば、エグモントからそういった話は時々あったような気がしなくもない。シアラがまったく気にしていなかっただけで。

「シアラ、エグモント。進んでいますか？」

レミアスが入ってきて、シアラは顔を上げた。

「全然進んでないよ。何一つ決まってないよ……デザイナーは三日後に到着するんだから、その時までにある程度方向性は決めてもらわないと」

「でしたら、私が付き合いましょう。あなたは休んでください」

「休む？　無理無理。他に仕事がたくさんあるんだから……。衣装選びは、当事者同士で進めてくれるのが早いだろうね。僕は、ルイディアから届いた報告書を見てくるよ。あのあたり、最近きな臭いし……あとで報告する」

「よろしくお願いします」

エグモントが立ち上がって、部屋を出ていく。

ルイディアとは、アルバース王国との国境地域にある都市のうちの一つの名だ。この国がアルバース王国との仲がよくないのはシアラももちろん知ってはいたけれど、きな臭いなんて言われると不安が大きくなる。

「何を考えているのですか？」

「そうですね……いろいろ考えてはいるんですけど」

シアラは視線を落とした。もちろん、戦争なんて起こらない方がいいに決まっているけれど……。

「不安ですか？」

「不安、ですね。心配です——だって、戦になったら、レミアス様も戦場に行くのでしょう？」

「それはそうですが」

そう口にしながらレミアスは、見本帳の中にあった布地を一枚取り上げた。そして、その布をシアラの胸元にあてがう。

「この色は、顔色が悪く見えますね。もう少し、真っ白に近い色の方がよいでしょうか——私は、最前線には立ちません。クルトがいてくれますからね」

「……でも、心配です」

レミアスが、不安にさせないように話題を選んでくれているのはわかる。だけど、一度芽生えてしまった不安を消すのは難しかった。

「戦にならないように、全力は尽くします——ああ、このレースは素敵ですね。ベールにどうでしょう？」

レミアスは、言葉の合間合間に見本の布を取り上げては、シアラに当て、色映りを確認している。

シアラはじっと動かずに、彼が布を当てるのを眺めていた。彼は、本当にシアラのことを大切にしてくれている。それは、シアラもわかってはいるのだ。

ただ、ここが国境近辺であること。そしてアルバース王国が国境を越えようとするならば、レミアスがすぐに出ていかねばならないこと。

考えないようにしていても、不安というものはどこかから芽生えてくるものらしい。

「――このレースは気に入りませんか？」

テーブルの上に置かれていたレースをシアラの頭にかけたレミアスは、シアラの両肩に手を置いて瞳をのぞき込んできた。

結婚してから気がついた。

彼は、いつだって柔らかな表情を浮かべているけれど、シアラを見る時だけは、そこにほんの少しだけ――他の人には見せない色が浮かぶ。

それは、その時によって親愛の情だったり、独占欲だったり、時には情欲だったりするけれど。

見つめられる度に、簡単にシアラの鼓動は跳ね上がって、そわそわとしてしまうのだ。

「いえ、そんなことないです……とても、素敵」

熟練の職人の手によって繊細かつ豪奢《ごうしゃ》な刺繍の施されたチュールレースは、シアラの頭から肩にかけ、ふわりと雲のように覆いかぶさっている。

「あなたが、花嫁衣装に身を包む日が待ちきれません。きっと、輝くほどに美しいのでしょうね。あなたを見た男はきっとすべて、あなたの虜《とりこ》になってしまうことでしょう――ああ、それでは困りますね。ずっと私の陰に隠しておきましょうか」

「そんな風に言うのはレミアス様だけですよ。皆が虜になるなんて……そんなのありえません」

くすくすと笑いながらシアラは、頭に載せられたレースをそっと外そうとした。だが、レミアスの手がシアラの手に重ねられて、レースを外そうとしていた手をそのまま押さえられる。

「私の花嫁は、自分の魅力に気づいていないのだから、本当に困りますね」

「……だって……あっ」

頭にかけられたレースごと強く抱きしめられる。その勢いのまま、彼はシアラに口づけてきた。

結婚して以来、何度も彼とは唇を重ねてきたけれど、いつまでたっても慣れそうにない。触れた個所から熱が広がっていって、あっという間にシアラの身体を侵食する。

「んぅ……んっ……んっ……」

キスの合間に、甘えた吐息がこぼれる。するとレミアスはその吐息ごと奪い去ろうとしているみたいに口づけを深めてきた。

下唇が彼の唇に挟まれ、震わされる。強く下唇を吸い上げられ、シアラは背中を弓なりにした。レミアスはシアラをソファの背もたれに押しつける。

「んっ……」

柔らかなレースが頬を撫で、その些細《ささい》な感覚もまた快感の呼び水となる。こんなところで、とかそんな言葉が頭の片隅をよぎったけれど、レミアスにかなうはずもなかった。

「本当にあなたは可愛らしい。目を開いて、私を見てはもらえませんか」

「や、だぁ……」

目を閉じたまま、いやいやと首を横に振る。もう自分の目がとろんとしているのがわかるから、目を開くのは恥ずかしかった。

「あんっ」

遠慮なく大きな手がシアラの胸を包み込んで、小さな声が上がる。

「だめ、レミアス様……こん、な……だって、準備……」

「あなたを最高に美しく見せる衣装ですからね。私が責任をもって選びます。今はそれより……」

「あぁぁっ！」

人差し指の先が、胸の頂をひっかくようにした。衣服は完全に身に着けているのに、狙いすましたみたいに的確にその場所を刺激される。

レミアスは、その場所を何度も布越しに刺激してきて、こんなところで声を上げたくないと思っていたはずなのに、シアラは簡単に屈した。

「んっ……あぅ……やだ、胸……触らないで……」

そっとレミアスを押しやろうとするものの、彼にかなうはずなんてない。押しのけるために伸ばしたはずの手が、なぜか彼の上着をしっかりと摑んでいる。

「だめ、だって……あんっ！」

抗議の言葉は、再び始まったキスの前に完全になかったことにされた。舌が縦横無尽《じゅうおうむじん》に口内を荒らしにかかり、シアラはあっという間に快感に呑み込まれていた。

「だめと言っても、あなたも私を欲しいと思っているでしょう？」

「やだ、知らな……ひぁっ！」

また、こりっと胸の頂を刺激される。布越しのじれったい愛撫《あいぶ》が身体を高ぶらせる。

レミアスの上着を掴んでいた手に、ぎゅっと力がこもった。唇は半開きになって、新たなキスを誘うみたいに胸が上下する。

「だって、ここ……人、来るし……あぅ……」

また力なくレミアスを押しやろうとするけれど、彼はその手を取って舌を這わせてきた。手首のドキドキと脈打っているところをぺろりと舐められ、そのまま手のひらにキスが移動する。

手の甲にもキスの雨を降らされ、さらには指の先まで口づけてきた。人差し指と中指がまとめて口内に押し込まれ、指の付け根を舌でくすぐられる。

「ひぁ……ふぅ……ん……や、だぁ……」

いやいやと首を横に振るけれど、レミアスはかまわないみたいだった。口内に含まれた指に舌がいやらしく這う。

「こちらを見てください、シアラ」

「いやっ」

「私は、見てくださいとお願いしているのですが」

レミアスにお願いと言われてしまうとシアラは弱い。羞恥に震える瞼を無理やりこじ開ければ、彼はわざと舌を出して、シアラの指を舐めてみせた。白い指に赤い舌が這う光景はとても艶《なま》めかしくて、開いたばかりの目をまた閉じてしまう。

「――シアラ?」

「だって……だって……」

だって、と繰り返す。レミアスがあまりにも素敵なのが悪い。あまりにも素敵だから、眩しくて、目がつぶれてしまいそうな気がするのだ。

けれど、今はそれを言葉にしている余裕はなかった。レミアスはさんざんシアラの手をもてあそんでから、再び乳房に狙いを定める。彼の舌から解放されて、唾液《だえき》に濡れた指がひやりとした。

「あ……く、んぅ……」

彼の両手に両方の胸をすっぽりと包み込まれ、優しく揺さぶられる。手の甲を口に押し当てて、上がる喘ぎを殺そうとした。

羞恥の念はどうしたって消えるはずもない。快感に頭は半分蕩けてしまっていたけれど、ここがどこかまでは忘れてはいない。

「んっ……」

頭を振った拍子に、今までかぶっていたレースがずり落ちた。頰を繊細なシルクが撫でて、またため息をこぼす。

「……ん、んんんっ……レミアス様、だめ、もう……ここで、は……」

今は昼間だし、ここは誰でも入ってこられる場所だし。レミアスの手をそっと押しやろうとすると、彼は口元を押さえていたシアラの指を口内に押し込んできた。

「ん……あぅ、ん、んぁぁっ」

自分の指を口内に含まされるなんて初めてだ。

うっかり針を刺してしまった時に溢れる血を吸い取ったことがないとは言わないけれど、その時の感覚とはまるで違う。

「ほら、私の指も舐めてください。あなたの指を私が舐めるだけでは不公平でしょう?」

何が不公平だというのだろう。だが、シアラの指と一緒に、彼の指も口内に押し込まれている。先ほど、彼がどうしていたのかをなぞるみたいに、舌を這わせた。

「く、ぅ……これは……きます……ね……」

彼が眉間に皺を寄せる。その表情から、少なくとも気持ち悪いというわけではなさそうだとシアラはなおも舌を動かした。

そうしながら、自分の身体が変化していることを意識する。

なんと言えばいいのか――うずうずするのだ。

「あふっ……ふっ……んぅ……ん、んんっ」

口内に差し込まれた彼の指がゆらゆらと揺らされる。シアラの指を離れて頬の内側をくすぐり、舌の先をひっかくように彼の指は動いた。溢れた唾液が零れ落ちそうになるのを懸命に飲み込む。それでも飲みきれなくて、唇の端を伝って流れ落ちた。

「そう──上手です。あなたのことがもっと欲しくなりました」

しまった、と思う間もなかった。

たしかにシアラの行動は完全にレミアスを刺激するもので。レミアスはシアラの口から指を引き抜くと、一気にドレスに手をかけてきた。

「あ、やだっ……だめですってば──!」

「我慢できないのだからしかたないでしょう。あなたがいけないのですよ、あんな風に指を舐めるから」

「わ、私のせいですか……!」

それってものすごい言いがかりだと思う。だって、シアラをソファに押しつけたのはレミアスだし、先にシアラの手に舌を這わせたのはレミアスだし、口内に指を押し込んできたのはレミアスではないか。

「あっ……だめ、見ては……」

明るいところで肌を見せるのは初めてだった。あっという間にドレスもシュミーズもまとめて腰のあたりまで下ろされてしまって、明るい中で乳房があらわにされてしまう。

まだ、結婚して一週間とたっていない。それなのに、こんな明るいところで肌をさらすことになるなんて完全に想定外だった。

　真っ赤になったシアラの手が乳房を覆い隠そうとすると、彼はその手を両脇で押さえつけてしまった。

「隠さないでください――あなたのすべてを見たいんです」

「……あぁ……」

　レミアスが望むことならなんでもしてあげたいけれど、それで羞恥心がなくなるのかと問われれば絶対に違う。

　真っ赤になったシアラは、目をぎゅっと閉じ、彼の視線が身体を撫でていくのを感じていた。

「ふっ……はぁ……」

　目をぎゅっと閉じているから、彼がどこを見ているのかなんてわかるはずもない。それなのに、今、彼の目は胸の頂を見つめているような気がする。

　すべての神経がそこに集中していって、シアラは甘い声を上げた。触れられていないのに、その場所がじんじんとする。脇腹に手が這わされているみたいだ。

　下肢の奥がとろとろとし始めてきて、さらには愛蜜が溢れ出したような気がする。身体の中心が、彼を欲しいと望み始めた。

「私は、何もしていないのに……どんどんここが硬くなってきますね」

「あぅっ！　あっ……あぁぁっ！」

胸の頂に、彼の唇が寄る。ふっと息を吹きかけられ、両手を押さえつけられたシアラの肩が跳ねた。

さらには頂点、色の変わったところを舌で転がされて、頭の先まで刺激が走り抜ける。

「あぁんっ、だって！　レミアス様が……あぁぁっ！」

「そうですね、あなたをこんな風にしてしまったのは私です」

両手を押さえつけているから、彼も唇でシアラを刺激するしかない。硬度を増した乳首を、彼の舌が中に押し込める。

「やぁっ、だめ、それ、だめ……！」

唇で頂を扱《しご》く合間に、舌で転がされると、頭の中まで蕩けてくる。だめ、と口走っている割に、腰は左右にくねり始めていて、全身でレミアスを誘っていた。

「――はうっ！」

「あなたは、無自覚だから困りますね。こんなに腰を動かして――こちらにも触れてほしいのですか」

「や、あぁ……」

そんなこと、言えるはずもない。

いじわるな問いかけをしながら、レミアスはドレスのスカート越しに秘めておくべき場所を撫でてきた。

片方の手は解放されたけれど、その手はだらりと下に落ちたまま。胸を隠す余裕も失って、ただ首を左右に振る。

「……言ってください。私も経験が乏しいので、きちんと言ってくださらないとわかりません」

嘘つき、と心のどこかでレミアスをなじる声がした。

たしかに彼は経験が乏しいかもしれないけれど、それは他の女性を知らないというだけ。まだ肌を重ねた回数はさほど多くないのに、的確にシアラの官能を掘り出すすべは心得ている。

「や、いやっ……」

「私は、拒まれているのでしょうか」

「や、違う……」

違う、彼を拒んでいるわけではない。レミアスだって、それは十分わかっているだろうに……。

「では、嫌ではないのですね……?」

言葉にできないから、顔を背けたままこくりとうなずいた。

恥ずかしい……こんなところで、衣服をこんな風に乱して。レミアスを、欲しいと思っているなんて。

「本当に、あなたは可愛らしい」

そんなことを言いながら、レミアスはシアラの身体のあちこちに唇を落としてくる。胸の頂を震わされ、脇腹に舌が這う。

「やだ、お腹……いや……！」

「ここも感じるとは、また新たな発見ですね」

そんな発見、してくれなくてもいいのに。

けれど、シアラの言葉は、嬌声へと変化してしまって、レミアスに届くことはなかった。

「は……ん……あっ、そこも、だめっ！」

「わかりました。あなたのだめはいいの意味だということが」

「違……あ、あぁぁっ！」

遠慮なくスカートが捲り上げられ、中にレミアスの手が忍び込んでくる。乳房に舌を這わされながら腿の内側を撫でられたら、シアラは簡単に屈服してしまった。

滑らかなシルクのストッキングを撫でられ、腿とストッキングの境目を指でくすぐられる。そして、指の先が少しだけストッキングの中に潜り込んできて、シアラは息を詰めた。

「だめ……やぶけちゃ……」

「破けません。大丈夫です」

「だって！」

ぱちんとストッキングを弾かれて、ぴりっとした鈍い痛みが広がった。けれど、その痛みもまた新たな快感への呼び水でしかなくて。

「んん、レミアス様……！」

もじもじと腿を擦り合わせれば、間にある彼の手を締めつけてしまう。

「どうしましたか?」

それなのに、こちらを見下ろす彼の顔は、ちょっと口角が上がってこの状況を楽しんでいるみたいだ。

「どうって……」

彼の目にまっすぐに見つめられて、シアラはますますもじもじする。だって、この状況はとてつもなく恥ずかしいのだ。

腿の間に挟み込んだ手が小さく揺らされて、はぁと蕩けそうな吐息をこぼした。

その奥にある場所はじんじんとしていて、レミアスに触れてもらえと訴えかけてくる。

「さ……わって……」

小さな声でシアラは言ったけれど、レミアスには聞き取れなかったみたいだ。首を傾げた彼はじいっとシアラの顔を見つめている。

「どうしましたか?」

「だから……だから、触って……」

「もう、あなたに触れていますが」

意地悪だ。

シアラは確信した。レミアスは、シアラに意地悪をしているのだ。きっと、彼の与える快感を拒もうとしたから。

「触って、ほし……の……」

「どこに――とは聞かない方がよさそうですね。ここでしょう?」

「あぁっ!」

先ほどからずっとうずうずしていた脚の間に触れられて、びくんと腰が跳ね上がった。

その場所は完全に濡れていて、きっと今見られたら秘所の形を完全に浮き上がらせてしまっているだろう。

「あっ、あっ、あぁっ」

ぐにぐにと濡れた布を押し込めるようにされたら、あたりをはばからない嬌声が上がる。

先ほどまで、結婚式の衣装を相談していたはずだったのに。

「ああ、ほら……ここ、もうこんなに濡れて」

「ひぁぁっ!」

ぐっとひときわ奥まで布が押し込められた。ざらりとした布の感触。シアラの腰がまた浮き上がって、少しでも強い刺激を求めようとしてしまう。

「もっと感じて、もっと乱れて――私に見せてくれるでしょう?」

「あっ……だめ、もっと……もっと、欲しい……!」

布越しに弄られるのでは物足りない。ためらいながらも、腰が浮き始める。

もっと奥まで貫いて、揺さぶってほしい。

「本当に、あなたという人は私を煽るのがお上手ですね」

「ふぁぁあ！」

濡れた布越しでも、敏感な芽への刺激は強烈だった。愛蜜にまみれた布ごと、淫核《いんかく》を揺らされて、弾けそうな声が上がる。

彼に触れられるだけで、どうしてこんなに気持ちよくなってしまうんだろう。シアラは腰をくねらせて、もっと感じる場所に彼の手を導こうとする。

「あう……あ、やだ、もっと……」

しゅっしゅっしゅっと、その場所を刺激する指の動きが速度を上げる。

明るいのに。服を着ているのに。どうして、こんなにぐずぐずになって、もっと深い喜悦を求めてしまうんだろう。

「あぁあ、あ、あーっ！」

ひときわ大きな波が来て、シアラは全身を激しく震わせる。腰のあたりによどんだ快感が、一気に身体中を走り抜けた。

つま先までぴんと伸ばし、突き上げるような快感に身を震わせる。

「んっ……あぁ……だめ、見ちゃだめ、です……」

快感を貪《むさぼ》った直後、急に恥ずかしさが襲い掛かってきた。レミアスの前で、なんてところを見せてしまったんだろう。

「どうして、見てはだめなのです……？　私に愛されて、乱れるあなたはとても魅力的ですよ。もっと乱して、泣くまで気持ちよくしてあげたくなります」

今、レミアスは何かとんでもないことを口走らなかっただろうか。もっと乱してとか、泣くまで気持ちよく、とか。

あまりの言葉に固まっていたら、レミアスの手がドロワーズの紐《ひも》を探り当てた。紐が解かれ、そのまま足首から引き抜かれてしまう。

「あっ……」

止める間もなかった。なんて素早いのだろうと感心する間もあるはずがない。

「ほら、こんなに……もっと欲しいのではないですか？」

たしかに絶頂は味わったけれど、奥の方は満たされないのだと訴えかけてくる。レミアスはシアラのその状況を実に的確に見抜いていた。

びしょびしょの花弁の側、脚の付け根のあたりを意味ありげに指がくすぐってくる。

「んんっ、んっ！」

ふるふると首を横に振りながら、それでも腰を小さく揺らす。喉の奥で満足そうに笑った彼は、さらに信じられない行動に出てきた。

「あぁっ——そ、そんなのっ！」

彼はシアラの前に膝をついた。そして、シアラの両膝に手をかけたかと思ったら、そのまま大きく開いてしまう。

濡れた場所が彼の目の前にさらされている——彼の目に映っているであろう光景が一瞬にして思い浮かび頭が焼けそうになった。

「濡れていますよ。ああ、そんな顔をしないで——あなたをこんな風に乱すことができるのは私だけだと思うとものすごく……興奮、しますね」

「いや、そんなの……言っては、いやっ！」

目の前に膝をついている彼の前では、何も隠すことができない。捲り上げられたスカートを引き下ろそうとしたけれど、彼はすぐにそれを振り払ってしまった。

「だめです。見ていてください——ここ、舐められたいのでしょう？　こんなにも硬くなっていますよ」

「あ、あぁっ！」

脚の間に彼の顔が沈み込む。次の瞬間、繊細《せんさい》な芽を舌先で弾かれた。快美の振動が背筋を一気に走り抜け、両足がつま先までぴんと伸びる。

「やぁっ、だめっ……ん、あ、あぁぁんっ！」

溢れる蜜を掬《すく》い上げるように舌先が踊り、触れられる度に背中をそらして喘いでしまう。

掬われても掬われても、お腹の奥の方がじくじくと疼いて、淫《みだ》らな蜜が新たに溢れる。

弾かれた場所から下腹部、さらに背筋を伝って脳天へと何度も何度も快感が走り抜ける。

「あっ、あぁっ……レミアス様、また……きちゃう——！」

彼の舌は的確に官能を掘り出してくる。それだけではない。指までも一気に押し込まれてきた。根元まで埋め込まれたそれを蜜壁は強く締めつけ、中を探るように蠢かされれば、新たな歓喜が弾ける。

「いってください、何度でも。あなたが果てる瞬間を見るのは、とても——」

そこで意味ありげに言葉を切った彼は、両膝の間からこちらを見上げてくる。眼鏡越しに見つめられて、かっと頬に血が上った。

手で顔を隠せば、再び彼の舌が敏感な芽に触れる。嬌声が部屋の空気を震わせたら、彼はますます舌を激しく動かしてきた。内部に埋め込まれた指は二本に数を増やし、敏感な芽に与えられる振動と中を突き上げる律動が呼応してますます快感を膨らませる。

「だめ、また、いっちゃぅ……からぁっ……！」

スカートを両手で強く握りしめて、シアラは全身を震わせた。

一気に駆け上った絶頂への階《きざはし》は、そこから下りることを許してくれなかった。レミアスの舌は休むことなく閃き続け、蜜を掻き出そうとするみたいに指が踊る。

あっという間にもう一度絶頂に達してしまって、シアラの身体から力が抜けた。ソファに手を投げ出してしまい、背もたれに頭を預けてせわしない呼吸を繰り返す。

——それなのに。

身体の奥からはまだまだ満たされていないのだと訴えかけてくる声がするのが怖い。

自分の身体が信じられなくて、首を振ったら、頬に柔らかなものが触れる。

「——愛しいシアラ」

頬に口づけられながら耳に届く自分の名前は、こんなにも甘い。力の入らない両手を持ち上げて、レミアスの首に巻きつけた。

「レミアス様……レミアス様……好き……」

こうやって彼を側で感じていたいと思うのは、たぶん、時々怖くなるからだ。

彼に愛されている。彼の隣にいることを許された今の生活が――夢ではないのかと。

本当は、自分の家の小さな寝室で横になっていて、目を覚ましたら生まれてからずっと暮らしていた自分の部屋にいるのではないかと。

「ください。レミアス様が……欲しいの。奥まで……ください……」

現実だとちゃんと認識したいから、彼がここにいるのだと実感させてほしい。

いつもは冷たい彼の頰が、こうやって擦り合わせてみると少しだけ温かくなっている。

だけど、自分からねだるのは恥ずかしくて、シアラは彼の肩に顔を埋めたまま。

「まだ、足りませんか？」

「……足りません」

足りるはず、ないではないか。レミアスが欲しい。

額に触れる上質な上着の感触。伝わってくる彼の胸の鼓動。額に落ちかかったシアラの髪を払ってくれる彼の優しい手。

それだけじゃ、足りない――どうして、こんなに欲張りになってしまったんだろう。

「私も、足りないのです……だから、覚悟、してくださいね？」

「……え？」

にっこりとした彼の顔に、何やら不気味なものを感じてしまったのは――なぜなのだろう。

「あ、あのええと」

やっぱりいいです——なんて言っても通じるはずもない。シアラを左手でやすやすと押さえつけておいて、レミアスは右手だけで器用に自分の衣服を緩める。

「今さら嫌とは言わないですよね？」

いたたまれなくなって、眉間に皺が寄るくらい強く瞼を閉じた。彼の顔を見ていたら心臓が弾けそうだ。

「……ぁっ」

熱く硬いものが、濡れた個所にあてがわれる。その熱に期待感が膨れ上がった。

「早くっ……」

逃げ出そうとしていたはずなのに、触れられれば簡単にシアラの官能は煽られる。吐息まじりにねだると、熱い肉棒が濡れた合わせ目に擦りつけられた。

早く招き入れたくて、彼の肩を掴む手に力がこもる。潤滑油《じゅんかつゆ》をまぶしたそれが、隘路《あいろ》を割り開いて入ってきた。

「あっ……んぅ……」

じりじりと快楽の壁を開かれていく感覚。最奥が物足りなくてうねるけれど、すぐにみっしりと満たされた。

「あなたの中は、柔らかくて、熱くて……私に絡みついてきますね」

「意地が悪いです」

鼻を擦り合わせるようにしながらレミアスが言う。ちゅっと音を立てて唇が触れ合わされた。

「あなたがあまりにも可愛らしいので、ついいじめたくなるのです。許してください」

レミアスにそう言われて、許せなかったらどうかしている。返事の代わりに、シアラの方からも彼の鼻に自分の鼻を擦りつけた。

「……でも、いいです。レミアス様だから」

レミアスにならば、何をされてもかまわない。だって、彼のことが好きだから。

「そんなことを言ってはいけません。歯止めがきかなくなってしまうでしょう」

今だって、歯止めがきいているとは思えないのに、レミアスはちょっと困った顔でそんなことを言う。

「レミアス様なら……」

けれど、そう言いかけた次の瞬間、シアラは自分の発言を後悔する羽目に陥った。

ぐっと腰を引いたかと思ったら、彼は一息に奥まで突き入れてくる。すっかり彼に抱かれることに慣れた身体でも、すさまじい衝撃に目の前に星が散った。

「あっ……あんっ……いきなりっ――！」

「言ったでしょう？　歯止めがきかなくなると」

「あぁぁっ！」

先端近くまで引き抜いたかと思ったら、また奥まで一気に突き入れてくる。快楽にひくつく蜜壁は、激しく擦りたてられて、より強い快感を得ようとますます激しく締め上げた。

「はっ……あんっ……ん、あぁぁっ！　そこ……だめぇっ！」

初めて結ばれてから、まださほど長い時間が過ぎたというわけでもない。けれど、レミアスは完全にシアラの身体を知り尽くしていて、一番感じる場所を的確に突き上げてくる。

「だめ、ではなく——あなたが一番感じるのはここでしょう。わかっています」

「だからっ、だめっ……あぁっ！」

目を閉じれば、体内を往復する彼の動きを強く意識してしまう。引き抜かれた時に閉じかけた壁をまたすぐに押し広げられる。往復する度に、蕩けるような快感が湧き起こる。

「だめではなく、『いい』と言ってください、シアラ——ほら、もう一度達して。可愛い声を聞かせてください」

「だって、私だけ……あ、あぁぁっ！」

ぐりっと抉るように腰を動かされ、弱い場所を手加減なしに攻められる。すさまじい悦楽の波が腰の奥からせりあがってきて、また嬌声を響かせてしまった。

「いいんです。達してください。もっと——あなたの声を聞かせて」

「あーっ、レミアス様、レミアスさまぁっ！」

彼の息が耳にかかる。その息も乱れていて、ついでみたいに耳朶を噛まれる。また、軽く達してしまった。

レミアスと抱き合うのは、どうしてこんなにも気持ちいいんだろう。

強い愉悦に痺れたみたいになっている内壁を擦りたてる動きに呼応するようにシアラの身体もくねる。

ソファに窮屈な姿勢で押しつけられているのも、もう気にならなかった。

何度も何度も絶頂に押し上げられて、達する度に深く長くなっていくその感覚に全身で溺れる。

うっすらと目を開けば、こちらを見下ろす彼の顔。いつも冷静な彼の瞳。眼鏡越しのその瞳に浮かぶ明らかな情欲に、シアラの熱がますます煽られる。

「あぁっ……お願い、レミアス様っ」

もっと、強い喜悦が欲しい。

身体の隅々まで彼で満たして、奥の奥まで揺さぶって。

言葉には出し切れなかったその思いも、彼は的確にくみ取ってくれる。

「欲張りですね、あなたは。でも……そこが好きです」

好き、という言葉が、こんなにも甘美なものなんて知らなかった。同じように好き、と返したいのに、言葉は嬌声にとって代わられる。

突き上げられる度に淫欲が強くなり、自分から腰を浮かせてはより奥までレミアスを受け入れようとする。

「ふぁっ……あっ……もっとぉ……！」

きっと、欲張りになってしまっているのだ。

最初は、思い出を得られるだけでいいと思っていた。それなのに、彼の隣にいたいと願ってしまって、それからもっと彼の心が欲しいと願ってしまって。

こんなにも欲張りになってしまったら、いつか、この幸せが壊れた時にどんな風になってしまうのかわからない。

レミアスの方も、もう限界が近いみたいだった。貪るようにシアラの唇にキスを繰り返し、舌を絡めては溢れる唾液を吸い上げる。

「あっ……あぁあっ、も、ムリ――！」

また絶頂に追い上げられて、シアラは首を振りたてる。自分だけまた先に満たされてしまったのを申し訳なく思ったのも一瞬のこと。

再び身体は走り始めて、もう意味のある言葉を発することもできずに、ただレミアスに翻弄される。

「もう少し……ですから……」

突き入れられる度に、収縮する媚壁《びへき》は快感をあますところなく拾い上げる。レミアスへの想いが膨れ上がって弾けそうで、言葉にする代わりに嬌声がまた響いてしまう。

「ひ、あぁあっ――あぁっ！」

首が折れてしまうのではないかと思うくらい強く顎を突き上げて、シアラは最後の絶頂に達してしまった。

「私も――シアラ、一緒に……！」

シアラの絶頂に合わせるみたいに、レミアスが腰を押しつけた。耐え難いほどの快感を送り込む動きが激しさを増したかと思ったら、奥に熱いものが叩きつけられる。

やっぱり――やっぱり、この人のことが好き。心のどこかでそうつぶやいたけれど、ぷつりとシアラの意識は途絶えた。


頭を撫でてくれる優しい手。思わずその手に額を擦りつける。

（……私）

どうやら、あまりにも大きな快感のせいで意識を失っていたようだ。先ほどまで彼と抱き合っていたソファに横たわっているらしい。しかもレミアスの膝枕だ。

一瞬飛び上がりかけたけれど、レミアスに膝枕されているという夢のような状況に、シアラは開けかけた目をもう一度閉じた。

身体にかけられているのはレミアスの上着のようだ。

（レミアス様の匂いがする）

小さく笑いながら、その上着に鼻を埋める。

レミアスがまとっているのは、花の香りの香水だ。やや女性的な香りだけれど、レミアスにはとてもよく似合っていると思う。

また額に触れた手に、自分からすり寄ると、その手は肩の方へと移動していった。

「……僕は、花嫁衣装を選んでくれと言ったはずなんだけどね。なんで、彼女はお疲れなのかな」

同じ部屋にエグモントがいるらしいということに、今、初めて気がついた。

「……もう決まりましたよ。シアラなら、何を着ても可愛らしいと思いますが」

「もう決まったって……」

上着の向こう側から、半分呆れたみたいなエグモントの声が聞こえてきた。

「シアラが気に入るかどうかだよね、あとは」

「大丈夫です。気に入らないというのであれば、別の候補を挙げるだけですから」

(レミアス様が選んでくださったのなら)

シアラとしては、反対する理由なんて何もないけれど。だけど、頭の上からはまた呆れたみたいなエグモントのため息が聞こえてくる。

「……まったく、君は」

その声音に含まれた小さな棘に気がついたのは、たぶんシアラだけではないだろう。

「何が言いたいのですか」

レミアスの声がいつもより少し低く聞こえた。その奥にある感情が何なのか、シアラにもわからない。

「いや、別に……ただ、僕が欲しかったものは、常に君の前に差し出される。それだけだよ」

（どういう意味、なのかしら）

シアラは目を閉じているけれど、部屋の空気が一瞬ひんやりしたのはわかった。それと、シアラの肩を撫でてくれているレミアスの手に少しだけ力が入ったのも。

エグモントが何を言いたいのかはよくわからないけれど……。

この空気は壊した方がいいのではないだろうか。今、目を覚ましたばかりのようなふりをして、シアラはレミアスの手を摑む。

「……私、寝てしまいましたか？」

「疲れさせてしまったようですね。申し訳ありません」

シアラを見つめるレミアスの目は、いつもみたいに優しかった。

「ごめんなさい、エグモントさん。私、まだ決められなくて」

ソファに身を起こしたシアラは、エグモントに向かって頭を下げた。ふっと室内の空気が軽くなったような気がする。

「レミアスが候補は決めたみたいだよ。あとは彼と相談して」

こちらを見るエグモントの目には、何やら複雑な表情が浮かんでいる。その表情が、何を指しているのかはわからないけれど。

「レミアス様が決めてくださったのなら、安心ですね」

ポラルーン城の中で、こんなにもぴりぴりした空気を感じるのは初めてかもしれない。

けれど、シアラが何か言う前に、エグモントは部屋を出ていってしまった。

もし、室内に他の人がいたとしても、たぶん、それに気づいたのはシアラだけだろう。

レミアスの秀麗な顔が、ほんのわずかに歪む。

「レミアス様、どうして黙ってらっしゃるのです？　わかった、レミアス様もお疲れなんでしょう！　忙しかったですものね」

レミアスが何も口にしたくないというのはわかる。だから、気づいていないふりをして、シアラは笑った。

たぶん、シアラにできるのはこの程度のことでしかないから。

「蜂蜜入りのカモミールティーとクッキーを運んでもらいましょう」

「そうですね、疲れてはいませんが、少し休憩にしましょうか」

休憩にしようって――シアラは眠ってしまっていたけれど、いいのだろうか。お茶の用意を頼もうと立ち上がりかけたところを、腕を引いて引き戻される。

「ここに、いてください。あなたがいてくれるのが私にとっては安らぎなんです」

レミアスはシアラを膝の上に横抱きにして、そのままシアラの肩に顔を埋めてくる。

「やっぱり、お疲れなんでしょう……肩を揉んでさしあげましょうか」

すぐそこに彼のこめかみがあるから、そこにキスしながらたずねてみる。

「それもいいですが――やっぱり、甘いものをいただきましょうか」

シアラを抱えたままレミアスが立ち上がる。

「わっ、もうっ……立つなら立つと言ってくださいな」

「私があなたを落とすはずないでしょう？」

くすくすと笑いながら、シアラはレミアスの首に腕を巻きつけた。今は、何も知らないふりをしていればいい。レミアスがシアラに聞かせたくないと思っているのだから。

第六章　占領されて捕らわれて

ポラルーン領は栄えてはいるが、この領地には華やかな面だけではないもう一つの側面もある。国境の重要な位置を占めているため、時には戦地となる暗い面も持ち合わせているのだ。

（……いざって時のことも考えておかないとね）

今、シアラがいるのは食料の備蓄庫だ。ここは本来エグモントの管轄《かんかつ》なのだが、一応シアラも目を通しておこうと時間をもらってやってきたのだ。

戦争となった時に、戦場に送るための食料が備蓄庫には山のように積まれている。この食料は、戦に備えた備蓄というだけではなく、災害があった時には領民へ配給されることもあるために、かなりの量が保管されていた。

（小麦でしょ、豆でしょ……ええと、この棚は酢漬けにした野菜の瓶詰、塩漬けの魚、こちらは干し肉ね）

食料保管庫は風通しがよく、涼しくなるように工夫されたつくりだ。ずらりと並んだ棚は、きちんと整理され、棚の端には何が保管されているのか書かれた板が取りつけられている。

保存できる期間にも限りはあるから、傷んでしまう前に定期的に入れ替えなくてはならない。入れ替える時には、城で働く者達の賄いに使われたり、安く城下町の人に売り渡したりするそうだ。

現在ポラルーン城にいる兵士はおよそ千。それから、もう少し国境に近い場所にある小城にも数百人が常駐している。日頃は他の仕事についている街の人達の中にも訓練を受けている者がいて、いざという時には彼らも召集される。

（レミアス様が出かけていく時には、お城に残るのは百人……だったかしら）

ポラルーン城まで敵が押し寄せるような事態になれば、それは負け戦が確定している時だというのがレミアスから受けた説明だった。百人は、近隣の領主やポラルーン領内の他の城からの援軍がつくまでの間、召集された住民と共に城を守る最低限の人数だ。

（そうね、問題はなさそうね）

食料保管庫を一通り点検して、シアラは手入れが行き届いていることに満足した。家令としてのエグモントの仕事ぶりは完璧なようだ。

あとは、ドライフルーツとかチョコレート、キャンディーなどが少しあってもいいかもしれない。疲れた時に甘いものがあれば疲労を回復させる役に立つだろうが、急ぎではないから、おいおい準備を始めていけばいいだろう。

「シアラ、食料保管庫はどうだった？　何か問題はあった？」

満足したシアラが食料保管庫を出た時、向こう側から帳簿を抱えてやってきたのはエグモントだった。

「いえ……問題なんてありませんでした。完璧！」

「そうか。問題はないと思っていたけど、城主夫人がきちんと見てくれるのなら安心かな」

エグモントが、安心だと言ってくれたのでシアラも安堵《あんど》した。別に前からいた人達との間に波風を立てたいわけではないのだ。

それに、エグモントのことはちょっと気になる。

先日、花嫁衣装をレミアスと一緒に選んでいた後のこと。

エグモントの発言が気にかかるのだ。

あの時は、シアラも半分うとうとしてしまっていたから、エグモントの言葉の裏にあることまでは読み取れなかったけれど。

（……でも）

ちらり、とエグモントの顔を見上げる。彼は別に何か引っかかるようなことをしているわけでもない。この間の発言は、シアラの気のせいだったのではないだろうか。

シアラの視線に気づいたらしいエグモントは、眉間にちょっと皺を寄せて不機嫌そうな顔になる。

「それで、城主夫人様としては僕に言いたいことでも？　完璧だったと言ってたと思うんだけど」

「食料の保管は完璧ですけど、少しだけ甘いものがあってもいいかなって」

「甘いもの？」

「ええ。災害にあった時に、城下町の人達に配給するのなら、甘いものが少しあってもいいと思うんです。子供にお菓子をあげると泣き止んだりするし、復旧作業で疲れたあと、甘いものを食べたら大人もほっとするだろうし——それは軍の人も一緒ですよね」

シアラの提案に、エグモントは考える表情になる。

「そうだねぇ……軍では甘いものは嗜好品《しこうひん》に入るから、そういうものは自分で用意することになってるんだ」

「あ、そうなんですね……」

嗜好品は自分で用意するものなんて知らなかった。

シアラは戦場に行ったことはない。だから、いまひとつ実感はなかったのだけれど、言われてみればそうなのかもしれなかった。

「でも、兵士達には今まで通り自分で用意させるとしても、街の人達に配ることを考えたら少しあってもいいかもしれない。災害にあった時には、甘いものになんて気が回らないだろうしね。君からレミアスに提案してみたら？」

「いいんですか？」

エグモントの領分を、侵すことにはならないだろうか。そこは心配だったけれど、エグモントはにこりとしてくれた。

「もちろん。それは君の考えたことだし、君の提案なら、レミアスも喜ぶと思うよ」

レミアスの役に立つことができる。そう思えば、急にわくわくしてきた。

「では、私からレミアス様に提案してみます！」

仕事中のレミアスの邪魔はしたくなかったから、こっそり二人の寝室で話をすることにする。

その日の夜、寝室に入ってきたレミアスは、少し疲れているみたいだった。眼鏡をテーブルの上に置くと、目頭を押さえてもみほぐしている。

「どうかなさいました……？」

レミアスの背後に回り、肩に手を置いてシアラはたずねた。そっとそこを押してみると、かなり張っている。やはり疲れているようだ。

「ここ、お揉みしますね。ベッドに座ってください」

かなり力を入れて揉まないと、レミアスの肩をほぐすのは難しそうだ。肩から首筋にかけて、力を入れてもみほぐす。

「気持ちいいですねぇ……」

ベッドに腰を下ろしたレミアスが、なんとも言えない声を漏らした。その声がちょっと色っぽくて、どきりとしてしまったのは、彼には内緒だ。

「気持ちいいなら、よかったです。それで今日、エグモントさんと話をしたのですけれど」

「エグモントと……？　何か問題でも？」

「いえ、ちょっとした提案です。エグモントさんも、レミアス様にお話ししたらいいって言ってくれたので」

備蓄する品の中にチョコレートやドライフルーツ、シロップ漬けの果物なども用意してはどうかというシアラの提案に、レミアスは少し考え込んだ。

「そうですね。兵士達に提供しても喜ばれるでしょうし、必需品というわけではありませんから、少しずつ用意していただければ。私では気が回らないところでしたので、あなたの提案はとても参考になりました」

たぶん、レミアスも気が回っていなかったわけではないのだろう。領主として、嗜好品までは支給する必要がないと、一度は切り捨てただけで。

けれど、シアラの提案を受け入れる形でシアラに自信を持たせようとしてくれたのだとすれば、それはそれで嬉しい。

「……あっ」

急に腕を引かれ、彼の膝の上に倒れ込んでしまい、シアラは目をぱちぱちとさせる。ぎゅっと抱きしめられた次の瞬間には、レミアスと一緒になってベッドに沈み込んでいた。

「本当に、あなたを妻として迎えることができて、私は幸せ者です」

「そ、そんな風に言われると……」

眼鏡を取った彼の顔が、間近からシアラを見つめている。

(眼鏡がなくても……素敵……)

彼の顔を見ながら、ぼーっとシアラは思った。眼鏡をかけていても素敵だし、かけていなくても素敵だ。

黒い瞳に見つめられると、いつだって頭がふわふわしてくる。彼の瞳に映っている自分の顔を見ながら、シアラは視線を形のよい彼の唇に移す。

キス——したいな、と考えていたら上にいる彼がふっと笑った。

「キス、しましょうか?」

「あ、あの、そのっ」

考えていたことが、完全に彼にはお見通しだったみたいだ。シアラが慌てていたら、顎に手をかけられ、そのまま唇を重ねられる。

シアラの唇を割って、彼の舌が入り込んでくる。それと同時に、彼の両手は不埒《ふらち》な動きを始めていて——。

その夜もまた、シアラは彼に翻弄されるしかなかった。

◇◇◇

シアラの提案を、レミアスが受け入れてくれてから二週間。

城の果樹園で今年の秋収穫できるブドウの一部をレーズンにしようという計画を進めている。それからリンゴのジャムを例年より多めに作ることにした。チョコレートとキャンディーも街の商人の手を借りて買い集める。

ポラルーン城下町の人達は、レミアスのところに嫁いだシアラのことを歓迎してくれていて、少しずつこの街に受け入れられているみたいで嬉しい。

その日も、シアラは街に出かけて戻ってきたところだった。もちろん、レミアスの許可は取ったし、ちゃんと護衛もつけている。

城下にある病院にレミアスからの差し入れを届け、その帰りにお菓子屋を三軒梯子《はしご》して、クッキーとケーキをバスケットに入れ、スキップしながら戻ってきたのだ。

うきうきした気分のまま、レミアスの執務室に向かい、入室の許可を得てから中に入る。

「ただいま戻りました……レミアス様、どうかしましたか？」

レミアスが難しい表情をしているので、シアラも不安になって彼の側に寄った。お土産の入ったバスケットを肘にかけたままだが、そんなことも気にならなかった。

「そうですね。問題が発生したと言えばそうなのかもしれません」

できるだけ人の前では穏やかでにこやかな表情を保っている彼であるけれど、シアラの前では少しだけそれが崩れる。

（レミアス様の特別ってことだものね）

シアラには、それが嬉しい。

だって、レミアスの特別——シアラにとって、レミアスの側にいられることが一番の幸福なのだ。

「ルイディアからの報告書です。どうやら、アルバース王国の軍隊が、国境を越えようとしているようですね。対処しなければなりません」

「やはり、レミアス様が行くのですか」

「それが、私の仕事ですから」

レミアスは何でもないように微笑むけれど、室内の空気が急に冷え込んだみたいだった。

彼と一緒に食べようと思って買ってきたクッキーやケーキの存在も忘れてしまう。

「そうですよね、レミアス様はポラルーン公爵ですものね……」

彼がこの地を任されているのは、彼の父親のあとを継いでのこと。

だが、無能な人間と王が判断すれば、即座に別の地に配置を換えられたはずだ。この地は、無能な人間には治めることなんてできない。

「そんな顔をしないでください、シアラ。あなたが待っていてくれるのならば、アルバース軍なんてすぐにやっつけて戻ってきますとも」

「エグモントさんはなんと？」

「彼とも幾度も話し合いましたが、私の見立てで間違いはないだろう、と。クルトにも、出陣の用意をしてもらわなければ」

レミアスが行ってしまう。もちろん、それはシアラもわかってはいたことだった。

彼はポラルーン公爵で、アルバース王国が国境を越えようとしてきたら、すぐに対処せねばならないと。

けれど、結婚式の準備だってまだ終わっていない。

レミアスが行ってしまって、もし——。

(いいえ、そんなことを考えてはだめ)

レミアスが戻ってこなかったらどうしようと一瞬不吉な想像が頭をよぎった。だが、シアラが今考えるべき問題は違う。

「わ、私も……すぐに準備を。エグモントさんに、相談して……大丈夫、任せてください。レミアス様に、お守りも用意しなくっちゃ」

笑顔を作ってみせたけれど、この笑顔、崩れていないだろうか。

うろたえていたら、戦の場に向かうレミアスに心配させてしまう。

それだけは避けたくて、シアラは懸命に笑みを作る。どうか、シアラは大丈夫なのだとレミアスが思ってくれますように。

「嫁いできたばかりなのに、申し訳ありません。あなたの手を借りられると助かります」

「もちろんですとも！　ええと……そうですね、お留守の間も、大丈夫です。だって、私はレミアス様の妻だもの！　頑張ります！」

そういうことならば、ぐずぐずしてはいられない。

お土産の入ったバスケットを肘のところにかけたまま、シアラは執務室を飛び出した。

まずはエグモントとクルトと手分けして、食料保管庫の食料を運ぶ手配。薬と包帯も用意しなければ。

（あとは、ちょっぴりお酒も持っていってもらった方がいいのよね。たしか、兵士達の士気を高めるため、酔わない程度にふるまうことがあるって聞いたもの……チョコレートも少し持っていってもらった方がいいかしら。城下の商人に用意してもらわないと）

食料がなければ、兵士達は動くことができない。それに士気を高めるためのお酒も少々。

この場合、ワインがいいのだろうか。

もちろん、傷の手当てをするために包帯と薬は必要だし——一緒に行ってくれる医師も募集して、もう少し人数を増やした方がいいかもしれない。

（それと、毛布でしょ、テントでしょ……）

常駐ではない兵士を集めるのはクルトがやるだろう。ともあれ、準備についてはエグモントに指示をあおがねばならない。

あとはレミアスが留守にしている間に城を守る方法についてエグモントに確認しなければ。

エグモントの仕事部屋に駆けつけた時には、彼はもう準備を始めていた。

「シアラには、食料と薬の手配を頼む。足りなそうなら、城の薬草園の薬草を使って作るように手配してほしい」

「わかりました、エグモントさんは？」

「僕は、ルイディアから上がってくる情報の収集と整理を。レミアスが出かける前にできる限りの情報は集めておきたいから」

エグモントの顔色もなんだか悪い。不安なのだろうか。

（でも、そうね。前回は……たしかまだエグモントさんのご両親が後見していたはずだから……）

レミアスの両親が亡くなった後、アルバース王国が攻めてきたことが一度だけある。だが、その時にはレミアスもエグモントも成人していなかったから、エグモントの両親が、後見人としてこの城にいた。

何かあれば、彼らがすぐ対処してくれるというのがわかっていたから、今ほど緊張はしないですんだのかもしれない。

「エグモントさんも大丈夫ですか？　仕事の前にハーブティーでも用意しましょうか？」

「いや、いいよ。ありがとう――シアラがいてくれると、作業を分担できて助かるよ。こういう仕事は、クルトじゃ役に立たないし」

「そんなことないと思いますけど」

クルトだって、この城でずっと防衛軍の大将としてやってきたのだ。役に立たないということはないはずだ。きっと冗談だろう。

「彼の頭の中は、敵を叩きのめすことでいっぱいだからね。ま、こういうのは適材適所というものだろう」

「あのな、俺だって、少しは考えているぞ？」

ひょっこり顔をのぞかせたのはクルトだ。それから彼はシアラの方に向き直って問いかけた。

「そのバスケットの中身は？」

クルトに問われてまだバスケットを持ったままなのに気がついた。今日、レミアスと一緒に食べようと思って買ってきたお土産の入ったバスケットだ。

「今日のお茶に出そうと思って、クッキーとケーキを買ってきたんですけど」

それどころではなくなってしまった。城下町に出かけた時には、まさかこんな急に事態が変わるとは思っていなかったから。

「バスケットの中身が甘いものなら、落ち着いたところでレミアスのところに持っていってやってくれ。あいつ、根を詰めすぎるから、シアラが適当に休憩を入れさせてくれるとありがたい」

それから、クルトはエグモントの方に向き直った。

「あと、伝令は毎日こちらの城に走らせる。報告書と一緒にシアラの手紙を持たせてやってくれ」

「伝令って毎日必要です？」

エグモントはうなずいたけれど、シアラは首を傾げた。

「ああ。レミアスはエグモントをとても信用している。万が一の時にはエグモントが適切に対応できるよう、最新の情報は共有しておきたいそうだ」

「私の手紙を持たせてしまってもいいんですか？」

「それでレミアスのやる気を起こせるのなら安いものだろ。どうせ伝令は毎日走らせるんだし、手紙の一枚くらいたいした重さじゃないし」

（私の手紙を持たせるなんて、軍の伝令をそんな私物化したらいけないんじゃ……）

ひょっとして、エグモントが難しい顔をしているのは、伝令の私物化はいけないと思っているからではないだろうか。

「私の手紙……使者の人に持たせなくても……」

「もちろん、シアラの手紙を伝令に持たせるのは賛成だよ。その方がレミアスのやる気も出るだろうし」

たしかにレミアスは公爵だし、彼がそうしたいと言えば誰も拒めないだろうけれど。

「どうした？　責任の大きさにビビってるのか？　レミアスはお前を信じているんだぞ」

（……変なの）

エグモントに向けられたクルトの言葉に、なんだかちょっと引っかかってしまう。

レミアスがエグモントを信頼しているのは当たり前のことだし、今さらそんなに何度も繰り返さなくてもいいだろうに。

だが、クルトの言葉にエグモントは首を横に振った。

「彼に信頼されているのは知ってるよ。責任の大きさに……少し、なんて言うんだろうな。恐怖を覚えているというのが一番近いかもしれない。前回は、両親もいてくれたからね」

こんな風にエグモントが恐怖を覚えているなんて、全然考えたことがなかった。

「お前なら大丈夫だ。なにせ、あのレミアスが頼りにしてる相手なんだからな。さて、俺は兵士達に気合を入れてくるか！　エグモント、お前も一段落したら付き合え。守りの要はお前なんだからな。それと、シアラ」

「なんでしょう？」

勢いよく入ってきたクルトは、言いたいことだけ言って立ち去ろうとしたけれど、その前にくるりとシアラの方に向き直った。

「あのな、俺の荷物に、蜂蜜大目に入れといてくんない？」

「はぁ？」

「敵を切った後に、林檎酒《りんごしゅ》に蜂蜜入れて飲むのが好きなんだよ。疲れきった身体に染み渡る林檎と蜂蜜のうまさと言ったらもう最高」

まさか、林檎酒にさらに蜂蜜を追加するというのか。思いきり甘ったるいそれを、さんざん敵を切った後に呑むのが最高って……。

ちょっとクルトを見る目が変わってしまいそうだ。いや、彼が縦横無尽に戦場を駆け巡り、敵を切り倒してくれるから、この地は安全でいられるのだろうけれど。

「蜂蜜は用意できる限り最高のものを入れておきます。林檎酒も多めに入れておきますね」

「いや、シアラは話が早くて助かるわ。そういうことで一つよろしく」

ぴゅーっと勢いよくクルトが出ていくのを見送って、シアラとエグモントは顔を見合わせた。

「エグモントさんも、敵をさんざん切った後、林檎酒を飲みたくなったり……」

「いや、それはない」

クルトは、戦場に出ることも多いらしいから、きっと彼なりの疲労回復とかストレス解消とかそんなことなのだろう。

注文があった以上、最高の準備をして送り出してあげたい。にわかにポラルーン城は騒がしくなったのだった。


こうして準備を進めること一週間。レミアスはクルトと共に戦場に向かって発つことになった。

「私、お帰りをお待ちしています」

「もう少し、ゆっくりできればよかったのですが。あなたと離れると思うと、胸に迫るものがありますね」

「大切な時ですもの」

内面の不安を表に出さないよう微笑んではみせたけれど、実のところ、シアラの身体はあちこち痛い。

なにしろ、しばらくシアラに会えないからという理由で、昨夜のレミアスは一晩中シアラを離そうとはしなかった。

明け方近くになって、ようやく意識を失うみたいにして眠りについて、うとうとしたかと思ったらすぐに出立の時間だ。レミアスは昨夜から今朝にかけての出来事なんて何もなかったみたいに涼しい顔をしているけれど、シアラの方はぼろぼろだ。

(……怖い、と思うのは間違っているのかしら……いえ、間違っていないわよね)

レミアスは剣を持つのはやめたと聞かされているが、一緒に行くクルトが軍人として超一流らしいのもわかっている。彼ならそれこそ命がけでレミアスを守ってくれるだろう。

——それでも、不安を殺すことができないのは。

彼を信じているとか信じていないとかそんな話ではなく、結婚後、彼と離れて生活するのが初めてだからかもしれない。

「そんな顔をしないでください、シアラ。あなたは、私の妻なのです——予定していた婚儀の日には戻ります。きちんと準備を進めて待っていてくださいね」

「責任重大ですね」

もちろん、彼の前で不機嫌な顔を見せたいわけでもないし、彼にとって、最高の妻でありたいというのも間違いではない。

——けれど。

戦に向かうレミアスを前にして、普通にふるまうのはとても難しいことだった。顔がくしゃりとなって、涙が溢れそうになるのを、ぎりぎりのところで押しとどめる。

「あなたならできますとも——信じていますよ」

「やっぱり、責任重大です」

レミアスの前で、きちんと笑うことができていればいいけれど。戦に向かう彼の心を必要以上に乱したくない。

「エグモント、あとのことは任せます。もし、何かあれば、すぐに連絡してください」

「そのために、毎日伝令をよこすんだろう。大丈夫。シアラが他の男にふらふらしないよう、きちんと見張っておくから」

「ひどい！　私、そんなことしませんよ！」

エグモントの発言があんまりで、シアラは思わず声を上げた。シアラが他の男にふらふらするなんてありえない。

「その心配は、していませんよ。シアラは――私のものです」

「もちろんです！」

シアラの肩を抱いたレミアスは、人前にもかかわらず頬に音を立ててキスしてきた。

シアラと結婚する前のレミアスは、こんな人ではなかったような気がする。もっとも、結婚前のレミアスをシアラがそれほど知っているわけでもないけれど。

「……あいかわらず熱々だなぁ、お前のとこは。俺も早く結婚したーい」

茶化した口調でクルトが割り込んでくる。

「あなたは、多数の女性にふらふらしているからでしょう。だから、お断りされてしまうんですよ」

「え、そうなの？　クルトさん、ふらふらしてるんです？」

レミアスの腕に抱え込まれたまま、シアラは首だけ捻ってクルトの方を見た。

そうか、ふらふらしているのか。そういう人だったのか。蜂蜜入りの林檎酒といい、思いがけない面を持っているらしい。

「今はそこを追及している場合じゃないだろうが――！」

まさか、クルトって意外にモテないんだろうか。首だけ捻ったままのシアラがじーっと顔を見上げると、クルトはむっとしたように口角を下げた。

「言っておくけどな！　俺はモテないわけじゃない！　モテてモテて困るくらいだ！」

「幼女限定……」

ぼそりとエグモントが口を挟み、そちらに向き直ったクルトが両手を振る。

「確かに幼女にもモテる！　というか、子供には男女問わずモテモテ……ってそうじゃないだろ、エグモント！」

その様子を見ていたら、なんだかおかしくなってきてしまった。

（……大丈夫、ね）

レミアスもクルトも、戦場に向かうのに必要以上に緊張しているわけではない。

ぼそりと突っ込んだエグモントも笑っているから、今のは完全に冗談だったのだ、きっと。

「ああ、ようやく笑ってくれた。これなら、安心して出立できますね」

やっぱり、レミアスにはシアラの不安が見抜かれていたみたいだ。ほっとした声になったレミアスは、最後にもう一度とばかりにシアラの頰に口づける。

しなやかな仕草でレミアスが馬にまたがると、クルトもそれに続いて馬にまたがった。

彼らの後ろには、ずらりと騎馬や徒歩の兵士達が続いている。

「第二陣は明日出発だから——気をつけて、レミアス」

「気をつけます。待っていてくれる人が、一人増えましたからね」

エグモントとレミアスが視線を交わし、それを一歩引いたところからシアラは見ていた。

言いたいことは山のようにある。けれど、言葉が出てこない。

「レミアス様……！」

エグモントとの話が終わったレミアスの方へ、シアラは駆け寄った。

「一日も早く戻れるよう、私、毎日お祈りしています。待っています……から……」

またもや涙が滲《にじ》みかけたのを、瞬きをして追い払おうとした。

(だって、私は……ポラルーン公爵爵夫人だもの！)

きちんと神様の前で誓いを立てた。

今、シアラにできるのは、レミアスを信じて待つことだけ。

馬の上からレミアスが、シアラの方へと身をかがめてくる。

「——行ってきます、シアラ」

どちらからともなく手を伸ばし、手と手を触れ合わせる。いつもは少しひんやりとしているレミアスの手は、今日は少し熱く感じられた。

遠ざかっていく行列を、エグモントと並んで見送る。もうとっくにレミアスの姿は見えなくなってしまっていた。それでも、シアラは動くことができなかった。

どうか、どうか――無事で。胸の前で強く手を握り合わせているのにも気づかないくらいだ。

「……さて、シアラ。僕達は僕達のなすべきことをしよう。城主夫人が、そんな不安な顔をしていてはいけないよ。それに、結婚式の準備もあるんだから」

「そうですね、私……しっかりしなくちゃ」

シアラは、右手でそっと左手を包み込むようにした。

子供の頃、レミアスからもらった『薔薇の女王』の指輪。もちろん、それはさほど高価な品ではないのだけれど、シアラにとってはお守りみたいなものだ。

「そう言えば、その指輪まだ持ってるんだね」

「レミアス様から、初めていただいたものだから。これはずっと大切にするんです――私のお守りみたいなものなんです」

この指輪があったから、ずっと頑張ることができていた。

エグモントの顔が、妙に歪んだような気がした。一瞬、シアラの胸に違和感がよぎる。けれど、その違和感は一瞬で消えた。今はそれよりも、レミアスの留守をしっかりと守ることだけを考えねば。

「私は、お城の見回りに行ってきます。エグモントさんは？」

「帳簿を確認してくるよ。今回の準備でけっこうな金額が出てしまったから」

「戦争って……お金かかりますね……父の領地ではそういうことはなかったので、目が回りそうです」

たくさんの人や馬や物資を移動させなければならないから、シアラが思っていたよりも何倍もの金額が動いていた。エグモントは、そんなシアラを見て、一つ息をついた。

「しかたない。ここは、そういう地だからね。あとは、彼らの勝利を祈るだけだよ」

「そうですね……レミアス様もクルトさんも、無事に帰ってきてくればいいんですけど」

後で、城の裏にある礼拝堂にお祈りをしにいこう。出立していった人達が、全員無事に戻ってきてくれるように。

◇　◇　◇

レミアスが出立していって三日。

城はいつもと同じように平和を謳歌《おうか》しているように見えていたけれど、シアラは違和感を覚えて落ち着かなかった。

(……城に残っている兵が、予定より多い気がするのよね)

レミアスとクルトが率いていった第一陣。それからその翌日に第二陣が出立していった。

第三陣が昨夜さらに出立して——城の兵士は最低限の警備しか残っていないはずなのに、

妙に多い、気がする。

(とはいえ、事前にきちんと計画を立てているわけだから……私がおかしいと思うのも変な話なのかもしれないけれど)

だけど、引っかかる。引っかかるけれど、何が引っかかるのかわからない。

左手の中指。そこにある指輪の感触で自分を慰めようとした。

レミアスからもらった思い出の指輪。シアラとレミアスを繋いでくれるその指輪に二本の指で触れる。

少し、城内の様子を見てきた方がいいかもしれない。

レミアスは、毎日城内を見回っていた。シアラも彼が留守の間、彼の代わりに城内を見回ることにしていた。

今日は、南の城壁から門にかけて。途中ですれ違った使用人達に、何か困ったことはないかとたずねる。

城内の様子に、こうやってレミアスも気を配っていたのだと思うと、シアラとしてもますます頑張らなければいけないという気になってくる。

(……特に、困った様子は見当たらないみたいね)

レミアスとクルトがいなくても、きちんとポラルーン城内の日常生活は送られているらしい。

ついでなので、兵士達の官舎に回ってみた。やっぱり、城内にいる兵の数が、予定より多い気がする。

レミアスが残していったのは、百人だと聞いている。

もし、レミアスの留守中にこの城が攻め込まれるようなことがあれば、街の人間をすべてこの城に収容し、周囲の地域からの援軍を待つことになるのだ。場合によっては、城を放棄して逃げることもある。

その指揮を執るのがエグモントとシアラであり、手足となって動いてくれるのは百人の兵士達だ。紛争の絶えない地域ということもあり、街の男達は全員ある程度戦えるだけの訓練は重ねている。

(……変ねぇ、二百人はいないけど……百五十人は超えていそうな気がするの)

官舎の側にある訓練場で剣を振っている人数は、百人よりは多そうだ。

でも、気にしないようにしているつもりなのになぜか引っかかる。どうして引っかかるのか、それはシアラにもわからなかった。

(……やめやめ。きっと何か事情があるのよ。いえ、聞けばいいんだわ)

エグモントに聞けば、きちんとした話を聞かせてもらえるだろう。おそらく——シアラの知らないところで計画の変更があったとかそんな感じのはずだ。

そこまで把握しておくことがシアラに必要かどうかまではよくわからないけれど、疑問は解消しておいた方がいい。

今の時間なら、エグモントは彼の執務室にいるだろう。城内の決められたルートを見回った後、シアラはそちらへと足を向けた。

「エグモントさん、これは……？」

だが、彼の執務部屋の前まで来たところで、シアラは固まってしまった。なぜなら、ちょうど部屋から出てきた彼は完全に武装を固めていたから。

ピカピカに磨き抜かれた鎧《よろい》。腰に下げた剣。そして、彼の周囲には、ポラルーン軍の制服に身を包んではいるけれど、見覚えのない男達がいる。

「あの……緊急事態ですか……？　まさか、もうアルバース軍がこちらに来たとか？」

それならば、大変だ。早く城下の人達を城に収容して、近隣の領主達に援軍を求めなければ。いや、いっそ城を放棄すべきだろうか。住民達は逃がさなくては。

それに、ここまでアルバース軍が攻めて来たのだとすると、レミアスとクルトが敗北したということになる。まだ、出立して三日しかたっていないというのに。

(どこかで待ち伏せとかされたのかしら。まさか)

シアラが青ざめて立ち尽くすと、エグモントは薄く笑った。そして、剣を抜き、シアラに向かって突きつける。

「エグモントさん……？　あの、これは、どういうことですか？」

問いかける声が震えている。目の前に、刃を突き出されるなんて生まれて初めての経験だった。

「残念だったね。この城は僕が占拠《せんきょ》させてもらった。さて、公爵夫人を部屋にお連れするんだ」

「なっ、何をするの！」

シアラが抵抗する間もなく、エグモントと一緒にいた男達のうち、二人がシアラの腕を摑む。慌てて身を捩《よじ》ったけれど、男達の力にかなうはずもなかった。

ばたばた暴れるシアラを引きずるようにして、兵士達が歩き始める。その横をのんびりと歩きながら、エグモントは事態について説明してくれた。

「今、この城には僕の兵士達が集まりつつある。アルバース軍と共謀《きょうぼう》して、レミアスを挟み撃ちにするんだ」

あまりな発言に、シアラは目を丸くした。自分が引きずられかけているのも忘れて足を止めるが、兵士達はかまうことなくシアラを引きずり続ける。

「なんで、そんなことをするの！　あなたはレミアス様の従兄弟でしょう」

「従兄弟だからだよ。両親が、懸命に世話をしたところで、この地は僕のものにはならない——何もかも、彼が奪っていくんだ」

（……そんなこと）

だが、いつかの会話が思い出される。

あの時、シアラが目を覚ましていたことをエグモントは知らないだろう。

レミアスと愛を交わした後、ソファで眠り込んでしまったシアラの横で行われた会話。

あの時、たしかにエグモントの口調には苦々しいものがあったのだ。

（どうして、どうして今まで気づかなかったのかしら……！）

「縁談の相手も、気づいたらレミアスのものになっていたしね。彼は、君には興味がないようなふりをしていたくせに」

「それは、私の一方的な想いで——レミアス様は、それを受け入れてくれただけよ！」

まさか、エグモントの言う何もかもにシアラも入っていたというのか。そんなこと、考えてもいなかった。

エグモントから両親のところに縁談の申し入れがあったなんて、シアラは全然聞かされていなかった。それを聞かされたのは、結婚した後のことだ。

部屋の前まで来ると、中に突き飛ばされ、そのまま部屋の扉が閉じられた。

「出して！　ここから出してよ！」

閉じられた扉に向かって叫ぶが、扉が開かれるはずもない。

扉を叩きながら訴えかけるシアラに、向こう側からエグモントの声が聞こえてくる。

「悪いけど、君を出すわけにはいかない。レミアスに報告されても困るしね——まだ、準備はできていないんだ」

（……なんてことなのかしら）

扉の向こう側から立ち去る音が聞こえてくる。

扉に縋りつくようにして、シアラはその場に座り込んでしまった。もっと早く気づいていればと後悔する気持ちが一気に押し寄せてくる。

レミアスに嫁ぐ前、たしかにシアラにもいくつか縁談が来ていなかったわけではなかった。だが、レミアスへの想いの強さを知っていた両親は、シアラのわがままだと言いながらも、ポラルーン城に行儀見習いに行けるように手はずを整えてくれた。

さらに行儀見習いが終わるまでは、どこの誰から申し入れがあったかは教えられなかった。

レミアスに連れられて戻ってきてから、エグモントが縁談を申し入れていたと聞いたけれど、それは「ポラルーン領に役立ちそうな女性」だからという理由でしかないと思っていた。

レミアスとの縁談が調わなかった時、エグモントに嫁ぐことになっていたと聞かされても、シアラはきっとお断りしただろう。

だって、レミアスの顔を毎日間近で見て、彼がいつか他の女性を妻に迎えるのを目の当たりにするなんて耐えられそうもない。

けれど、エグモントからしてみたら、自分が縁談を申し込んでいた相手がレミアスと結婚するなんて、面白くなかったに違いない。

ましてや、それまでの間ずっとレミアスにすべてを奪われたと思っていたのだとしたら。

シアラに対する恋愛感情は持っていないだろうが、面白くないと思うのまでは否定できない。

（いえ、こんなところでめげている場合じゃなかったわ）

壁際までふらふらと歩いていって、シアラは壁に背中を押しつけるようにして座り込んだ。

心臓はバクバクしているし、頭はくらくらするけれど、まずは、なんとしても落ち着きを取り戻し、冷静に状況を分析すること。

(あの場で私を切り殺さなかったということは、まだ生かしておくつもりがあるということよね……たぶん、人質として使うとかそんな目的のためなんだろうけど)

こういった時に最悪自力で脱出できるように訓練してきたのだが、今、下手に脱出したところで捕まるのがオチだろう。

脱出するとなると、まずは部屋の扉をどうにかして破らないといけない。それに、あとを追われたら厄介だから、エグモントも無力化しておいた方がいい。

エグモントを殴る？　いや、この部屋には凶器になるようなものはないし、殴りつけたところで一撃で倒せるとは限らないから、正面からやりあうのは得策ではない。

では、いっそ毒を盛ってみるとか——シアラの目が、鏡台の引き出しに向かう。

痕跡《こんせき》を残さずに相手を暗殺することのできる毒物も持ってはいるし、使い方も心得ている。実際に使ってみたことはないが、なんとかなるだろう。

(……いえ、それも得策じゃないわよね)

レミアスが必要だというのであれば、どんな手を使うこともいとわないつもりではあるけれど、エグモントは、アルバース王国と共謀して動いていると言っていた。

となれば、下手に口を封じるより、エグモントによる証言が必要になることもあるだろう。最終的な処遇はレミアスの判断に任せるとして、まだしばらくエグモントには生きていてもらわなければならない。

(落ち着いて。今は私にできることを考えないと)

どうにかして、レミアスに自分の無事とエグモントの裏切りを伝えなければ。そのためには、いつまでもこうして考えていたってしかたない。

こういう時の通信について、エグモントはレミアスと打ち合わせしているだろうけれど、そのエグモントが裏切っているのだから正しい情報が彼のところに届くはずもない。

(……まずは、エグモントさんを油断させるのが先よね)

レミアスとの連絡手段まで遮断《しゃだん》されるわけにはいかない。

となれば、今、シアラがなすべきなのはなんとしても生き延びること。

それからレミアスにこの危機を伝えること。

あとのことはすべてが片づいてから考えればいい。

「負けない」

声に出して、自分で自分を鼓舞してみる。

大丈夫。大丈夫、だから――右手で左手に触れ、そこにある指輪をぎゅっと押さえつける。こんなところで負けている場合ではないのだ。

(……私は、落ち着いて行動したらそれでいいんだわ)

そう腹をくくると、シアラは机に向かい、便箋《びんせん》を取り出した。いつもの通り、レミアスへの手紙を書くために。

食事時になると、シアラ付きの侍女がシアラの食事を運んできてくれた。

彼女の側には、見張りらしい怖い顔をした男がついている。ポラルーン領の兵士の服に身を包んでいたけれど、見覚えがなかったから、エグモントがどこからか引き入れたのだろう。

「あなたは、エグモントさんの味方なの？」

単刀直入に聞いてみたら、侍女は首を横に振った。だが、続く言葉にシアラは言葉を失ってしまう。

「逆らったら殺されます。シアラ様が逃げれば、私達全員が殺されます」

なんてことだろう。使用人達に脅しをかけているなんて。

シアラが真っ青になっていると、侍女はシアラの前に膝をついた。そして、懇願するような声音で訴える。

「お食事は、きちんと召し上がってくださいませ。残さずに——シアラ様の身に何かあれば、私達が叱られます」

「……ええ」

そんなシアラと侍女のやり取りを、見張りはじっと見つめていた。何も不審なことは見逃さないとでも言いたいように。

「……そう。ええと、エグモントさんにこちらに来てもらうことはできるかしら」

なんとなく、今でもさん付けで呼んでしまうのはなぜだろう。シアラの言葉に、侍女も見張りも首を傾げたけれどエグモントに伝えるだけは伝えてくれることになった。

二人が部屋を出ていくと、シアラは大きく呼吸して、目の前に置かれた料理の皿に目を落とした。

パン、野菜のスープ、子牛のカツレツに、季節の野菜を甘辛いソースであえた付け合わせ。少なくとも、飢え死にさせるつもりはないようだ。

食欲はなかったけれど、倒れては困るから、もそもそと食事に手をつける。パンを一口分ちぎったところでシアラは手を止めた。

パンの中に、何か紛れ込んでいる。用心深く、もう一口分パンをちぎると、中から小さく折りたたんだ紙が出てきた。

(レミアス様は、私の身を守る手段を用意してあるって……私の身に何かあったら、すぐに助けが来てくれるって書いてあるけれど……こちらからの連絡方法は書いてはないわね)

こうやってパンにメモを紛れ込ませてきたというのなら、城の使用人の中にレミアスが用意してくれたシアラを守ってくれる人がいるということか。

しかも、エグモントとは別行動――ということなのだろう。

蠟燭の炎で素早くそれを燃やし、残った灰は、窓の外に捨ててしまう。朝までにはどこかに飛んでいくだろう。

「――君に手紙を書いてもらいたいんだ。レミアスにこの城に何かあったと思われるからね」

エグモントが改めて部屋を訪れた時には、シアラはもう準備を終えて待っていた。

一応先日までは公爵の妻に対する最低限の礼儀は守ってくれていたはずなのに、今はなんだかずいぶん偉そうだ。

「そのつもりで準備してあるの。それで、あなたを呼んでもらったんです」

落ち着け、落ち着けと言い聞かせながらシアラは手紙を差し出した。

エグモントはシアラがそんなことを言い出すとは思っていなかったのだろう。驚いたように片眉を上げる。

「どうして君がそんなことをするんだ？」

「レミアス様は、私からの手紙が届かなければ何かあったと思ってすぐに引き返してくるわ。あなたは何かしら言い訳するかもしれないけれど、例えば病気で書けないなんて言い訳したら、国中の名医を連れて、全軍引き連れて戻ってきかねないもの」

その様子を想像できたのだろう。今度はエグモントの顔が渋いものになる。

「少なくとも、手紙を書いておけば彼はこちらには戻ってこない。だって、そのつもりで戦場に行ったんだから」

「――それで、君に何のメリットがある？」

「私も命が惜しいの。あなた、私が役に立たなければすぐに殺すつもりでしょ？　おとなしくしているし、できる限りの協力はするから……殺さないで」

エグモントへの反発心は見せないよう、シアラは目をうるうるさせて口にした。両手を胸の前で組み合わせる。

「ふーん。まあ、とりあえず見せてもらおうか」

シアラの差し出した手紙を受け、エグモントは中身に目を走らせる。

シアラはおどおどと視線を落とした――いや、おどおどとしているように見えればいい。エグモントが見て、怪しまれるようなことは書いていないし、こうして彼に協力するのは、彼の油断を誘うためだ。

（レミアス様への連絡方法は、またあとで考えればいい）

「『今日もこちらは変わりなく過ごしています。エグモントさんもいつも通りです。庭の薔薇がいい香りなので、部屋に飾ってもらいました』――ってこれ必要？」

「必要です。だって、レミアス様は私のことならなんでも知りたいんだから。それに、秋冬に咲く品種の薔薇は小ぶりだけれど、香りがいい花が多いのも本当のことだもの」

「……『頼まれた〝ぽんぽんペーア〟は今作っています。今度持たせますね』ってこれは？」

「このぬいぐるみですよ」

作りかけのぬいぐるみを彼に見せる。胴体と脚を作り終えたところで、まだ中に綿は入れていない。

「心配なら、作っているところも見ればいいでしょう。見られて困ることは何もないし」

「……そう。たしかに僕もレミアスにすぐ戻ってこられると困るんだよね。わかった、この手紙は届けさせる。そのぬいぐるみはいつ作り終わる？」

「明日には完成すると思います」

「わかった。明日、僕の目の前で最後の仕上げをしてもらう。それまでは、この部屋で作業を進めるんだ」

（仕上げ以外、……自分で見に来ないということは、その程度には信頼している仲間がいるということね）

エグモントの様子では、ある程度信頼できる人間を集めてからことを起こしたということなのだろう。まさか、アルバース王国と彼が結びついていたなんて想像してもいなかったけれど。

「協力してくれるというのなら、君の扱いは最上のものにしておくよ」

納得した様子で笑ったエグモントが部屋を出ていく。彼の後姿を見送り、シアラは大きくため息をついた。まずは、疑われずにすんだことに安堵する。これで連絡手段は断たれないですんだ。

レミアスにもらった指輪に視線を落とす。それから、その指輪に触れた。

「そうだ！」

シアラは、鏡台に向かうと引き出しを開いた。

白いレースのリボンと青いリボン。裁縫道具を取り出し、まずは白いレースを二本、適当な長さに切った。それから、青いリボンも同じように適当な長さに切る。

ちくちくとそれを縫い合わせ、中央に指輪を通した。

今縫っているぬいぐるみと同じ大きさのぬいぐるみを棚から下ろし、首にリボンを巻きつけてみる。

身体の前面に青いリボン。そして首の後ろ側でレースのリボンを結び合わせた。きちんと形を整え、華やかに見えるように工夫する。ついでなので、まだ使ったことのなかったレースのハンカチで白い服も作って着せてみた。

「うん、可愛い！ ——これなら、きっと」

レミアスなら、きっと気づいてくれるだろう——シアラの言葉を、彼は間違いなく覚えてくれている。

（取れたら困る部品は、ぬいぐるみにはつけないってレミアス様ならきっと覚えてくれている——気づいてくれる）

レミアスへの手紙には、何事もないように普通の文面の手紙を書く。そして、このぬいぐるみを伝令に持たせる。

伝令にこんなものを運ばせるのは申し訳ないけれど——。

リボンをぬいぐるみの首から外し、そして指輪を左手に戻す。

「あとは、そうね……」

鏡台の引き出しの中をごそごそとあさった。黒蝶貝《くろちょうがい》のボタンを二つ、探し出す。

(目には、これを使おう)

艶々と輝くボタンは、ボタン穴はなく、裏側に足がついていてそこに糸を通すようになっている。本来なら飾りに使うものだが、光を映してきらめくそれは、ぬいぐるみの目に使っても不自然ではない。

翌日の夜には、ぬいぐるみの中に綿を詰め、目鼻をつけて、縫い合わせる工程をエグモントの前でやらされた。服をぬいぐるみに着せ、最後にシアラは、昨日用意しておいたリボンを取り出した。

青いリボンの両端を白いレースのリボンと繋いだリボンに、左手の中指から外した指輪を通す。それをぬいぐるみの首に結びつけ、きゅっと結んで形を整えた。解けてしまわないように、結び目を軽く縫い合わせれば完成だ。

「これも一緒にお願い。それから、これが今日の分の手紙——伝令には私から渡したいんだけど……その方が自然でしょ？」

「協力的すぎて、怖いくらいだね」

「……だって、あなた、必要があればいつでも私を殺すつもりでしょうに」

どうか、どうか——レミアスが、シアラの意図を組んでくれますように。

可愛らしくラッピングしたそのぬいぐるみを、伝令に渡す。

「レミアス様に、ちゃんと渡してね？　お願いよ？　うんと頑張って作ったんだから」

「かしこまりました」

レミアスとのべたべたっぷりは、この城で生活している者なら誰でも知っている。

シアラより少し年上と思われるその青年は、微笑ましそうに頬を緩めてから一礼した。

（……私に、今できることは全部した）

シアラは、エグモントには見向きもせず、自分の部屋へと戻る。

たぶん、レミアスが戦場で敵と戦っている時に、背後から攻めるつもりなのだ。という
ことは、数日中にはエグモントはこの城を発つだろう。

それまでにレミアスがシアラの合図に気づいてくれればいいと強く強く願った。

第七章　銀の指輪に託す想い

シアラからの使いは、城を発って二日後にはレミアスのところに到着する。その日もレミアスはシアラからの手紙を受け取った。

「シアラからの手紙は、いつも心を穏やかにしてくれますね」

「お前、本当、シアラからの手紙を見る時には、しまりのない顔になるんだな」

「当たり前です。シアラを愛していますからね――ん？」

臆面もなく愛していると口にしておいて、レミアスは眉間に皺を寄せた。今日は、シアラからの手紙の他に、ぬいぐるみが一体添えられている。

シアラが型紙から作り上げた『ぽんぽんベーア』。希望者には型紙を惜しみもなく与えていたから、近頃はポラルーン領でも大人気になりつつある。

「ああ、お前が約束なんかした覚えのないぬいぐるみか。シアラの勘違いじゃないか？」

「シアラは、そのような間抜けな勘違いはしませんよ。私が気にしているのは……」

約束していないことをわざわざ書いてきたということは、何か裏があるはずだ。前回の手紙で何か不吉なものを覚えたから、あえてその点には触れずに返事を書いてやった。

伝令を急がせたところで、どうしても二日はかかってしまう。

何か、異常があったのではないかと思っているけれど――レミアスは、ぬいぐるみを目の高さまで持ち上げて考え込んだ。

丁寧な縫い目を見ればレミアスにはわかる。たしかにこれはシアラの手によるものなのだが、いつものぬいぐるみとは違う。

「おかしいですね、シアラのぬいぐるみは服も着せないし、ボタンで目をつけないのですが」

「いつも同じデザインだと飽きるからじゃ？　服着てるぬいぐるみもあるだろ」

「いえ、シアラの場合、服を着せないのもボタンを使わないのも理由があるのですよ。それをわざわざ……それに、このリボン」

形のよい指を、顎に当てて考え込む。

彼がぬいぐるみを誉めた時、シアラは嬉しそうな顔をして教えてくれた。その理由に感心したからよく覚えている。

「おかしいです、このぬいぐるみ。シアラなら、こんなことはしません」

「じゃあ、誰か他の人間が作ったってことか？」

「それもないと思います。このぬいぐるみのお腹とか……このぽっこり具合は、シアラでなければ出せません」

……あの時、シアラはこう言っていた。子供に与えるものだから、部品が取れないよう気を配ると。そのため、服も着せないとも言っていた。

それなのに、ボタンで作られた目。取れてしまいそうな柔らかなリボン。白いレースの服。そして、ぬいぐるみの首についているのはシアラにとってとても大切な宝物。

つまり、いつもと同じ状況ではないということだ。

「白、青……それから、これはシアラの指輪……」

何もなければ、シアラがこの指輪を手放すはずがないのだ。となると、城で何かあったとしか思えない。

だが、城には従兄弟のエグモントがいる。彼にはすべてを任せてきたというのに、いったいどういうことだろう。

考えられる可能性が、一つだけある。

「城で問題が発生したようです」

「マジで？」

「マジです――というか、その言い方はやめましょう。間違いなく問題が発生しています」

不意に思いついて、首に巻きつけられたリボンを解き、両手で伸ばしたそれをじっと見つめる。

「……なるほど」

「なるほどって、お前、何かわかったのか？」

「シアラは素晴らしい妻だということが」

「そりゃいつもの台詞じゃねーか！」

シアラと結婚して以来、レミアスが彼女にべったりなのは、ポラルーン領で生活している人間なら誰でも知っている。

呆れた様子のクルトに向かい、レミアスは首を横に振った。

「たしかにいつも同じ言葉を口にしている自覚はありますが、今はそのようなことを問題にしているのではありません。アルバース国旗はどんな国旗ですか？」

「白……に、金の百合《ゆり》と白鳥の刺繍だろ」

「では、我が家の紋章は」

「青にペガサス……んん？」

白、青、白……と繰り返し、クルトは目を見開いた。白いレースのリボン、青いシルクのリボン、そして再び白いレースのリボンと縫い合わされ、一本に繋がれたリボン。そして、青いリボンの位置で首に結びつけられていた銀の指輪。

じーっと見ていたクルトも、それが何を意味しているのかに気づいたみたいだった。

「俺達、挟まれてるってことか？」

「すでに挟まれているのか、これから挟まれるのか――ポラルーン城も敵の手に落ちているのでしょう。そしてこれを送ってきたということは、シアラは敵の手に落ちた。そういうことだと思います」

シアラが敵の手のうちにあるのだと思うと、頭が沸騰《ふっとう》しそうになる。こんな気持ちになるのは、彼女に求婚に行った時くらいのものだ。

「だったら、なんでエグモントが連絡してこないんだよ。まさか、あいつ死んだか？」

「エグモントが裏切った、もしくはエグモントが暗殺され、城を乗っ取られたかのいずれかですね——裏切ったと私は判断します。シアラを表す指輪が青いリボンの位置にあるのはそういう意味でしょう」

物騒な内容とは裏腹にレミアスの声は、穏やかなものだった。怒りを押し殺している分、あえて穏やかにしていなければならないという自覚がある。

（シアラに手を出していたら……殺す！）

十四で相次いで両親を失ってから、自分を律するようにしてきた。そのために、常に穏やかな言葉遣いと微笑みを浮かべることを自分に課してきた。

そうでなければ、思うままに行動してしまい、周囲に迷惑をかけてしまうだろうから。

自分の中に激高しやすい一面があることを、レミアスはきちんと理解していた。

「……エグモントのこと、あなたも何か疑っていたでしょう。そのために、城に腹心の部下を置いてきた」

「お前、そこまで見てたのかよ」

「当たり前です。私も、同じことをしています——従兄弟を信じきれないというのも、悲しい話なのですが」

エグモントの両親には、返しても返しきれない恩がある。だから、彼らが都に戻った後もエグモントを重用してきた。

だが、彼の行動に時々不審を覚えることがあって――シアラの身の回りを警戒するために、エグモントも知らない手の者を城に残してある。

（おそらく、彼らからの報告も追って届くはず）

幽閉《ゆうへい》程度ならば様子見でよいが、シアラの身に危険が迫るようであれば、救出し、安全圏まで避難させるようにと命じてある。だが、今のところそういった動きはないようだ。

「お前がエグモントのことを疑っていたとは思わなかった」

「実を言うと、帳簿に不正があるのですよ。我が家の財政にも、ポラルーン領の財政にも影響を及ぼすような額ではないので目をつぶっていたのですが」

「……は？　お前、何考えて――」

クルトが呆れた声を上げる。彼が呆れてしまうのもわかっていた。

多少の不正は役得。多少不正していたところで、家令が優秀であれば、見逃す家も多い。優秀な家令ならば、限度を超えることはないからだ。

レミアスは役得の範囲ならば見逃すつもりだったとはいえ、クルトからすればそこを見逃すなど考えられないのだろう。

「彼の両親には恩がありますからね。多少のことなら見逃そうと思っていただけの話ですよ」

出てきたのは重苦しいため息。自分の懐にレミアスの財産を入れてしまう程度なら見逃してやるつもりでいたのだが、さすがに今回は目をつぶるというわけにもいかない。

（正規の使者がこれを持ってきたということは、シアラの身に差し迫った危険があるというわけではない）

城には、シアラを陰から護衛する者達もいる。できるだけ、早く敵を蹴散《けち》らして戻ればいい。

「で、これからどうするんだ？　俺が暴れてきてもいいんだが」

暴れてきてもいい、というよりは暴れる気満々のクルトが身を乗り出す。

「まずは、敵の策にかかったふりをします」

「ほうほう」

「前方の敵に意識を取られているふりをしながら、先に前方の敵を全滅させます」

「なるほど」

「それから、後ろの敵をせん滅します」

「誰が？」

「あなたが」

「俺かよっ！」

ふむふむとうなずきながら、話を聞いていたクルトは、最後の言葉に目をむいた。

「あなた以外に、います？　今のは冗談ですが――さて、作戦会議といきましょうか。クルトには、派手に動いていただく必要がありますが、任せて大丈夫ですよね」

レミアスは机の上に広げてある地図に向かう。まずは、目の前の敵をせん滅する方が先だ。

「任せろ。あとな」

クルトは、大きく息をついた。

「あとでエグモントは俺に殴らせろ」

「――生きていればいいですよ」

眼鏡を押し上げ、物騒な言葉を吐いたレミアスにクルトがぎょっとした表情になる。だが、今はこれ以上クルトに取り合っている暇はない。

地図を広げ、瞬時に頭の中で作戦をくみ上げる。やはり、クルトに動いてもらうのが一番早いだろう。

その隙に、レミアスはシアラを助けに向かうのだ。

◇◇◇

レミアスへのぬいぐるみを伝令に託してから五日が過ぎた。この部屋に押し込められてから、シアラの生活はほとんど変化していない。

（……レミアス様に意味が通じればいいんだけど）

今や、この城は完全にエグモントの支配下にあるらしい。

シアラも部屋から出ることを許されず、ずっと自分の部屋に閉じ込められている。

ぬいぐるみを託した日、外からガンガンと音がすると思ったら、寝室の扉には外から鍵をかけるだけではなく、釘で扉を打ちつけられてしまっていた。

城主夫妻の部屋は、城主であるレミアスの私室があり、夫婦共通の寝室、それからシアラの私室、と寝室を中心に三部屋が繋がっている。寝室の向こう側にあるレミアスの部屋に続く扉も、同じように打ちつけられてしまったみたいだ。

だから、シアラが行き来を許されるのは、自分の部屋と寝室だけ。窓から庭を眺めることはできるけれど、庭を行き来している使用人達はどこか怯《おび》えの色をはらんでいるように見える。

（……エグモントさんなんて、お腹が痛くなればいいんだわ）

閉じ込められたシアラがちくちくと針を突き刺しているのは、ハンカチで作った人形だ。中にエグモントの名前を書いた紙を入れてある。

実家でたしなんだ呪術で、腹痛でも起こせばいいのだ。死なれては困るから、胃痛くらいにとどめた憂さ晴らしくらいは許されるだろう。

「――これが、今日のレミアスからの手紙。返事は書くかい？」

「もちろん、書きます。レミアス様に……心配させたくないもの」

レミアスからの手紙は、エグモントの手によって開封された後だった。中身を確認して、問題なさそうならシアラに渡すということだがそれでいいと思っている。

「……変わりなさそうですね。では、返事を書きます。あとで取りに来てください──あら、どうかなさったの？」

胃のあたりにエグモントが手をやるのを見てシアラは首を傾げた。なんでもないと彼はごまかそうとしていたけれど、胃が痛いのだろう。ざまぁ見ろと行儀悪く心の中でつぶやいた。

レミアスからの手紙には、国境近辺でアルバース王国の軍と膠着《こうちゃく》状態になっていること。シアラの贈ったぬいぐるみは、天幕の中に大切に置いてあることが記されている。

「大切な指輪をお借りしているのですから、なんとしても勝利をおさめて戻らないといけませんね、だって。熱々だよね、君達は」

部屋を出がけに、エグモントがケチをつける。

シアラはそれには取り合わず、さっさと作業を進めることにした。

ぬいぐるみを大切にしてくれて嬉しいこと。

彼の手によってもう一度指輪をはめてもらえる日を待っていること。

新しく入った厨房の料理人が焼いてくれるお菓子がおいしいこと。

薬草園の薬草は問題なく育っていること。

こちらの街はいつもとあまり変わらないこと。何事もないふりを装って手紙を書く。

（レミアス様は、わかってくれるもの）

レミアスなら、大丈夫。あのぬいぐるみに込められた意味をちゃんと理解してくれているはずだ——そう思うけれど、不安は尽きない。

手紙を書き終え、封筒にレミアスの名前を記す。エグモントに確認させるため、いつも通り封筒に封はしない。

「これで、問題ありませんか」

エグモントの前に、書き上げた手紙を差し出した。

「まあ、いいんじゃないかな。薬草園が順調なのも、街中がいつもと変わらないのも本当のことだし」

「街の人達は……お城のことには気づいているのですか」

シアラの部屋からでは、街の様子まではうかがうことができない。城下町に住んでいる人達が、無事に暮らしているのかどうかということは非常に気になるのだ。

「知るわけないだろう。城内の人間は脅せばすむが、街の人間全員の口を塞ぐことはできないからね。城内の人間はすべて——脅してあるから問題ないが」

「逆らったら殺す、と脅しているのですか」

「秘密を明かした者も、かな。近いうちに、僕も討って出るから、その時には知られることになるだろうけど」

「私が街に出ないことについてはどう説明しているのですか」

「レミアスが君を城から出さないように厳命した、で街の人達は納得しているよ。城主が奥方をとても大切にしているのは皆知っているからね」

そういうものなのかと、シアラは納得せざるを得なかった。

おそらく、城下の人達は、エグモントの説明で納得しているのだろう。レミアスがシアラをどれほど大切にしているか、城下の人達の間でも知れ渡っているようだから。

「……では、この手紙は預かるよ」

「ええ」

そう一言だけ口にした時には、シアラの目は窓の外を向いていた。エグモントは、この城を完全に支配下に置いている。

そろそろ脱出のことを考えなければいけないと思うけれど。

(侍女の話が本当のことだとしたら、私の見張りをしていた人達や、その他の使用人達も……よね)

シアラが逃げてしまえば、この城の使用人達はエグモントの魔の手にかかることになってしまう。それだけは、避けなければならない。

もう少し、様子を見るしかないだろうか。レミアスの手紙を、もう一度開いてみる。

エグモントの前では、あまりじっくりと中身を見ることができなかった。

何度も、何度も本文を繰り返し、レミアスがその中にシアラの与えた情報をくみ取ったと書いてくれていないかを探り出そうとする。

(……もしかしたら)

文章の最後に、レミアスは二度、繰り返し書いてくれている。

シアラの言葉を胸に刻み、頑張っているので信じてほしい、と。

(伝わっていたらいいな、レミアス様に……)

レミアスの側にはクルトもいてくれる。きっと、彼らに任せておけば大丈夫だ。自分にそう言い聞かせることしかできなかった。


エグモントが、上機嫌でシアラの部屋に入ってきたのは、それからさらに三日が過ぎた後のことだった。どうやら、完全にレミアスを討つ準備が整ったようだ。

「戦が始まった。レミアスが敗れるところを見せてやろう」

「……見たくないけど」

そうつぶやいたシアラは視線をそらす。レミアスなら大丈夫。クルトもついている。そう言い聞かせても、怖いものは怖いのだ。

「街の人達には、どう説明するんですか」

「そんなもの……レミアスから、君を連れて城を出るよう指示があった、それで十分さ。この街の人間は、レミアスの言うことなら馬鹿みたいに信じるからね」

そう口にしたエグモントは、どこかうんざりしているみたいにシアラの目には見えていた。そんなに年の近い従兄弟というものは、目障りな存在だったのだろうか。

(私には、理解できないわ)

シアラのレミアスを見る目には、たくさんの幕がかかっているのだと思う。実物以上に彼を神聖視していた自覚もある。

それでもエグモントの気持ちは理解できない。

エグモントは、すべてをレミアスに奪われたと思っていたみたいだけれど、でも、この地を守るためにエグモントの両親だって必死だったはず。

（……私が、言えるようなことじゃないんだろうけど）

「——戦場になんて、何を持っていったらいいのかわからないわ」

「必要ない——逃げると困るから、縛らせてもらうよ」

「嫌だと言っても、縛るのでしょう」

その言葉に、エグモントは肩を揺すって笑う。

「今まで君を部屋に置いておいたことを、ありがたいと思うべきじゃないかな。地下牢につないでもよかったんだから」

「それが嫌だから逆らわなかったのよ」

シアラは、エグモントの指示に従い、手を拘束された状態で馬車に押し込まれ、城から連れ出された。

馬車に押し込められ、城から連れ出されたシアラは、二日後にはエグモントの手によって戦場近くまで連れてこられていた。

今、シアラがいるのは道から少し離れた人目につかない場所だ。

ここがエグモントが兵士達からの報告を受けたり指示を出したりする基地のような場所として使われている。天幕を張っているわけでもないから、ここにいるということはよほど注意深くしていないと気づかないだろう。

アルバース軍とエグモントが共謀して、レミアスを挟み撃ちにしようという計画は、今のところうまくいっているようだ。エグモントの言葉から判断するしかないけれど。

「レミアスが負けるところを君に見せられると思うとわくわくするね」

「レミアス様は、負けたりしません」

「どうだろう、その強がりもいつまで続くんだろうな」

エグモントがレミアスを敗北に追いやるその瞬間を、シアラに見せてやろうという彼の気持ちは全然嬉しくない。

逃げ出すことを警戒してか、地面に座らされたシアラの両手は身体の前で縛られている。一応、手首には柔らかい布を巻きつけてくれていて、その上から縄を巻かれているけれど、そんな気遣いをするくらいなら縛らないでほしかった。

(レミアス様……大丈夫よね。気づいてくださってるわよね)

シアラの託したぬいぐるみ。あれに込められたメッセージをレミアスなら気づいてくれると信じているけれど、気づいていなかったならどうしよう。

「――始まったか」

エグモントについた兵士も、かなりの数がいるようだ。たぶん、傭兵《ようへい》なのだろう。傭兵を雇ったということは、帳簿をごまかしでもして費用を集めたとかそのあたりだろうと推測する。

（全部、レミアス様が奪っていくって言ってたけど……）

それなら、シアラもエグモントが欲しかったものなのだろうか。

両親は、シアラがレミアスに嫁ぐのを目標に花嫁修業をしていたのを知っている。実現不可能だろうと思いながらも、シアラを笑ったりせず、できるだけの手は打ってくれた。

レミアスに嫁がないにしても彼の家令を務めているエグモントなら、シアラの学んできたことを生かせるという気持ちもあったのだろう。

しんと静かになってしまったシアラの方に、エグモントはちょっと歪んだ笑みを向けた。

「ポラルーン軍とアルバース軍がぶつかり合ったらしい。そろそろ僕達の出番かな」

「……卑怯者《ひきょうもの》！」

「なんとでも言えばいい。こういう地を治めているんだから、レミアスだってこの程度のことは納得しているだろうさ」

（……なんて人なの）

もっと早く逃げ出すべきだっただろうか。どこかで判断を誤ったのではないだろうか。

戦いが始まった今、ここで背後から一気に突き崩せば、レミアスの敗北が決定となってしまう。

「背後からレミアスをつく。レミアスさえ殺せば、ポラルーン領は僕のものだ。レミアスがどこにいるのか探してこい」

低い声でそう言ったエグモントに、周囲に集まった者達から、押し殺した歓声が上がった。レミアスを倒し、ポラルーン領を手土産にアルバース王国に寝返る。それが、エグモントの計画らしい。エグモントの命令により、彼の連れていた兵士達がレミアスを探しに出ていく。

そして、残されたのはエグモントとシアラだけだった。ぼんやりとした月明かりの中、シアラはじっとエグモントを見つめる。背が高く、どちらかと言えば細身。黒い髪、黒い瞳。通った鼻筋、少し薄めの唇――一つ一つの構成要素はレミアスとよく似ているのに、彼とエグモントは決定的に違う。その違いはどこにあるのだろう。

シアラの視線に気づいた彼は、皮肉な笑みを浮かべてこちらを見返してきた。

「僕の顔に何かついてる？」

「いいえ、何も」

自分が彼を見つめていたことに気づいて、シアラは視線を落とした。

「何かよからぬことを企んでいるわけじゃないよね。君、ずいぶんおとなしすぎるから不安になるよ」

「べ、別に企んでなんか……」

もごもごとシアラは言う。どうにかして、隙を見て逃げられないかとは思っているけれど――。今、うっかり彼を見つめたことで彼を刺激してしまったのだろうか。

「——レミアスが見つかるまで、まだ少し時間があるだろうな」

「ちょっと！　何をするの！」

勢いよく肩を突かれて、シアラは地面に倒れ込んだ。両手を縛られているから、身体を支えることもできない。肩から勢いよくぶつかって、痛みに顔を歪める。

強引に顔を上に向けられたら、上にエグモントがいた。彼の目には、今まで見たことがないような乱暴な光が浮かんでいる。

顔を背けようとするけれど、摑まれた顎はびくともしない。指が顎下の柔らかな皮膚に食い込んで、痛みさえ覚える。

「レミアスを殺しに行く前に、君に傷をつけるのも一興かもしれないな」

「い、嫌よ——そんなの！」

慌ててじたばたするが、両肩を押さえつけられていてはうまくいかない。多少体力に自信があったところで、拘束され、上に男一人分の体重が乗っているとなると振り払うことなんてできなかった。

「声を上げてもいいけれど、助けなんて来ないぞ、シアラ」

耳元に唇が寄せられ、そうささやかれてシアラはぞっとした。耳にぶわっとかけられる息が気持ち悪い。

ばたばたともがいて、なんとか彼を振り払おうとする。けれど、肩を摑む手にますます力がこもるだけで、逃れようもない。

片方の手が首筋を撫で、悪寒が身体を走り抜けた。そのまま手は肌の上を滑っていって、ドレスの胸元から中に忍び込もうとしてくる。指が鎖骨をかすめて、悲鳴を上げた。

「いやっ、助けて――」

ひゅんっ、と音がして上にいたエグモントが勢いよく飛びのく。彼の肩があった場所を通り過ぎ、ナイフが地面に突き刺さった。

彼の体重がなくなった瞬間、シアラは地面を転がって彼から距離を開けた。上半身の力だけを使って、なんとか起き上がる。

「それはどうかな。エグモント」

不意に聞こえた声にシアラは目を見張った。

夢じゃないだろうか。これは、レミアスの声だ。

こわごわと声の聞こえてきた方角に目をやれば、そこにレミアスが立っていた。薄暗いというのに、彼の周囲だけ後光がさしているみたいに眩しく見える。彼の右手にはナイフが握られていて、今、一本投げたところだったらしい。

彼はナイフをエグモントの方に向けていて、落ち着き払った様子を崩していない。

「お前は、前方の敵にあたっていたんじゃないのか！」

エグモントの方も、完全に驚いた様子だった。

（……レミアス様――！　ちょっと、待って、これ、頭に血が上ってるんじゃ！）

レミアスを見てシアラは青ざめた。彼の表情、それから声音。

レミアスがすべてを忘れて、いつもの穏やかな彼とは別人のようになっていたのをたった一度だけ見たことがある。

今の彼は、その時とは違う方向で、頭に血が上っているみたいだった。いや、絶対に頭に血が上っている。だって、こんなところに一人で乗り込んでくるくらいなのだ。普段ならきっとクルトに任せていたはずだ。

「僕の雇った傭兵達はどうした？　金でも積んだか？」

裏返った声でエグモントが問う。エグモントは、自分の部下というものをほとんど持っていない。その分、傭兵を雇うしかなかった。

「――全員、ぶちのめしたに決まってるだろうが」

返すレミアスの言葉に、シアラは背中がひやりとするのを覚えた。ぶちのめしたということは、敵と刃を交えたのか。

よく見れば、レミアスの衣服はあちこち血で汚れている。裂けてはいないから、あれはすべて敵の返り血ということなのだろうか。

「ぶちのめす？　全員？」

エグモントはますます混乱したみたいだった。それはそうだろう。

レミアスの本領は、戦の真ん中に飛び込んでいくことではない。戦場全体を見、適切に指揮を執るのが彼の役目。それなのに、その彼が自ら動いてここに立っているなんて。

もう一度、レミアスが右手をひるがえす。またひゅっと音がして、エグモントの足元にナイフが突き刺さった。

「剣を抜け、エグモント。今、この場で決着をつけてやる」

「でも、ここにお前が来たということは、ある意味幸運なのかもしれないな。お前を倒せば、僕が次のポラルーン公爵だ」

クルトと練習しているところを何度か見たことがあるが、エグモントはかなりの使い手だ。

けれど、レミアスの腕については知らない。剣を取るのをやめたと聞いている以上、あまり強くないのではないかという気がしてならない。

不安に震えるシアラの方に、剣を抜いたレミアスはにっと笑ってみせた。

「大丈夫だ、シアラ。俺に任せろ――エグモント、さあ剣を抜け」

「僕にだって、意地ってものがあるんだよ、レミアス――お前は、いつでも僕の前に立ちふさがり、望んだものを奪っていく」

その口調の冷ややかさに、シアラの背筋に冷たいものが流れ落ちる。

エグモントは、本気だ。本気でレミアスを殺そうとしている。

「――エグモント。俺は、お前を許さない。シアラに手をかけた罪、贖《あがな》ってもらうぞ」

どうしよう、レミアスが殺されてしまう。

見たくないと思っているはずなのに、瞼はシアラの意思を裏切る。大きく目を見開いたまま、シアラはレミアスとエグモントを見つめていた。

いる。

どちらが、先に動くのだろう。二人とも剣を抜き、互いの隙を見出そうとにらみ合って

「──覚悟しろ！」

先に動いたのは、エグモントの方だった。一気に距離を詰めたかと思ったら、レミアスの心臓目がけ剣を突き出す。

その鋭い一撃は、レミアスの心臓を貫くかのように見えたけれど──。

見開いたままのシアラの目前で、宙に舞ったのはエグモントの剣だった。

半歩引き、身体を捩ってエグモントの攻撃をかわしたレミアスの剣が、的確にエグモントの剣を跳ね上げたのだ。

「──お前、どうして……」

「一応、剣の方もそこそこ使えるようにはしてあるんだ」

一応って！　そこそこって！

こんな時ではあるけれど、シアラは全力で突っ込みそうになった。

エグモントだってそこそこ強かったはず。それをこうも鮮やかに一瞬で崩しておいて、そこそことはどの口がそれを言うんだろう。

「……僕の前ではそんなところは見せなかったな。剣の稽古は必要ないのだと、剣を捨てたふりをしたのはなぜだ」

「悪いな、エグモント。俺は──ポラルーンを守るために、全力を尽くすと決めたんだ。

お前が腹に何か抱えているのはわかっていた。だから、お前の前では、自分の腕について見せることはしなかった。その判断は間違いではないだろう？」

一生懸命自分を抑えようとしているけれど、レミアスが怒りを覚えているのはシアラにはよく伝わってきた。

以前、彼は言っていた。頭に血が上りやすい性質だから――それを抑えるために、口調から自分を律しているのだと。

それなのに、今の彼の言葉遣いはいつものものと違ってしまっている。まだ、我を忘れるぎりぎり一歩手前というところかもしれないけれど。

「レミアス様、だめっ！」

思わずシアラは声を上げたけれど、レミアスは止まらなかった。一歩前に出た彼の剣が、エグモントの首のあたりをひゅっと横切る。

けれど、シアラの予想した悲鳴は聞こえなかった。

「我が妻の前で、必要以上の流血は見せたくない。王都で追って沙汰《さた》があるだろう。それを待て」

低い、レミアスの声。けれど、彼がどれほど怒りを覚えているのか、シアラにはわかってしまった。

「レミアス様っ、レミアス様っ！」

両手を縛られたまま、彼のもとへと駆け寄る。彼の腕の中に飛び込んだら、背中に力強い腕が回された。

「遅れてしまって申し訳ありません。手の者をつけていたのですが、エグモントの隙がなかなか見当たらなかったようで。あなたをこんな目に遭わせてしまうなんて。帰ったら、彼らの訓練をやり直さなければ」

「手の者？」

「いざという時には、あなたを助け出すように、と命じておいたのです。本当に、無事でよかった」

「あらやだ……では、私、焦る必要はなかったのですね。そうですよね、エグモントさんのことも、レミアス様はちゃんとわかってましたもんね」

レミアスは自分が城を留守にする前にきちんと手を打っていた。パンにメモが入っていたことを考えれば、シアラがあんなぬいぐるみを送りつけなくても、きっと正しい報告が部下からあったのだろう。

「とんでもない。あなたがエグモントの隙をついて、注意を促してくれたから、先に手を打つことができたのです。部下は城から抜け出すのに手間取っていましたからね。私のところに報告が届いたのは、あなたからの手紙のあとでした」

「お役に立てたなら……よかったんですけど……」

シアラの視線の先では、クルトがエグモントを縛り上げていた。

「お前、本当に馬鹿だよなー。レミアスに仕えていれば、こんなことにはならなかったんだぞ」

「僕にだって、譲れないものくらいあるよ」

そうエグモントが口にして、シアラは少し申し訳ないような気がしてくる。

「レミアス様、あの……」

けれど、レミアスはシアラの言葉を封じるように、そっと人差し指で唇を押さえる。それからナイフでシアラの手を拘束している縄を切ってくれた。

「あなたのせいではありません。あなたは、何も悪くないのです——そのことだけは、忘れないでください」

「私、ちゃんとお留守番できましたよね……？」

「もちろんです、シアラ。あなたのおかげで、ポラルーン領は危機を脱出することができたのですよ」

少しでもレミアスの役に立つことができたのなら、嬉しい。シアラはぎゅっと彼の身体に腕を回し返した。

◇◇◇

ぽちゃん、と水の跳ねる音が浴室に響く。

「んぁっ……ん……だめですっ……こん、な……」

戸惑ったシアラの言葉に、背後からくすりと笑う声がした。

「こんなって――我慢できないのだからしかたないでしょう」

もう少し、我慢というものを覚えてくれてもいいのではないだろうか。シアラのその心の声は、たぶんレミアスの耳には届いていない。

「ひぁ、だって――あ、あぁぁっ！」

クルトにエグモントを託し、アルバース軍を国境の向こう側まで追いやったのは昨日のこと。

昨日のうちに、アルバース軍の本陣に乗り込んだレミアスは、「国境を侵犯しない」と先方を脅し――いや、条約の締結に無事こぎつけた。

「本当は、もっと早くこうしたかったのですが、さすがに、やるべき仕事は先に片づけないといけませんからね」

「ひぁんっ！」

やるべきことをさっさと片づけるのは素晴らしい。

一日で敵の大将を脅しつけてきた手際のよさはレミアスらしい。

乗り込んだついでに、大将を人質に取ってきたのもちゃっかりしている。

――だけど。

「もう少し時間をかければ、十年くらいは国境を越えないと条約が結べそうだったのですがねぇ……」

それなら、先にそうすべきだったんじゃないだろうか。少なくとも、時間をかければ結べそうだったと今口にしたのはレミアス自身だ。

嫁にかまうより先に、やらねばならないことがある気がする。

「ですが、シアラが足りません。シアラを補充しないと、仕事にも身が入りませんよ」

「んーっ、ん、んんんっ！」

抗議の言葉と共にシアラは首を横に振る。

シアラが足りないというレミアスの言葉は、たぶん、大いに真実を含んでいる。

それはいいのだが「条約を無事に取りまとめてきましたよ！」とにこにこしたかと思ったら、そのままシアラを浴室まで引きずり込むというのはどういう了見だ。

あっという間に素肌に剝かれて浴槽に放り込まれてしまったから、問いただす間なんてあるはずもなかった。

「……あなたが、エグモントに何かされていないか、とても心配でした」

背後からシアラを抱きしめ、一緒に湯につかりながらレミアスが嘆息する。

その間も彼の手はシアラの乳房を持ち上げ、湯の中でもてあそび、それから思わせぶりに先端近くに触れて、離れていく。

耳にかかる彼の吐息。耳元でささやかれる低い声。

シアラだって、ずっと会いたかったのだから、あれやこれや聞きたいことが頭から消し飛んでしまってもしかたないではないか。今はこうやって、彼と再会できた喜びに浸っていたい。

「な、何かって……？」

「こういうことですよ」

返事の代わりに、両胸の先端が一気にきゅっと捻られる。わかりやすく感じた声を上げて、シアラはのけぞった。柔らかな乳房が揺れて、湯の表面が波立つ。

「……そ、そんなことはされてな──あぁんっ！」

「そうですね。私もぎりぎり間に合ってよかったです。もっとも、間に合わなかったとしても手は打ってありましたけどね」

ふふっと耳元で笑うレミアスがちょっと怖い。

手は打ってあったとはどういう手だろう。手の者がシアラを守ってくれていたのはメモの差し入れの件でわかったけれど、追及したらとんでもなく怖い事実を聞かされそうだ。なので、その点については考えることを完全に放棄する。

「んっ……ふっ……んぅ……」

レミアスが与えてくれる快感に素直に身を任せた。湯の中で、大きな手に包み込まれた乳房が形を変える。それを見ていると、視覚からも興奮を煽られてしまう。

身体の奥からあふれてくるのは欲望か、それとも彼への想いか。その二つは密接に絡まり合っていて、区別することなんてできそうになかった。

触れられているのは乳房なのに、下肢の奥、秘めておくべき場所が熱く疼く。そこに触れられる快感も、そこに彼自身を埋め込まれる悦びも知ってしまっているから。

「あっ……レミアス様、あぁっ……んっ！」

彼の名前を呼びながら、脚をもぞもぞとさせていたら、彼の右手が脚の間に入り込んできた。わななく花弁の間を指がかすめて、思わず甘い声が上がる。

「おや？　ここはもう濡れている——みたいですね。これは、湯ではありませんよね？」

わかっていて問いかけているのだから、意地が悪いし、思わせぶりにそこで間を置かないでほしい。

先ほどからじくじくとしているその場所は、シアラ自身が想像できるくらい大量の蜜を溢れ出させていた。

「んっ……だって、寂しかった——あぁぁあっ！」

いきなり花弁の間に指が突き立てられる。痛みは感じなかったけれど、いきなり押し込まれると思っていなかった分快感が膨れ上がった。

一番感じてしまう敏感な芽を、指の根元で刺激しながら中をかき回されると、また新たな愉悦が目覚めてしまう。

「はっ……あぅ……んんんっ……レミアス様ぁ……」

寂しかった。怖かった。不安だった。

頭の中をぐるぐる回る感情を、どうレミアスに説明したものか。

けれど、レミアスはそんなシアラにはかまわず、片方の手をお腹に回し、シアラが逃げられないように押さえつけたかと思ったら、押し込んだ指を蠢かせてくる。

「――寂しかった、ですか」

「んんっ……はぁっ……寂しかった……！」

ひくひくと震えるその場所は、レミアスの指を歓迎して激しく締め上げる。シアラは湯の中で身体を捩った。だって、このままでは物足りないのだ。

もっと奥までみっちりと埋め尽くして、激しく揺さぶってほしい。

「私も、寂しかったですよ――あなたが隣にいないと、私は、だめになってしまいそうです」

シアラの足がひくひくと震えて、白い光が脳内でいくつも弾けては散る。半開きになった唇からは、ひっきりなしに甘い声が漏れていた。

お腹に回されていた手が、乳房の方へと伸びてくる。二本の指で頂を挟んで震わせながら、彼はシアラの肩に顔を埋めた。

「やぁっ……だめ、イく、いっちゃう――！」

首筋に舌が這わされ、肩と首の境目のあたりを強く吸い上げられる。それだけでなく、彼はシアラの脚に自分の脚を絡めてしまった。

全身でレミアスに触れられ、快感を与え続けられて、シアラの嬌声が浴室の空気を震わせる。

「イってください。あなたのその声を聞くのが悦びなんです」

「あ、あぁぁっ！」

彼の腿を両手で摑み、シアラの背中が弓なりになった。淫芽と、蜜壁の快感が呼応し、乳首から送り込まれた熱が同調して膨れ上がる。さらにそこにレミアスの艶を帯びた声で聴覚まで刺激されてしまったら、もう絶頂に追い上げられるしかなかった。

湯の中で二度、大きく跳ねたシアラは、ぐったりとレミアスに寄りかかる。

彼の与えてくれる官能は、いつだってシアラを蕩けさせてしまうけれど、今日はそれだけでは物足りなかった。

「レミアス様……欲しいの……！　レミアス様が――！」

上半身を捩ってレミアスにしがみつき、泣きながら訴えたら、彼はずるりと指を引き抜いた。

「そんなに素直におねだりされると、こちらとしても全力で応えなければいけない気にさせられますね。立ってください」

「……あぁっ！」

湯の中で立ち上がらされ、浴槽の縁に手をつかされる。いったい何が起こるのかと思っていたら、いきなり蜜口に熱いものが押し当てられた。

ぐりぐりと先端で、蜜を溢れ出させる場所をかき回される。奥には入ってこないので、物足りなさに内部が切なく震える。

「いや、じらしちゃ――いやっ！」

思わず腰を振って、その先をねだってしまった。

するとと、背後にいるレミアスが、大きく息をついた気配がする。

「あなたという人は、本当に私を煽るのがお上手です」

「あっ……あぁぁぁっ！」

奥まで一気に突き立てられたのはレミアスの欲望。一気に貫かれ、いつもとは違う体勢で、今まで知らなかったところを突き上げられる。

「あぁぁっ、あっ……やっ、こ、こんなの……！」

湯の中にいるから不安定だ。浴槽の縁につかまっているだけでは心もとなくて、思わず上半身を縁に預けてしまう。

そうすると、自然に腰だけを突き上げるみたいな体勢になって、より深いところまでレミアスを受け入れてしまった。

「あぁぁっ……レミアス様、待って、動かないで——！」

一気に先端近くまで引き抜かれ、そのまま一気に押し込まれる。最奥にあたった瞬間、目の前に星が散ったような気がして、シアラはすすり泣いた。

彼とこうやって抱き合うのが久しぶりだからだろうか。いつもより熱く硬く大きく感じてしまうそれが、体内に押し入ってきただけですさまじいほどの快感を運んでくる。

「動かないで、とはあなたも酷なことを言いますね……それが、あなたの願いなら努力しますが」

「ん、だって……いつもより……大きい、から……ぁ……」

首を振りながらシアラは訴えた。

彼の熱は、きっとシアラを求めてくれている証し。だけど、こんな体勢で貫かれるのは初めてで、正直怖い。

「それはしかたがないでしょう。ずっと我慢していたのですから」

形を覚え込ませようとしているみたいに、レミアスがゆっくりと腰を引いて、またゆっくりと押し入ってくる。

熟れた蜜壁をじりじりと広げられる快感に、頭の中が一気に真っ白になった。背中をしならせて喘ぐと、思っていた以上に嬌声が響く。

「だって、我慢……って……あっ、あぁぁぁんっ！」

だが、シアラの方も身体中を渦巻く熱を抑えることができない。

ゆったりとした動きでは満足できなくて、自分から腰を振ってその先をねだってしまう。

淫らに熟した蜜壁は肉竿に絡みついて、激しい痺れが背筋を駆け上ってくる。

「あっ……や、あぁあっ……私……先に……あ、あぁー！」

浴槽の縁にしがみつくようにして、またもや絶頂へと昇りつめてしまった。足から力が抜けて、湯の中に沈み込みそうになってしまうと、レミアスの手が上半身を掬い上げる。

もう片方の手で快感にわななく細腰を強く掴み、激しく揺さぶりたてながら彼は耳元でささやいてきた。

「……愛していますよ、シアラ」

その声にこもる感情。それだけでまた高みへと昇りつめてしまいそうだ。

何度も、何度も強く二人の身体がぶつかり合って、その度に頭の中で閃光が弾けた。奥深い場所に打ちつけられて、身体中の血が沸騰したみたいになる。

「わ、私も……あぁっ！」

「これでは、あなたの顔が見えませんね。せっかく、こんなに感じてくれているのに」

「抜いては、いやっ！」

体内を埋め尽くしていたものが引き抜かれて、失望の声が漏れた。

だが、レミアスはひょいとシアラを抱えあげると、浴槽の外に出る。身体を動かした拍子に、淫らな蜜が滴り落ちる。

先ほどまでみっしりと埋め尽くされていた蜜壺が、空虚を訴えて切なく震えた。

「んっ……レミアス様……」

浴槽から出たかと思ったら、タイルの上に下ろされる。

そのとたん、シアラが目を閉じたのも当然だった。下ろされたのは、浴室の壁にはめ込まれている金で縁取られた巨大な鏡の前。

広い浴室をさらに広々と見せる効果のあるそれの前に立たされれば、自分の顔を正面から見ることになってしまう。

けれど、鏡の表面に手をつかせたレミアスの方は上機嫌だ。まるで、いいことを思いついたと言わんばかりにシアラの耳に背後から唇を寄せてくる。

「だめぇっ！」

耳を軽く噛まれて声が上がった。背筋を甘い痺れが走り抜ける。

「ほら、これならあなたの顔をちゃんと見ることができる」

それってどうなんだろう。頭のどこかからそうささやく声が聞こえてきた。

たしかに、顔を見ることはできるかもしれないけれど——。

「だって、だってこんな——あ、あぁぁっ！」

背後から一気に貫かれ、思わず目の前にある鏡に縋りつく。ひんやりとした鏡面に上半身の肌が触れ、その温度にぞくりとする。

「いけません、それでは顔を見ることができないでしょう？」

「あん、だってっ！」

背後から胸に手を回され、上半身を掬い上げるようにされる。体重をかけるところがなくなり、心もとない反面、下腹部により強い愉悦が走る。

「ほら、今のあなたはこんなにも蕩けそうな表情をして——気持ちよいのでしょう。きちんと、教えてくれないとわかりません」

上半身を掬い上げ、両手でむにむにと乳房をもてあそびながら、彼はささやいた。そうしながら、根元まで埋め込んだ腰をぐりぐりと動かしてくるのだから意地が悪い。

奥をこねられる度に、淫らな感覚が湧き起こってきて、もっと深い悦楽を求めて腰をくねらせてしまう。

「んぁぁっ……、やだ、見せないでっ」

思わず目を開いてしまい、目の前の光景に激しく動揺した。潤んだ瞳、上気した頬、半開きの唇、悩ましく寄った眉――彼の手の中で形を変える乳房。自分が、こんな淫らな表情をするなんて、考えたこともなかった。

抗議の言葉も、甘ったるい声音で吐かれては説得力はまったくない。それどころか、身体の奥深いところでは、素直な反応をしめしてしまった。

「今、強く締めつけたのは気のせいですか？ 危うく、持っていかれるところでした」

「し、知らないものっ……レミアス様の意地悪っ！」

首を振りながらシアラは訴える。勝手に身体の内側が収斂してしまったのだから、しかたないではないか。

これは、断じてシアラのせいではないし、こんなにも感じさせるレミアスが悪い。

「意地が悪いわけではありませんよ、あなたをとことん感じさせて、私以外見えないようにしたいだけです」

「それはっ……あんっ！」

ずんと強く突き入れられて、簡単にシアラは顎を跳ね上げた。既にレミアス以外見ていないのに。

「でもっ……あんっ……もう……無理、ムリ、だからぁっ……！」

泣きながら訴えた。もう、これ以上は無理だ。自分の体重を支えることができない。今だって、身体を支えてくれているのは、上半身に回された彼の腕と――二人が繋がっている場所だけなのに。

「この程度で音を上げられては困るのですが……そうですね、私もそろそろ限界です」

まずは一度、と不穏な言葉を吐き出して、レミアスはシアラの上半身を解放した。鏡にシアラの上半身を預けたかと思ったら、今度は強い力で腰が摑まれる。

「このまま受け止めてください。私の、すべてを」

腰を摑んだ手に力がこもったかと思ったら、レミアスはがつがつと奥を穿ち始めた。突き入れられる度に、頭の芯が焼けるような喜悦がせりあがってくる。

今日はもう、何度達したのかわからない。レミアスにこんな狂暴な一面があるのを改めて思い知らされる。

「――あっ、レミアス様、レミアス様っ……！」

磨き抜かれた鏡面に縋りつく手に力がこもる。二人の身体がぶつかり合う度に、崩れ落ちそうなくらいに感じてしまう。

「――あっ……あぁ……！」

「シアラ、愛していますよ、あなたを」

奥に叩きつけられるレミアスの情熱。それと共にもう一度高みに連れ去られ、シアラの意識は半分飛んでしまった。

立っていることもできず、そのままタイルの上に崩れ落ちそうになったシアラを受け止めたレミアスは、柔らかなタオルにくるんで抱き上げてくれた。

タオルで水滴をぬぐわれたかと思ったら、そのままベッドまで運ばれ、気がついた時には寝台に身を横たえている。

意識がふわふわとしたまま、シアラはレミアスに身を擦り寄せた。

「シアラには、悪いと思うのですが」

シアラがぐったりとしてしまっても、まだレミアスの方は満足していない様子だ。

「え……待って、もう少し……」

「待てません。だから悪いと思うと言ったでしょうに」

——愛されるのは嬉しいけれど。

ちょっと今は無理。もう少し待ってほしい——という願いを口にする間も与えられなかった。

そこから先、一晩ずっとレミアスの愛を受け止め続けて、シアラの意識は完全に飛んでしまったのだった。

第八章　公爵様の愛しい新妻

周囲を見回し、シアラは完全に硬直した。いや、硬直せざるをえなかった。ポラルーン城もシアラから見たら贅を尽くした作りだった。最初にポラルーン城に入った時もものすごく緊張したのだ。

今回は国の中心である都を訪問し、さらにそのど真ん中にある王城、王家の人達のプライベートな空間に通されている。これで緊張しないでいられる方がどうかしている。

大理石が敷き詰められた廊下は、左右の端には色合いの違う大理石がはめ込まれ、モザイク模様を描いている。人が往復する廊下の中央にだけ、金の縁取りのある赤い絨毯《じゅうたん》が敷かれていた。

見上げれば、レミアスの身長の三倍くらいはありそうなほどに天井が遠い。そんなに高い天井なのに、格子状に区切られた中には、一枚一枚精緻《せいち》な絵が描かれている。

ぽかんと口を開けて天井を見上げているシアラの様子があまりにもおかしかったのだろう。くすりと笑ったレミアスは、こちらを見下ろしてきた。

「そんなに固くならなくてもいいのですよ」

「で、でも……緊張するなと言う方が無理な話……で」

うつむいたシアラはもごもごと言った。

今日は、アルバース王国との戦に勝利した祝いの宴が開かれることになっている。エグモントのことは残念ではあったけれど、少なくとも勝利の立役者はレミアスとクルトだ。

レミアスに対しては、従兄弟に裏切られたということで同情の声が上がっているらしい。その反面、エグモントの両親に向けられる世間の目はいくぶん冷ややかなものであるようだ。

エグモントの両親に恩義を感じているレミアスとしては、どうにかしてあげたいと思っているらしいけれど。

「こ、国王陛下に謁見《えっけん》だなんて……私、自分の国の陛下にもお目通りしたことないんですよ？」

なにせ、シアラは地方領主の娘だ。いくら母国が小国と言えど、シアラの身分では王家に謁見する機会なんて一生に一度あるかどうか。

（……そうよね、本当に無謀だったわよね……）

ちらりとレミアスを見上げて、ずきりと痛くなった胸に手を当てる。

『レミアス様のお嫁さん』になるのだと、努力を重ねた十年余り。行儀見習いにこぎつけるのだって、大変だった。

どちらかと言えば、レミアスに嫁ぐ機会を得るというよりは——レミアスへの想いを封じる機会と言った方が正解だったわけで。

それなのに、運命が大きく変わって彼の隣に立ち、妻と呼ばれることを許された。自分の上に舞い降りた幸運が信じられない。

（……愛されているのは、よくわかっているけれど、ちょっぴり不安にもなってしまうのよね）

不安なのは愛されているかどうかということではない。愛されているのは十分以上によくわかっている。

そうではなくて、自分がレミアスに釣り合っているかどうかが不安でならないのだ。

王との個人的な謁見を終えた後、勝利を祝うパーティーに出席するということもあり、今、シアラの身を包んでいるのは豪奢な盛装だ。

胸元にはたくさんのレースをあしらった華やかなピンクのドレス。上半身には精緻な刺繍が施され、何枚も重ねて着つけたスカートの間にもレースが何段にも重ねられている。

細く締め上げた腰には、ドレス本体より少しだけ濃い色のサッシュが巻かれていて、シアラの腰の細さをより強く強調している。

両親が贈ってくれた真珠のネックレスが、シアラの首周りに三重に巻きついている。レミアスの地位にふさわしい装いではあるけれど、シアラ本人に似合っているかどうかは別問題だ。

「す、少しだけ不安で……とても緊張しているんです」

「大丈夫ですよ、あなたなら問題ありません」

シアラの手を取った彼は、きゅっと握りしめてくれた。

「私の大切な人なのですから、陛下が何を言おうが、きちんと私が守ります」

「た、大切な人って……！」

レミアスがわかっているかどうかはシアラにはわからない。だが、彼の口から出る「大切な人」という言葉の破壊力といったら！

「私にそう言われるのは嫌ですか。嫌ではないと思っていたのですが、私の勘違いですか」

「嫌なはずないです！　嬉しいです！　わ、私も――」

レミアスの内から出る『大切な人』という言葉は、シアラにとってはものすごい破壊力がある。それを返そうとしたところで、シアラは一瞬ためらってしまった。

「どうかしましたか？」

レミアスが、首を傾げてこちらを見つめてくる。ぶん、と勢いよく首を振って、シアラは自分から指を絡めて手を繋ぐつなぎ方に変更した。きゅっと全部の指に力を入れる。

「……レミアス様は、私の『大切な人』です」

レミアスと釣り合っているかどうかなんて、この際気にしなくてもいいだろう。

大切なのは、あの日、彼との出会いがシアラの人生を大きく変えてしまったということだけ。

「……だから、私、頑張りますね。レミアス様に恥をかかせないように」

いつか、レミアスに再会した時、恥ずかしくないように。一国の王女にも引けを取らないだけの教育を受けさせてもらった。

レミアスに恥をかかせないと決めたのだから、これ以上不安になるべきじゃない。

「だから、私はあなたにかなわないのですね」

シアラの方へ身をかがめた彼は、額にかかった髪を上げてキスしてくれる。眼鏡の奥の目が柔らかく細められるのをシアラはうっとりと見つめた。

レミアスは、本当に素敵だ。シアラの持つすべての語彙《ごい》を駆使したとしても、彼に対する気持ちを表現しきることなんてできない気がする。

「あなたが私を救ってくれたような気がします。公爵としての私ではなく、レミアスという人間を」

「どういうことですか？」

彼の真意がわからなくて、目をぱちぱちさせる。そんなシアラの腰に手をかけると、彼はゆっくりと歩き始めた。

「わからなくてもいいですよ。あなたが、私の大切な人であるということさえ理解していただければ」

「あー、それは、ですねぇ……ハイ、あの、ちゃんとわかって……ます」

言われてぽぽぽっと頬が赤くなるのだから、やっぱりシアラは単純なんだろう。けれど、同じだけの気持ちを、いや、それ以上の気持ちをレミアスに返せたらそれでいい。

「任せてください。ちゃんと、きちんと——ええ、頑張ります」

彼に導かれながら、深呼吸を繰り返す。

ついた先にあったのは、意外にもさほど広くない部屋だった。それまでの壮麗な空間からは一転して、あたたかで家庭的な空気に満ちている。

家具はマホガニーで統一されていて、たぶん、全部同じ職人の手によるものだろう。家具に施されている装飾は、すべて同じ意匠《いしょう》が組み込まれている。

チョコレート色の布地に白と金のみで刺繡の施されたソファは、腰を下ろすのをためらってしまうほどに繊細な品だった。

壁は白く塗られ、額におさめられた水彩画があちこちに飾られている。

なかなか巧みな筆遣いではあるが、おそらく専門の画家ではなく、この城に居住している人、つまりは王族の誰かの手によるものだろうと推測できる。シアラがそう推測したのは、絵にサインが入っていないからだった。画家ならば、端にかならず名前を入れる。

室内を目立たないように、でも、全力で観察していたのは、何かしていなければ緊張に潰されてしまいそうだったからだ。

「……あの」

室内の空気に、完全に耐えきれなくなったシアラがレミアスの顔を見上げた時だった。

「待たせた！　悪い！」

少しも悪いと思っていない口調でさっそうと現れた人に、シアラは目を瞬かせた。この人は、いったい誰だろう。そんなシアラの横で、レミアスが恭しく頭《こうべ》を垂れた。

「ご無沙汰しております、陛下」

（……誰かと思ったって、ここにいるなら国王陛下に決まってるわよね！）

それまでの緊張とはうってかわり、自分で自分に突っ込んだ。

ここは王城。そしてその中でももっともプライベートな場所。

そしてその場所でこんなに気楽にしているとなれば、国王陛下くらいしかいないだろう。

慌ててシアラもレミアスにならって頭を下げる。

（……完全に、失敗してる気がする……！）

家庭教師に必死にくらいついて身に着けた美しい仕草はどこにいった。ひょこっと頭を下げたのがおかしかったらしく、目の前にいる王が軽やかな笑い声を上げる。

「顔を上げてくれ。シアラ――と呼んでいいのだろう？　こら、レミアス、そのような顔をするな」

「だめです。見せません」

顔を上げたかと思ったら、レミアスの腕の中に抱え込まれた。王に謁見している最中だというのに、王の顔を見ることができない。

「レミアス様、あのですねっ！」

「陛下、シアラと会わせたのですからもういいでしょう、満足したでしょう。さあ、帰りますよ」

ひょいと肩の上に抱えあげられて、シアラは言葉を失った。

帰りますよってどこへだ。

今すぐ、ポラルーン城まで戻るというのか。たしか、このあと晩餐会だの舞踏会だのに招待されていた気もするのだが。

くるりとレミアスが向きを変えると、軽やかな王の笑い声が聞こえてくる。

「そんなに急いで帰る必要もないだろう。自慢の奥方ともう少し話をさせてくれ」

「だめです」

「いいだろう。少し話したって減るものではないのだし」

「減ります。陛下と話をする分、私とシアラが話をする時間が減ってしまいます」

「俺が勧める縁談はすべて断ったんだから、少しくらい、いいだろうに」

（……縁談……断ったって！）

王から勧められた縁談断って、シアラと結婚して大丈夫なのか。いや、押しかけたシアラの方が言うべきことでもないのかもしれないが。

「──陛下。たしかに、勧めてくださった女性は、素晴らしい方ばかりだと思いますよ」

レミアスの肩の上で、シアラはしゅんとなった。

（そうよね、レミアス様なら……いくらだっていい縁談はあったでしょうに）

自分からレミアスに押しかけた自覚もある。だから、何を言われてもしかたないと思っていた。

だけど、自分の目の前でレミアスの過去の縁談について語られると、落ちこまずにはいられないわけで。

「ですが、シアラ以上の女性は、私にはいないのです」

「レミアス様……」

レミアスの肩の上。荷物みたいに抱えあげられている状態ではあるけれど、今の言葉できゅんとなった。

そう、レミアスがシアラを大切にしたいと思ってくれているのだからそれで十分なのだ。

「わかったわかった。話は今度、ゆっくりとしよう」

「今度はありません！」

「しかたのないやつだな。とりあえず、戦勝を祝う宴には出ていけ。それは、お前の仕事だろう」

肩に担がれているシアラからは、レミアスの表情をうかがうことはできない。けれど、ちょっと彼がむっとしているのはよくわかった。部屋の空気を変えようと、慌ててシアラはささやく。

「レミアス様、レミアス様……あのですね、私、舞踏会には行きたいです！」

「舞踏会、ですか」

「はい！　王宮の舞踏会なんて、出る機会めったにないんですもの！　今回が最後になるかもしれないし、レミアス様とダンスがしたいです。お嫌ですか？」

「いえ、そんなことはありません。あなたが望むのなら……」

床の上に下ろされ、彼の顔を見上げれば、にっこりとしてこちらを見下ろしてくれる。

「レミアスのやつ、完全に尻に敷かれることになりそうだ」

という王の声は聞こえなかったふりをした。お尻に敷いているわけじゃない。ただ、この室内の空気をどうにかしたかっただけ。

それをちゃんと王もわかっているみたいで、軽やかな笑い声と共に、改めて退室の許可が与えられたのだった。

その後、贅《ぜい》を尽くした晩餐会も無事にこなし、シアラはレミアスと共に舞踏会の開かれる広間へと場所を移していた。

大広間には多数の人が集まっていて、皆、シアラに興味津々だった。

レミアスとはとうてい釣り合いの取れない家柄の出。しかも国境を越えて嫁いできたのだから、興味を持たれても当然だ。

気疲れはしたけれど、彼らとの会話も無難にこなすことができたのは、レミアスがずっとシアラを優しいまなざしで見つめてくれていたからだ。

「公爵様は、本当に奥様が大切なのですね。羨ましいわ」

そう言ったのは、招待されていた女性のうちの一人だ。羨ましい、と言いながらもシアラに注ぐまなざしはちょっと厳しい。

(……それもしかたないとは思うけど)

「もちろん、大切ですよ――失礼、グラスが空のようですね。飲み物を取ってきましょう」

レミアスは、シアラを取り巻く女性達の中にシアラを残し、相手をしてくれている女性のために新しい飲み物を取りに行ってくれる。

シアラの周囲に集まっているのは、シアラに対して比較的好意的な人ばかり。それは、レミアスの立場に配慮してのものなのだろうけれど、正面から敵意を向けられないですむのはありがたい。

けれど、少し離れたところには、シアラのことをあまりよく思わない人達も当然いる。それは、かつて国王陛下からレミアスとの縁談を持ちかけられた令嬢達もそうだった。

「あんなつまらない娘が、ポラルーン公爵様の妻だなんて」

「いったいどうやってたぶらかしたのかしら」

「――あら、公爵様はたぶらかされるようなお方ではありませんわ」

(……ずいぶんな言われようね)

たぶらかされるようなお方ではないという最後の一人の言葉だけは納得できた。レミアスはシアラごときにたぶらかされるような人ではない。

国王陛下のお声がかりのお見合いでレミアスと顔を合わせたけれど、縁談が成立しなかった女性達からしたら、たしかにレミアスとシアラの結婚は腹立たしいのだろう。

わかる。気持ちはわかるけれど、シアラだって面白くない。お腹のあたりがもやもやする。

レミアスは、シアラにたぶらかされたわけではないと、彼女達に反論してしまってもいいだろうか。

（……でも、こういった場だし）

シアラの方から反論すれば、レミアスの立場を悪くしてしまうような気がする。この状況はあまりよろしくない。

どうしようかと思っていたら、そっと肩に手が置かれた。飲み物を取ってきたレミアスが戻ってきたようだ。

「あなた方は『ポラルーン公爵夫人』になりたかったのでしょう。ですが、シアラは違います。『レミアス』の妻になりたいと願ってくれた」

「あの、それは」

「──私に必然的についてくるポラルーン公爵の妻という座も受け入れてくれただけの話です」

引き寄せたシアラの腰にレミアスの腕がしっかりと巻きつけられる。これ以上愛おしいものはないと宣言するかのように。

「だから、私は幸せなのです。できれば、シアラにも同じくらい幸せだと思ってもらいたいものです──もちろん、生涯、彼女を大切にするつもりです」

ここまで皆の前で堂々と宣言されて、何もせずにいられるだろうか、いやいられない。

「私も……幸せなので……問題ありません！」

言った、言ってしまった……！

たくさんの人がいる中で、こんな恥ずかしいことを宣言してしまった。

しかも、国王陛下の目の前で、だ。大馬鹿者と言われてもたぶんしかたのない状況だ。

けれど、レミアスだけが幸せなのではなく、シアラもきちんと幸せなのだと、皆に知ってほしかったのだ。

「――あなたという人は、いつも私を驚かせる」

「驚かせたかったわけではありません――私達、ちゃんとやっていけますもの！」

ここまで来たら、国王の前だろうが何だろうが宣言してしまえ。レミアスを愛しているのだ、と。彼以外の人なんて考えられないのだ。

「愛していますよ、シアラ」

ここがどこなのか、まったく考えていない表情でレミアスは言うと、肩に埋めたままだったシアラの顎を片手で強引に持ち上げる。

そして、他の人達が見ている前だというのにもかかわらず、とびきり甘いキスを贈ってくれたのだった。

◇◇◇

「もー、信じられませんっ！」

その日の夜、王宮の客室でシアラはベッドの上を転げまわっていた。多数の人の前であれはいくらなんでもどうなのだろう。

あの後、他の人達はシアラとレミアスにあてられてしまったようで、宴は妙な方向に盛り上がっていた。

流れに乗ってレミアスはシアラを広間から連れ出し、現在に至る、というわけである。

「信じられないって、何が信じられないのですか？」

「あれもこれもどれもですっ！」

やってしまったことはもうしかたないので諦めることにしたが、とんでもないことをしてしまった。

ベッドの上で転げまわっているシアラの様子がおかしかったらしく、レミアスもベッドに乗ってきてシアラの隣に転がった。

「あれもこれもどれも、ですか」

「そうですよ、あんな……あんな、陛下の前で……！」

こっぱずかしい宣言とか、公衆の面前での熱いキスとか。

いや、シアラと結婚した後でさえレミアスを狙っている女性達を敬遠するためにはよかったのかもしれない。

よかったのかもしれないけれど、いくら何でもあれでは人前でいちゃつきすぎではないだろうか。

「クルトさんが——あきれてましたよ……！」

ばたばた転げまわるのをやめて、シアラはレミアスにぴたりと寄り添った。こうして、彼と過ごすのは好きだ。

「あきれる？　何をですか？」

「お前ら、人前でいちゃつきすぎだって」

「ふーん、彼にも困ったものですね」

今、レミアスがちょっと悪い顔になったのは、シアラは見なかったことにした。

でも、レミアスとはいちゃいちゃしすぎな自覚もあるので、今後は少し控えようと思う。

少しだけ、だけど。

「でも……レミアス様、ダンスはしそびれました……！」

そう、ダンスの前にあの宣言があったものだから、レミアスとダンスをする機会を逃してしまった。レミアスはシアラを担ぐようにして、さっさと広間を出てきてしまったから。

「せっかくの王宮だったのに。王宮の舞踏会でダンスをするなんて機会、めったにないのに……！」

別に、大はしゃぎしたかったわけでもないけれど、なんだかもったいない気もするのだ。

ポラルーン城では、舞踏会はめったに開かれないのでレミアスとダンスをする機会そのものが多いわけでもないのだ。

「あなたはダンスがしたかったのですか？」

「レミアス様と踊ったことはないでしょう。練習には付き合ってくださいましたけど」

国王との謁見だとか、多数の貴族に会うとか。緊張で心臓が口から飛び出しそうになっていた反面、レミアスとのダンスを楽しみにしていたのも本当のことだ。

「それは申し訳ないことをしました。でも、あまりあなたを人前に出したくないのですよ。あなたの愛らしさに他の男が気づいては困りますからね」

「そんなこと言ってくださるの、レミアス様だけですけど」

「ああ、本当にわかってないから困る――今日、陛下だってあなたを獲物を狙う肉食獣のような目で見ていたというのに」

眼鏡の奥で、彼の瞳が困ったみたいに細められた。この顔も好きだな、と思う。

(……陛下との謁見は、とても平和な雰囲気だったと思うのだけれど)

それは、シアラの勘違いだったのだろうか。少なくとも、身の危険を感じた覚えはない。

「私は、レミアス様が好きです……よ?」

他の男性なんて、シアラの目には入らないのだ。ダンスができなくてもレミアスがいてくれればそれでいい。幼かったあの日、彼が女神の幸運をシアラに譲ってくれたその日からずっとそうだ。

「私も、あなたが好きですよ。こうしていると、初めて会った日のことを思い出しますね」

「初めて会った日のこと、ですか?」

「ええ。薔薇の女王が投げたおもちゃをエグモントに取られて泣いていた小さな女の子」

「……それは忘れてください……！」

レミアスにあの時のことを思い出されると、正直なところ恥ずかしいというかなんというか。

弓矢のおもちゃなんてシアラが持っていたところで、何の役にも立たなかったのに、エグモントに取り上げられただけでわぁわぁ泣いてしまった。

あの時、レミアスが指輪をくれなかったら、きっとシアラの人生は今と大きく変わっていただろう。少なくとも、国境を越えてポラルーン領に嫁ぐなんて人生設計はしなかった。

幼女の思い込みってすごい。

「あの時、あなたに声をかけたのは——小さな子には優しくしてあげなさいと、両親から言われていたせいもあるのかもしれませんが」

二人とも早くに亡くなってしまったから、レミアスの両親とシアラは会う機会を持てなかった。

だが、今のレミアスの様子を見ていたら、きっと素敵な人達だったし、レミアスを大切に思っていたのも間違いない。

「……指輪をあげたら、あなたはにこりと笑ってくれた。可愛らしい——そう思ったのを、思い出しましたよ」

レミアスの口から出ると、可愛いという言葉も、大切な宝物みたいにシアラの胸を柔らかく揺さぶってくる。

ぴたりと寄り添っているだけでは物足りなくなって、レミアスの膝によじ上り、彼の肩口に顔を擦りつけた。

「私、あの時から好きだったんですから」

好きだった時間は、シアラの方がレミアスより長い。何をしてもレミアスにはかなわないけれど、好きだった時間の長さだけはシアラの方が上。

そんな些細なことでさえも嬉しいと思ってしまうのだから、やっぱりあの時からレミアスに心を奪われているってことなんだろう。

「……長さではかないませんが、想いの深さなら負けていませんよ」

「そ、それは私だって負けていませんからっ！」

今、レミアスに大切にしてもらっているのはよくわかるから、シアラは悔し紛れに彼の肩に歯を立てた。痛さを与えたかったわけじゃない。本当に、軽く嚙んだだけ。

胸と胸をぴたりと合わせているから、彼の心臓がドキドキしているのがシアラにも伝わってくる。

「……本当ですからね？」

もう一度、レミアスの前で宣言してみた。だって、彼のことが好きなのだから、しかたないではないか。

「本当に、私のことを想ってくれていますか？」

不意にレミアスの声が危険な色を帯びて、シアラは目を瞬かせた。

「あ、当たり前ですっ！」

「……よかった、安心しました。時々、夢を見ているような気がするのですよ。あなたのような素晴らしい伴侶《はんりょ》を得たことが、現実のものとは思えなくて」

「す、素晴らしいって……！」

シアラの顔にぼんっと血の色が上った。レミアスに誉められると、いつだって心臓が暴走し始めるし、もっと彼が欲しくなるし——もっと背伸びしたくなる。

だけど、レミアスの隣にいるためならば、その背伸びでさえもシアラに幸福を与えてくれるのだ。

「レミアス様。それは、私も同じです——だから、うんと幸せになってください。あ、違いますね、一緒に……幸せになりましょう」

「一緒に、ですか」

「一緒に、です。一緒にうんと幸せになるんです。そうしたら、きっと、ポラルーン領の人達も皆幸せになります」

たぶん、レミアスは気づいていないのだろう。

亡くなった彼の母親が遺した言葉。その言葉に、あまりにも忠実に縛られすぎてしまっていたことを。

だからこそ、国王の勧める縁談も、彼の前ではまったく意味を持たなかったのだ。

（お母様の分まで、レミアス様を包んであげたいって……おかしいかしら）

他の人達よりも早く、大人になることを強要されてしまった彼のために、シアラは何ができるのだろう。やれることならなんだってやってあげたいけれど。

「幸せに、ですか？」

「幸せに、です。レミアス様も、幸せになっていいんです。だから、幸せから、目を背けてはいやです」

シアラの方からレミアスの頬にキスしてみる。

レミアスの体温は、シアラの体温より少し低い。けれど、触れ合っている間に彼の体温もどんどん上昇していって、最後にはとても熱くなるのをシアラはもう知っている。

「レミアス様が、エグモントさんのことを気にしているのも私、知ってます。だけど、それは、レミアス様の問題じゃないんです。これ以上、レミアス様がしてあげられることはないって、私は思うんです」

罪を犯した従兄弟に対して、レミアスが申し訳なく思っているのも、シアラは理解していた。それはエグモントの問題であって、レミアスが気にする必要はないのに。

エグモントの両親は、王宮で与えられていた仕事からは退くことになったと聞かされている。息子の罪が、親に影響したことになるわけだ。

ポラルーン領に戻ってきても肩身が狭くなるだろうと、レミアスはジャイル王国での取引を彼らに任せる計画を立てているらしい。

いつぞや、市場で知り合ったジャイル商人との取引を強化するのだそうだ。その役も、レミアスをしっかりと補佐してきた彼らならできるだろう。

「私も、お手伝いします。クルトさんも――だから」

自分一人で思い悩まないでほしい。

まだたくさん伝えたいことがあったはずなのに、そこから先は言葉にならなかった。どんな言葉も、彼の前では無意味なような気がして。

まだ、かけたままだった彼の眼鏡に手をかけ、そっとそれを外す。

彼の頬を手で挟んで、シアラはじっと彼を見つめた。彼の目の中から見返してくるシアラの顔は、いたって真剣だ。

これから先、自分がしようとしていることに、心臓が早鐘《はやがね》を打ち始める。そうしておいて、そっとシアラの方から唇を寄せた。

「ん――んぅ、んっ」

唇を重ね合わせて、シアラの方から彼の口内に舌を差し入れてみる。口内で彼の舌を探り当て、いつも彼がするみたいに左右に揺さぶった。

彼の体温は少し低いけれど、絡め合わせる舌は熱い。舌を擦り合わせているうちに、お腹の奥の方がうずうずとしてきた。

「どうしたのですか？　あなたの方からこうしてキスしてくれるのは初めてですね」

長い長いキスを終えて顔を離したら、彼は驚いたみたいだったけれど、シアラを見つめる目には愛おしさが込められていた。

「ど、どうって……その、ええと」

自分の方からキスしたくせに、いざとなるともじもじしてしまう。けれど、レミアスに何かしてあげたくて、もう一度シアラは彼の頰にキスをした。

「今日は、そのっ、ですね……私に……させてください……」

レミアスと肌を重ねるようになってから、もう何日も過ぎているけれど、いつもシアラだけ乱されて終わってしまう気がする。

うまく説明できないけれど、今日はシアラの方からレミアスを抱きしめてあげたいような気がするのだ。

（……だって）

嬉しかったのだ。レミアスが、シアラのことを得難い伴侶と言ってくれたのが。だからと言って、シアラがしてあげられることなんてそう多くなくて。

「――抱きしめたいんです、あなたを」

もじもじとそう続けた。恥ずかしくて、頰が熱くなってしまったけれど、それでも最後まできちんと言うことができた。

「抱きしめてくださるのですか？」

「……レミアス様が嫌じゃなかったら」

今はレミアスの膝の上に座っているから、少しだけシアラの方が高い位置にいる。上からこうやって彼の顔を見下ろすのは新鮮で、再会したあの日みたいに胸が高鳴った。

「嫌なんてことあるはずないでしょう。あなたが、抱きしめてくださるというのなら」

レミアスの目が嬉し気に細められて、シアラは羞恥に目を伏せる。それから、彼の顔を両手で挟んだまま、もう一度口づけた。

精一杯の想いを込めて。

「抱きしめてくださるだけですか？　私は、それだけでは足りないのですが」

「そ、それ、は……」

軽く触れ合わせた唇。そこから流れ込んでくる彼の想い。胸がいっぱいで、どうしようもなく甘酸っぱい気持ちが押し寄せてくる。

シアラは、レミアスの寝間着に手で触れた。そうして、ボタンを一つ、二つと外していく。

一見細身なのに、よく鍛えられた胸の筋肉がシアラの手に触れた。心臓のあたりがどきどきとしているのを直接感じ取って、お腹の奥の方がじんと疼いた。

「……んっ……ふっ……んん……」

いつも彼が自分にどんな風に触れるのかを思い出しながら、同じように触れてみる。耳朶にちゅっと口づけ、首筋を指でくすぐる。そうしたら、彼が肩を跳ね上げたので、シアラも動きを止めた。

「あの……」

いや、だったのだろうか。眉尻を下げたら、彼は喉の奥からなんとも言えない声を漏らした。

「いけませんね……ほら、もうこんなになってしまいました」

彼がシアラの右手を取り、下腹部の方へと導く。手のひらに触れた熱に、思わずシアラの喉が鳴った。

腹についてしまいそうなくらいに熱く硬くなった肉杭《にくくい》。寝間着越しに伝わってくるその熱が、シアラの欲望を膨れ上がらせる。

「……だめっ」

あまりにも彼の欲望が大きかったので、思わず手を離す。

その代わりに、レミアスの首に唇で触れた。軽く吸い上げてみるけれど、跡を残すことはできなかった。レミアスがそうしたいと望んでシアラに口づける時には、赤い跡が残されているのに。

「もっと強く吸わなければ、跡はつきませんよ？　こうするんです」

「あんっ！」

ちゅううっと音を立てて、寝間着と肌の境目に彼はキスをしてきた。強くそこを吸い上げられ、ちくりとした痛みが走ったかと思ったら、唇が離れた時には赤い跡が残されている。

「私だって、できますから！」

もう一度、レミアスにキスをする。首筋を思いきり強く吸い上げてから、顔を離した。

そこにポツンと残された赤い跡。レミアスはシアラのものなのだと宣言しているみたいだ。

「お揃い、です」

この跡は数日もすれば消えてしまうのは、わかっている。ただ、一時でもレミアスに自分の印を刻んでおきたかっただけ。

シアラが微笑むと、レミアスも少しだけ口角を上げて問いかけてきた。

「――私から、あなたに触れても？」

「ダメ、です」

むぅっと頬を膨らませて、シアラは首を横に振る。今日は、まだ、だめだ。レミアスにはもっと気持ちよくなってもらわなければ。

彼の寝間着のボタンを全部外し、袖を抜いて床に放り投げてしまう。上半身をあらわにした彼を見て、やっぱり――綺麗だと思った。

胸にキスをして、それから乳首に軽く爪を立てる。彼が肩を揺らしたので、感じてくれているのだと判断した。

「……こうしたら、気持ちいい……ですか？」

レミアスがいつもするみたいに、シアラも彼の胸にキスの雨を降らせる。それから、小さく舌を出して、乳首を舌先で刺激してみた。

唇の間からちろりと舌をのぞかせながら、彼の顔を見上げる。

「気持ちよすぎて、苦しいくらいです。あなたに触れたくて、我慢の限界を越えてしまいそうです」

「ダメだって言ったじゃないですか」

シアラは両手でレミアスの手をシーツの上に押しつけた。もちろん彼がその気になれば、シアラの手なんて簡単に振りほどいてしまえるだろうけれど、今日はシアラに任せてほしいという意思表示だ。

両手で彼の手をシーツに押しつけたまま、シアラは唇と舌で彼の身体のあちこちを愛撫する。脇腹に軽く歯を立てたら、彼は肩をすくめた。

「我慢の限界を越えました」

まだ、だめ――そう言いたかったけれど、レミアスの方も言葉の通りに我慢していたみたいだ。彼の手は素早くシアラの着ている寝間着のボタンを外して、まだひんやりとしている手が、寝間着の中に入り込んでくる。

「ん、んんんっ」

彼の手が素肌に触れただけで、身体の芯がきゅんと痺れて、立ち上がりかけていた胸の頂がさらに硬度を増す。

「だめって、言って……」

「申し訳ありません、我慢がきかなくて――どうしても、あなたに触れたいんです」

謝っているのに、少しも悪いと思っていない口調。でも、そう口にしながら髪を撫でられたら、シアラは簡単に屈してしまった。

「……ん、んんんっ」

レミアスが顔を持ち上げて、シアラの唇をあっという間に奪ってしまう。呼吸する間もないくらいに激しく唇を貪られた。

レミアスに負けたくないと、シアラの方からも積極的に舌を差し出した。彼の口内を探ってするりと逃げ出そうとしたら、強く吸い上げられて背中がしなる。

突き出された胸の頂を、二本の指が扱き上げて、頭の中で火花が散った。こんな風に簡単に感じてしまうなんて、今日はますますレミアスへの想いが膨れ上がっていくみたいだ。

「――あっ、あぁっ……んっ――く、んぅぅっ！」

大きな手にすっぽりと乳房が包み込まれ、彼の手の中で形を変える。無心に絡め合う舌の動きに合わせて、レミアスが手を下の方へ滑らせてくる。

シアラの肩から落とされた寝間着が、腰のあたりに絡まっている。その寝間着を捲り上げ、下着を脱ぐように促された。

「レミアス様も……」

小さな声でシアラは訴えた。自分だけ、肌を見せるのは嫌だ。そうねだる声がいつも以上に蕩けているのをシアラが自覚しているからなおさら。

「今日は、あなたが上になってください」

「……え？」

思いがけない彼の言葉に、シアラは目をぱちぱちとさせた。

上に、なる？　誰が？

「誰が、ですか？」

思わず問い直した。シアラを膝の上に抱えあげたレミアスが、にやりと口角を上げる。

「もちろん、あなたが——ですよ。今夜は、頑張ってくださるのでしょう？」

それを言われてしまったら、シアラが勝てるはずもなく、ためらいながら腰を上げる。彼をまたぐようにして膝立ちになった。

羞恥に睫毛《まつげ》を震わせたら、彼はシアラの腰の周りに絡まっていた寝間着を頭から抜いてしまう。彼の方はとっくの昔にすべて脱ぎ去っていたから、二人を隔てるものは何もない。

今夜までに彼を受け入れたことは何度もあるけれど、今までシアラの方が上になったことはない。

レミアスをまたぐように膝立ちになったまま、びしょびしょに濡れたその場所に熱く猛々しい肉杭の先端をあてがったら、思わず息を詰めてしまう。これを受け入れたら、どれほどの歓喜が身体を走り抜けるのだろう。

レミアスを受け入れる——最奥まで。羞恥と期待で根元を支える手が震えるのを、彼は不満足そうな顔で見上げてくる。

「まだ、ですか？」

こうやって、素直に見せてくれる表情が嬉しいなんて、レミアスは気づいているだろうか。

「だ……大丈夫、できます」

大きなものを受け入れるのは、怖い。だけど、先ほどからずっとその場所は蜜を吐き出し続けていて、先端をあてがっただけで内壁が期待に打ち震えている。

「大丈夫、だから――あぁっ！」

そろりと腰を落としたら、ずんと刺激が走り抜けた。体勢が崩れ、一気に奥まで呑み込んでしまって、頭の先まで鋭い愉悦に満たされる。

腰が抜けそうなほど背筋に痺れが走り、がくがくと震えるのをとめられない。

「まだ、私を受け入れただけですよ。それでは、私が満たされません。少し――お手伝いしましょうか」

「あぁっ……あっ、無理ぃ……」

シアラの腰を抱えたレミアスが、わざと身体を揺さぶってくる。焼けそうなくらいに熱を帯びた肉棒で体内を揺すりたてられると、快感に翻弄されて何もできなくなってしまう。

「無理……？　今日は、あなたがしてくださると思っていたのですが」

「だ、だから……動いちゃ……あぁっ！」

レミアスの手が、シアラの細い腰にかかる。そのまま身体を持ち上げられたかと思ったら、手を離されて再び奥まで貫かれた。

とたん、走り抜けた刺激に、腰骨から全身が蕩けそうな快感に襲われる。

「ほら、こうして動いてくださらないと……無理なら、私が動きますよ」

「あぁっ、だめっ――あ、あぁぁんっ！」

一番奥までもう一度レミアスを受け入れたシアラだったけれど、自分の体重を支えるなんてできなかった。体重を彼に預けたまま、ぐりぐりと腰を回すようにされたらまた違うところを刺激されて甘ったるい声が上がる。

「んっ……私、ちゃんと、する――あぁっ！」

レミアスの肩にかけたシアラの手には、強い力が込められていた。爪を立ててしまいそうになるのをこらえながら、懸命に彼の動きに合わせようとする。

腰を持ち上げる力は残っていなかったから、奥まで貫かれたまま円を描くように腰を動かす。敏感な花芽を擦りつけるようにしたら、シアラの動きはぎこちないのに、それでも濃厚な快感が込み上げてくる。

「あっ……レミアス様……、好き……」

少し汗ばんだ彼の肩に顔を埋めてつぶやいたら、頭の上の方から彼が呻《うめ》くのが聞こえてきた。どうやら快感を得ているのはシアラだけではないと知ってほっとする。

「そんなことを言うから――私がこらえられなくなってしまうでしょう」

「あ……だって……好き――だからぁ……あ、あぁぁっ！」

レミアスの上にまたがるようにして座っていたのが、そのまま後ろに押し倒される。押し倒された拍子に思いも寄らないところを擦り上げられて、一人で先に達してしまった。

「困った人ですね。先に一人でいってしまうなんて」

潤んだ目で見上げれば、上にいる彼がちょっぴり悪そうな顔をする。

この顔が何を意味するのかといえば、シアラの敗北が決定したというだけの話。

先ほど王のことを肉食獣なんて言っていたけれど、オオカミなのはレミアスの方だとシアラは思う。

こうなってしまったらレミアスの気がすむまで翻弄されるしかなく――。レミアスは当然のごとく翌朝までシアラを離そうとはしなかった。

エピローグ

真っ白な花嫁衣装は、シアラに向けてくれる彼の気持ち。

レミアスがシアラのために用意した衣装は、最高に素晴らしい出来だった。

「……やっぱり無理です……！」

その花嫁衣装を身にまとい、鏡の前に立ったシアラは悲鳴を上げた。

ドレスの上半身には、びっしりと真珠が縫いつけられている。その数、一万以上。何枚もの布を重ねたスカートにも細やかな刺繍が施され、そちらも要所要所に真珠が縫い留められていた。

さらに袖は繊細なレース。袖に使われているのと同じレースで作られた長いベール。千人の職人が半年かけて織り上げたという触れ込みのそれは、うっとりと見つめてしまう美しさだ。

レミアスの家に伝わる金の装身具が、白一色の花嫁衣装によく映えている。

レミアスの衣装も素晴らしい出来だった。シアラと同じように白い布地で仕立てられた正装は、金糸と銀糸で刺繍が施されている。襟と袖からのぞくレースは、シアラのドレスに使われているものとお揃いだ。

——けれど。

やっぱり並ぶと釣り合いが取れないような気がしてならない。花嫁のベールを引きずったまま逃げ出そうとしたけれど、扉の前でレミアスに捕獲された。

「何が無理だというのですか？」

「だって！　こんな素敵なドレス！　私完璧にドレスに着られてますよね？　むしろドレスが主役ですよね？」

「——まったくあなたという人は」

シアラを捕獲したレミアスはため息をついた。

「だって！　ここ、王宮じゃないですか！　王宮の礼拝堂で結婚式挙げるなんて聞いてませんよ、私！」

そう、ここは王宮の一室なのだ。

てっきり、ポラルーン領の教会で結婚式を挙げるものと思い込んでいた。それなのに、アルバース王国を退けるのにシアラが贈ったぬいぐるみが役に立ったということで、すっかり国王夫妻に気に入られてしまったらしい。

もともと、親戚であるという以前にレミアス自身のことを国王陛下はとても買っていた。

そんなわけで、「自分が出席したいから、王宮の礼拝堂で結婚式を挙げろ」という王命が下ったのである。

シアラからしてみればだまし討ちにあったようなものだ。まさか、ここまで大げさな式になると思っていなかった。

ポラルーン領で、彼の領民達に囲まれて、家庭的――というには集まる人数は多くなりそうだが――な結婚式を挙げるつもりでいたのに。

それが、国中から主だった貴族達が集まってきて、その前で永遠の愛を誓うだなんて予想していない。シアラの予想よりはるかに大事だ。

「……困りましたね」

「だって」

レミアスの腕の中でもごもごとシアラは言った。だって、レミアスが素敵すぎるのが悪いのだ。

シアラと結婚した今となっても、彼にちょっかいを出そうとする女性はきっと山のようにいるに違いない。

「あなたは、自分の美しさに自信がないのが困ったところです……私の目には、あなた以外映らないというのに」

「それは、わかってるのですけど」

もちろん、シアラだってわかってはいるのだ。レミアスに愛されていることも、大切にされていることも。

「――しかたありませんね」

ひょいとレミアスがシアラを抱えあげた。

「こうなったら、実力行使です。さあ、結婚式を執り行いましょう」

「レミアス様っ！」

シアラを抱きかかえたままレミアスはすたすたと礼拝堂に向かう。

城の中庭には、多数の人が集まっていた。早くも花嫁を抱きかかえた新郎の登場に、集まった人達の間からは歓声が上がる。

「こ、これはどうかと思うのですが！」

「あなたがいけないんですよ。無理、などと言うから」

言った！　たしかに無理だと言った！　こんなにたくさんの人の前にレミアスと二人で出るのは無理だと思った。

だからと言って、抱えたまま移動しなくてもいいではないか——なんて、シアラの口が裂けても言えないだろう。

（……お父様、お母様……ちゃんと来てくださったんだわ）

けれど、集まった人達の間に、両親の姿を見つけてほっとした。

両親は、この状況に委縮《いしゅく》してしまっているのではないかと、ちょっと心配していたけれど、心配しすぎだったみたいだ。

「——彼女が、私の愛する女性です」

レミアスが皆の前で宣言してくれて、シアラは真っ赤になってしまった。

「あー、どうでもいいんだけどな。ほら、花嫁のブーケを忘れているぞ」

「……クルトさん。ありがとうございます」

独り身のクルトの目には、ちょっと気の毒な光景だったかもしれない。

置き忘れた百合のブーケを持って追いかけてきてくれたクルトに、シアラは改めて礼を述べた。

「大丈夫です、レミアス様。私……ちゃんと歩けますから」

「逃がしませんよ」

改めて自分の足で立ったシアラに向かい、レミアスが微笑んでくれる。

こうして、この日、シアラは世界一幸せな花嫁となったのだった。

あとがき

シアラは厨房のオーブンの前に難しい顔をして立っていた。

オーブンからは、クッキーの焼ける甘い香りが漂ってくる。成功で間違いないとは思うけれど、この城に来てから厨房に立つのは初めてだから緊張する。

「いい香りがしますね。焼きあがりましたか?」

「レミアス様! 今取り出すところです」

いい香りに誘われたらしく、レミアスが顔をのぞかせた。彼の顔を見て、シアラの鼓動が跳ね上がる。結婚してから何か月もたっているのに彼の美貌にまだ慣れないのだから困ったものだ。

オーブンの扉を開けて中から天板を出そうとしたら、彼がすっと手を差し出してきた。

「重いでしょう、私が出しますね。こんなに熱いものを持たせて、あなたに火傷なんてさせるわけにはいきませんからね」

「あ、ありがとうございます……」

彼がにっこり笑うから、シアラの頬にぽんっと血の色が上った。そうやって気を遣われる度に、どきどきしているのに彼は気づいているんだろうか。

シアラがぽーっとなっている間にさっさと天板を取り出し、作業台の上に置いたレミアスが何気なく焼きあがったばかりのクッキーを取り上げる。

「レミアス様。それはまだだめですよ！　火傷しちゃう！」

「――あつっ」

「だから言ったのに！」

オーブンから取り出したばかりの天板に乗っている焼きたてほやほやのクッキーなんか熱いに決まっている。

口をはふはふさせ、熱を追い払おうとしている彼の油断した顔を初めて見て、得した気になった。彼のこんな顔を見ることができるのはシアラだけの特権だ。

「あなたが初めて焼いてくれたお菓子ですからね。誰よりも先に味見しないと――とても、おいしいです」

「気に入ってくださったなら、よかったです――んんっ！」

後頭部に手を回され、引き寄せられたかと思ったら唇が重ねられる。今、クッキーを食べたばかりの彼のキスはちょっぴり甘くてバターの香りがした。

甘いキスをしかけてきた彼は、顔を離して微笑んだ。

「図書室に母のレシピがあると思うので、一緒に見てもらえませんか。あなたに焼いてもらいたいお菓子があるんです」

それで、いいのだろうか。レミアスの顔をじっと見上げてみる。

たしか、前公爵夫人は厨房でお菓子を焼いていたところ、レミアスの目の前で倒れてそのまま帰らぬ人になったのではないか。今のレミアスを作り上げたのは彼女の遺言が大きかったのも知っているから、その当時のことを彼が思い出すのではないかと少し不安になった。ぽんとシアラの頭に手を置いて彼は微笑む。

「大丈夫ですよ——今はあなたがいてくれるから」

ものすごい破壊力のある台詞を聞かされて、またまた頬が熱くなる。いつもさらっとこんなことを言うレミアスにはいつになってもかないそうにない。

手を引かれて図書室に行くと、彼はシアラをソファに座らせておいて、真っ先に書棚に向かった。迷うことなく一冊の本を取り出し、シアラの隣に腰を下ろす。

「これが、母のレシピです。あなたの国にはないお菓子もあるでしょうね」

レミアスにもたれるようにして開かれた本をのぞけば、左のページには完成した菓子の絵。右のページには、材料と作り方の手順が載せられている。どの菓子の絵もおいしそうだ。

「レミアス様は、どれがお好きなんですか？」

彼の手がページを繰っていって、あるページでとまる。そのページにはびっしりとサクランボを並べたチーズケーキの絵が描かれていた。

「私は、このサクランボのチーズケーキが好きですね——好きでした——が正解でしょうか。母が倒れた時にちょうど焼いていたのがこのケーキで、それから口にしていないのです。あなたにこれを焼いてほしいんです」

彼の手が押さえたページをシアラはじっと見つめた。レミアスが望んでくれるのなら焼いてあげたいと思うけれど、前公爵夫人が倒れた後一度も食べていないというケーキをシアラが焼いてしまってもいいのだろうか。

「私が焼いてしまって、大丈夫でしょうか?」

彼の心の傷に触れてしまうのではないかとまた不安になってシアラがたずねたら、彼はシアラの肩に腕を回して強く自分の方に引き寄せた。

「あなたという伴侶を得た今なら、大丈夫だと思ったんです」

そうやって話してくれる彼が、最近ますます柔らかな笑みを浮かべるようになった気がする。自分を律しようとする彼の性格はもうこのまま変わらないだろうけれど、必要以上の重荷を背負うのはやめたのかもしれない。

「それなら……サクランボの季節が来たら、レミアス様のお時間がある時に、一緒に焼きませんか? きっと二人で焼いたら楽しいですよ」

シアラがそう言うと、レミアスは「それもいいですね」なんて微笑んだ——けれど。

あっという間に彼の方がシアラより上手にお菓子を作れるようになってしまって、シアラが焦ってしまうのはちょっと先の未来のお話。

◇◇◇

宇佐川《うさがわ》ゆかりです。ジュエル文庫四冊目『インテリ公爵さま、新婚いきなりオオカミ化ですかっ！　わたし、押しかけ花嫁でしたよね？』お楽しみいただけたでしょうか。

今回、あとがきが六ページだったので、おまけの小話もつけさせていただきました。楽しんでいただけたら嬉しいです。

レミアスは、知的で誰に対しても敬語を使う男性という今まで書いたことのなかったタイプのヒーローだったので、書き始めてからしばらくの間ものすごく苦労してしまいました。最初に原稿を提出した段階ではシアラとクルトが会話しているシーンの方がシアラとレミアスの会話しているシーンより多かったという。改稿の段階でクルトとシアラの会話はだいぶカットしたので、クルトの出番はこれでもだいぶ削られています。

そして、ヒロインのシアラは努力の子です。本人は自分のことを賢くないと思っているし、要領のいい子ではありませんが、努力するのだけは苦ではなかったというか思い込んだら一直線なところのある子ですね。

今回はそんなシアラが指輪を贈ってくれた初恋の君に押しかけ花嫁しちゃうところから始まるお話です。そして、テーマは「逆転」でした。最初はシアラの想いの方が大きいのですが、途中からはレミアスの想いもどんどん大きくなります。最終的には逆転しただけではなくて、かなりレミアスの方が重くなっているかもしれません。

今回イラストを担当してくださったのはアオイ冬子《ふゆこ》先生です。これを書いている段階で、まだカバーイラストしか拝見していないのですが、シアラがものすごい可愛いです……！

そして、レミアスもかっこいい！　今回、ヒーローは眼鏡キャラといいつつ、眼鏡の色や形は完全にお任せにしてしまったのですが、想像以上のかっこよさ……！　お忙しいところをお引き受けくださり、本当にありがとうございました。

担当編集者様。今回もお世話になりました。今回、大幅な改稿になってしまってすみません。毎度のことですが、見捨てないでくださってありがとうございます。

読者の皆様、ここまでお付き合いくださってありがとうございました。

いつもとはちょっと違う感じのお話になったと思うのですが、楽しんでいただけたでしょうか。ご意見ご感想、お寄せいただけたら嬉しいです。

また、近いうちにお会いできますように。ありがとうございました！

宇佐川ゆかり

ジュエル文庫をお買い上げいただき、ありがとうございます!
ご意見・ご感想をお待ちしております。

ファンレターの宛先
〒102-8177　東京都千代田区富士見2-13-3
株式会社KADOKAWA　ジュエル文庫編集部
「宇佐川ゆかり先生」「アオイ冬子先生」係

ジュエル文庫
http://jewelbooks.jp/

インテリ公爵《こうしゃく》さま、新婚《しんこん》いきなりオオカミ化《か》ですかっ!

わたし、押《お》しかけ花嫁《はなよめ》でしたよね?

2018年9月1日　初版発行

著者　宇佐川ゆかり

イラスト　アオイ冬子

発行者 ———— 青柳昌行
発行 ———— 株式会社 KADOKAWA
〒102-8177 東京都千代田区富士見2-13-3
0570-06-4008(ナビダイヤル)
装丁者 ———— Office Spine
印刷 ———— 株式会社暁印刷
製本 ———— 株式会社暁印刷

Printed in Japan
ISBN 978-4-04-893947-8 C0193

ジュエル文庫
まるごと愛され♥王子さま一家
大槻はぢめ
Illustrator
早瀬あきら
ママはシンデレラ!!
パパはイクメン化!?
ほっこり幸せ家族のほのぼの子育てロマンス♥
王子様と恋に落ち、一夜の愛を交わした私。
息子が生まれて5年――王子様のお迎えが!
私をお妃様に!? 家族3人でお城に!? 一途に想い続けてくれていて……。
なのに息子は「母さまは渡せない！」と猛反発。
ハラハラするけどパパの家族愛はたっぷり!
少しずつ、この子も懐きはじめた模様で♥
そんななか、息子の命を狙った陰謀が！ 大ピンチ!? だけどパパは絶対に守ろうと！

ジュエル文庫
えっちな王太子殿下に昼も夜も愛されすぎてます♡
宇佐川ゆかり
Illustrator SHABON
お嫁さんは「抱き枕」ではありませんっ！
強引王子様に甘やかされまくり♥溺愛ラブコメ
お見合い10連敗中！で大ピンチの私。
「ならば就職！」とお城に雇われた途端、王太子殿下から電撃求婚!!
不意打ちキスに、メロメロな甘やかし♥　目隠しえっちや泡まみれえっち♥
一気に愛されお嫁さん生活突入です？
あなたは王子！　まったくの身分違いなのに本気ですかっ？
えっ！　子供の頃から一途に私との結婚を!?

大好評発売中

ジュエル文庫
旦那様は
超絶倫!?
若奥様は愛されすぎて困惑中!
Illustrator 蘭 蒼史
宇佐川ゆかり
オトナ公爵様と幼妻の糖度過多系♥新婚Hノベル!
婚期逃したハズが突然求婚!? 年上の公爵様から一目惚れ?
花嫁になったら濃厚Hが止まらない!
優しい愛撫も、ケダモノ化もやりすぎです!
しかも、どんなに甘えてもオトナの包容力で受け止められ!?
なんだか幼妻中毒みたいで恥ずかしいですっ!
……だったのに、離婚危機!? 好きな女性がいる疑惑浮上!?

大好評発売中